불쾌한 씨의
유쾌한 가을

이현성 장편소설

단글

불쾌한씨의 유쾌한 가을 1

초판 1쇄 인쇄 2019년 10월 24일
초판 1쇄 발행 2019년 11월 8일

지은이 이현성
발행인 오영배
편집 편집부
표지 · 본문 디자인 오정인
제작 조하늬

펴낸곳 (주)삼양출판사 · 단글
주소 서울시 강북구 도봉로 173
대표 전화 02-980-2112 / **팩스** 02-983-0660
편집부 전화 02-987-9393 / **팩스** 02-980-2115
블로그 blog.naver.com/dan_gul
출판등록 1999년 3월 11일 제9-00046호

ISBN 979-11-283-9744-8 (04810) / 979-11-283-9743-1 (세트)

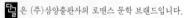

단글은 (주)삼양출판사의 로맨스 문학 브랜드입니다.

이현성 장편 소설

불쾌한 씨의 유쾌한 가을

1

단글

목차

프롤로그 ················· 007

1장 ················· 009

2장 ················· 061

3장 ················· 111

4장 ················· 163

5장 ················· 219

6장 ················· 269

7장 ················· 319

프롤로그

옆집의 그 애는 항상 마당에 앉아서 노는 걸 좋아했다.

집에 들어가면 흥얼흥얼, 그 애가 콧노래를 부르는 소리가 들려왔다.

담벼락에 붙어서, "뭐해?"라고 물어보면, "소꿉놀이."라는 대답이 돌아왔다.

"혼자서 심심하지 않아?"라는 질문에, 그 애는 쾌활한 목소리로, "혼자가 아니야. 저기 봐 봐. 햇님이랑 구름이 나랑 같이 놀아 주는걸." 하고 대답했다.

그 명랑한 목소리를, 나는 참 좋아했다.

그리고 어느 날 밤.

거대한 화마가 덮쳐 왔다.

그것은 무척이나 뜨겁고, 아름다웠다.

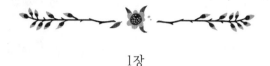

1장

7살 때의 기억이 영원할 것처럼 따라붙는 경우가 있다.

어제의 일보다, 아니, 1분 전의 일보다 생생한 약 20년 전의 기억은 그다지 유쾌하지 않다.

충격적인 일을 경험하면 기억 상실에 걸리기도 한다는데, 이놈의 정신력은 만리장성보다 견고한지 무너질 생각을 하지 않았다.

기억 상실은 개뿔.

일렁이는 불꽃의 작은 너울거림마저 눈앞에 있는 것처럼 생생했다.

가을은 잠시 벤치에 앉아 심호흡을 했다.

이따금씩 길을 걷는 도중에 과거의 기억이 부딪쳐 오면, 폐가 경련을 일으키며 산소를 거부했다.

그게 죽고 싶기 때문인지, 아니면 두렵기 때문인지는 잘 모르겠다. 어쩌면 둘 다일지도.

그나마 다행인 것은, 이젠 혼자서도 호흡 곤란을 해결할 수 있다는 점이다.

어릴 적처럼 누군가의 도움을 빌려야만 호흡 곤란에서 빠져나올 수 있다면 사회생활을 하지 못하는 반병신으로 살았어야 했을지도 모른다.

산소 부족으로 노랗게 변하던 하늘의 푸른빛이 다시 제 색을 찾았다.

가을은 언제 호흡 곤란에 빠졌냐는 듯 발딱 일어나 앞의 건물을 노려봤다.

최고다 심부름센터

서울 하늘 아래서 찾아낸 심부름센터는 이게 마지막이다.

다른 곳에서 전부 거절을 당했으니, 이곳에 사활을 걸어야만 한다.

허름한 건물이 수상쩍기는 했지만, 생각해 보면 다른 심부름센터나 흥신소들도 비슷한 형편.

오히려 번쩍거리는 건물을 가지고 있는 게, 이쪽 세계에서는 수상쩍은 일일지도 모르겠다.

호흡 곤란이 오지 않았지만, 가을은 다시 한 번 심호흡을 했다.

이곳에 모든 걸 걸어야 한다고 생각하니 긴장이 돼서 다리가 바들바들 떨렸다.

'떨면 안 돼, 최가을. 떨면 우습게 보일 거야.'

당당하게, 있는 놈인 것처럼 행동해야 한다.

별거 없다는 걸 내보이면 상대는 사기꾼, 혹은 강도로 변한다.

나름대로 산전수전 다 겪었다고 생각했는데, 이 일 때문에 사기를 당한 게 한두 번이 아니다.

그러니까 이번에는 당당하고 자신감 있게.

가을은 지저분한 유리문에 비친 자신의 모습을 점검하고는 천천히 걸음을 옮겼다.

*　　*　　*

엘리베이터도 없는 건물의 5층.

운동 부족으로 헐떡거리며 도착한 그곳에서 〈최고다 심부름센터〉라는 간판을 발견했다.

계단 양쪽으로 문이 있고, 왼쪽에 있는 철문에 간판이 붙어 있었다.

오랫동안 관리하지 않은 듯 지저분했기 때문에, 이런 상태로도 장사가 될지 의문스러웠다.

'아니, 남의 장사 걱정해 줄 때가 아니지.'

여기가 장사가 잘 되든, 안 되든, 가을은 자신의 목적만 이루면 그만이었다.

똑똑─

병균이 눈에 보일 것처럼 더러운 문을, 가을은 최대한 손가락 끝을 이용해 두드렸다.

소리가 너무 작았는지 대답이 없었다.

가을은 오만상을 찌푸렸지만, 곧 표정을 풀고 다시 문을 두드렸다.

똑똑―

"뭐야!"

거친 음성이 들려왔다.

가을은 찔끔해서 손을 거뒀다.

"어떤 새끼가 장난질이야?"

도망쳐야겠다고 생각하고 있는데, 문이 벌컥 열렸다.

바짝 얼어붙은 가을의 눈앞에, 누가 봐도 '형님' 소리를 들을 만한 남자가 나타났다.

험상궂은 남자의 눈동자는 가을의 정수리 바로 위쪽을 향하고 있었다.

"감히 어떤 새끼가 죽을라고……."

그 눈동자가 천천히 아래로 내려오다가 가을에게서 멈췄다.

가을의 눈은 남자의 팔에 있는 거대한 용 문신에 못 박혀 있었다.

'형님이다! 형님이야!'

가을은 자신의 목숨이 위태롭다는 것을 깨달았다.

'도망쳐야 돼!'

하지만 눈앞에서 도망쳤다가 무슨 꼴을 당할지 모른다.

더 이상 당당함을 유지하는 건 무리였기에, 가을은 어떻게든 웃는 낯이라도 보이기 위해 노력했다.

하지만 용 문신 때문에 겁을 집어먹은 근육은 가을의 뜻대로 움직여주지 않았다.

"넌 뭐야?"

용 문신이 거칠게 물었다.

"아, 저는……."

다행히 목소리는 나왔다.

"부탁…… 드릴 게 있어서……."

"뭐야? 손님인가?"

"네? 네! 맞아요. 손님입니다. 고객이요."

영업을 하고 있긴 하구나!

반색을 하며 대답하는 가을의 모습에, 남자가 피식 웃었다.

"난 또 짱깨라고. 들어오쇼, 얘기나 들어 보게."

남자의 몸 너머로 안쪽을 확인했다.

안에는 비슷하게 생긴 남자 두어 명이 더러운 소파에 앉아 담배를 피우고 있었다.

사내들만 있는 곳에 홀로 들어가야 한다는 게 떨떠름하기는 했지만, 이제 와서 포기할 수는 없다.

'여차하면 도망치면 되니까.'

가을은 각오를 다지고 무거운 발을 옮겼다.

꽁초와 쓰레기가 수북한 테이블을 사이에 두고, 일인용 소파가 상석에 하나, 삼인용 소파가 테이블의 긴 면에 하나씩 마주 보고 놓여 있었다.

두 남자는 양쪽 소파에 한 명씩 앉아 있었는데, 가을이 들어오는 것을 보고는 한 명이 맞은편으로 옮겨 갔다.

적어도 고객 대우는 해 주는 거라고, 가을은 좋게 생각하기로 했다.

용 문신이 대장인 듯 상석에 앉았다.

"새끼들아, 담배 꺼라. 고객 오셨잖냐? 엉?"

용 문신의 거친 어투에 남자들이 비실비실 웃으며 담배를 껐다.

"앉으쇼."

용 문신이 턱으로 빈 소파를 가리켰다.

용 문신의 턱에는 길쭉한 흉터가 나 있었다.

소파에는 이상한 얼룩이 많아서 도무지 앉고 싶은 마음이 들지 않았다.

하지만 그냥 서 있으면 용 문신의 기분을 상하게 만들 것 같아서 어쩔 수 없이 엉덩이 끝을 소파에 살짝 걸쳤다.

맞은편 사내들의 시선이 음탕하게 들러붙는 게 느껴졌다.

무시하려고 애쓰며 용 문신을 쳐다봤다.

"그래, 돈은 있으시고?"

용 문신이 바로 본론으로 들어갔다.

"네, 저…… 있어요."

사실 저들이 원하는 만큼 갖고 있지는 않겠지만, 일단 의뢰부터 해 두는 게 중요했다.

돈은 계약금 20프로에, 나머지는 후불로.

그동안 사기를 당하면서 알게 된 삶의 노하우다.

"얼마나 갖고 계신가?"

"제가 의뢰하는 일의 대가로 부족하지 않을 만큼은 있습니다."

"우린 좀 비싼데……."

맞은편의 사내 하나가 빈정거리듯 말했다.

용 문신이 사내의 말을 제지하듯 손을 들었다.

사내가 입을 다물었다.

"그래, 일은 어떤 일이고? 남친이 아랫도리 함부로 놀리나 조사해 보시게?"

조롱이 담긴 말투였지만, 가을은 평정심을 유지하며 미소를 지으며 애썼다.

"그런 건 아니고요. 저는 살인범을 찾고 있습니다."

"뭐? 살인범?"

"네, 살인범이요. 그러니까 20년 전에……."

"아아, 잠깐잠깐. 우리한테 그렇게 무서운 일을 맡기시려고?"

당신이 더 무서워!

"그런 거 조사하다가 우리가 살인범 손에 회까닥 하면 어쩌려고? 생명 수당도 줄 건가?"

"그, 그거야 당연히……."

"그래? 한 놈 죽을 때마다 목숨 값을 줄 거란 말이지?"

"네, 그거야…… 하지만 그렇게까지 위험한 일은……."

쾅—!

용 문신이 주먹으로 테이블을 내리쳤다.

목재로 만든 테이블이라 다행이다. 유리 테이블이었으면 산산조각 났을 것이다.

"그래, 아가씨 눈에는 우리가 사회 쓰레기로 보이겠지. 엉? 그런데 우리도 목숨 중하거든. 그 중한 목숨, 살인범 찾는 데 쓰라고? 엉? 그런 말 하는 건가, 지금?"

"아뇨, 그런 뜻은 절대 아니고요……."

"아니긴 뭐가 아니야!"

"……."

"그래, 우리 목숨 값, 그거 얼마나 되나?"

"저……."

통장에 들어 있는 돈은 다 긁어 봐야 300만 원 남짓.

하지만 곧이곧대로 고했다가는 죽을 것 같아서, 가을은 한껏 부풀려 말했다.

"처, 천만 원……."

"천만 원? 천만 워어어어언?"

더 부풀릴 걸 그랬나 보다.

용 문신과 사내들은 기가 막힌다는 듯 서로를 쳐다보며 웃었다.

지금은 '반드시' 도망쳐야만 하는 순간이다.

가을은 상대를 자극하지 않으려 애쓰며 천천히 일어났다.

"저, 불쾌하게 해 드렸다면 죄송합니다. 정말 그런 뜻은 아니었고요. 이만 가 보겠습……."

"가긴 어딜 가!"

용 문신이 가을의 손목을 부러뜨릴 듯 움켜쥐었다.

"악!"

저도 모르게 비명을 지르고 말았다.

"뭐, 아가씨 사정도 딱한 것 같고……."

사정 얘기는 듣지도 않았잖아!

"지불이야 여러 방법으로 할 수도 있는 거고."

사내들이 음탕한 시선을 감추지 않고 다가왔다.

"그래, 몸은 깨끗한가?"

매일 아침 샤워를 하느냐는 질문이 아니라는 것쯤은, 가을도 알았다.

가을은 눈을 휘둥그레 뜨고 용 문신을 쳐다봤다.

용 문신의 지독한 장난이기를 바랐지만, 용 문신은 가을의 기대를 산산조각 냈다.

용 문신의 손이 가을의 가슴을 거칠게 움켜쥐었다.

당장이라도 일을 벌일 듯 가슴을 만진 용 문신이 떨떠름한 듯 인상을 구겼다.

"이거, 뭔 뽕을 이렇게 많이 집어넣었어?"

내 가슴 작은 거, 보태 준 거 있어!

이런 상황에도 분노가 치솟았지만, 가을은 아랫입술을 꽉 깨물었다.

버둥거려 봐야 상대를 더 자극할 뿐이니, 기회를 봐서 빈 곳을 걷어차고 도망칠 계획이었다.

"요샌 큰 계집들도 뽕 넣더라고요, 형님. 의외로 노다지일지도 모릅니다."

"아냐, 이건…… 빈 탄광이야."

가슴 평가 그만하라고!

"별로 안 땡기는데……."

"전 작은 가슴 좋아하는데요. 저 주세요, 형님."

"아니, 이거 남자 같은데……."

"에이, 그런 것 같다고 해도 벗겨 보면 있을 건 다 있더라고요."

가을은 말해 주고 싶었다.

벗겨도 있을 거 없는 여자가 세상에는 존재한다고.

하지만 지금은 그런 걸 친절하게 설명해 줄 상황이 아니다.

이 절체절명 —이런 걸 절체절명이라고 하는지는 모르겠지만—
의 상황을 어떻게 벗어날지가 관건이었다.

"그래, 일단 제 발로 들어온 거니 벗겨 보고……."

용 문신이 큰 결심을 했을 때였다.

똑똑—

"짜장면 왔습돠!"

구원의 여신이 나타났다!

"누가 짜장면 시켰냐?"

"아까 형님이 시키자고……."

"아아, 그랬지. 얼른 돈 줘서 보내."

"네, 형님."

용 문신의 커다란 손이 가을의 입을 틀어막았다.

"소리 내면 죽인다? 엉? 조용해라?"

용 문신이 협박했지만, 당하느니 죽는 게 나았다.

달칵—

문이 열렸고 짜장면의 짭쪼름한 냄새와 함께 그릇 내려놓는 소리가 들렸다.

도와줘요!

가을은 몸을 뒤틀며 소리를 냈다.

하지만 내지른 소리는 손에 막혀 작은 신음으로 변했다.

"읍…… 으읍……."

그릇을 내려놓는 소리가 요란해서인지, 아니면 배달원 앞에서 일부러 수다를 떠는 두 사내의 목소리 때문인지, 배달원은 이쪽의 소리를 못 들은 듯했다.

가을은 절박했다.

저 구원의 밧줄이 끊어지면, 다시는 세상 밖으로 나갈 수 없으리라.

"으으읍…… 흡…… 흡!"

철썩—!

가을이 너무 몸부림을 치자, 참다못한 용 문신이 가을의 뺨을 때렸다.

"맛있게 드십쇼."

라는 말과 함께 돌아서려던 배달원이 걸음을 멈췄다.

"지금 뺨 때리는 소리가 들린 것 같은데요."

배달원의 목소리.

"우리 형님이 모기 잡는 소리인가 보지. 모기 더럽게 많잖냐. 돈 챙겼으면 얼렁 가라."

"아뇨. 이제 보니까 여자 신음 소리도 들리는 것 같은데……."

"아, 얼렁 가라고!"

가지 마요!

가을은 몸을 뒤틀었다.

가지 마요! 가지 마요! 나 좀 도와줘요!

"얼른 가라니까, 새꺄!"

"아, 혹시 형님들…… 위험한 일 하십니까?"

"그래, 보면 모르냐? 엉? 입 싹 다물고 꺼져라? 딴 데 가서 나불거리면 아주 죽는다?"

"아, 정말 위험한 일 하시는군요."

가지 마요!

가을은 울고 싶었다.

일개 짜장면 배달원이 목숨을 걸고 도와줘야만 한다는 법은 없으니, 나가서 신고라도 해 주기를 바랐다.

하지만 상대가 위험한 놈들이라는 걸 알았으니 신고도 하지 않을 가능성이 높았다.

"세 명이네요."

"아, 가라고!"

간 줄 알았던 배달원의 목소리가 또 들렸다.

"두당 만 원. 어떻습니까, 고객님?"

"뭐야, 너 이 새꺄! 가라는 말 안 들려?"

퍽—!

둔탁한 소리. 누군가를 때리는 소리였다.

'맞았으니까 도망쳤을 거야. 어쩌면 기절했을지도 몰라.'

"두당 만 원. 세 명이니까 삼만 원. 도와주는 대가로 삼만 원이 괜찮다 싶으면 소리를 내 주세요. 흡흡, 하고 짧게 두 번!"

나한테 하는 말인가?

가을은 어리둥절해졌다.

커다란 책상 뒤쪽에 있어서 배달원의 모습이 보이지 않았다.

아까 맞아서 도망쳤을 거라고 생각했는데 두당 만 원은 무슨 소리고, 세 명에 삼만 원은 무슨 소리인지.

"자, 어서!"

배달원의 목소리가 다급해졌고, 뒤를 잇듯 '퍽!' 하는 소리가 다시 울렸다.

흡! 흡!

짧은 신음을 두 번 내뱉은 건, 혹시나 하는 기대 때문이었다.

어쩌면, 그래, 어쩌면.

그와 동시에 시끄러운 소리가 울려 퍼졌다.

떠엉—!

알루미늄 판에 머리를 맞는 소리, 그릇들 집어 던지는 소리.

퍽퍽—! 콱콱—! 우당탕—!

"저 새끼가!"

가을의 입을 틀어막고 있던 힘이 사라졌다.

용 문신의 체취가 멀어졌다.

가을은 눈을 번쩍 떴다.

"이 새꺄, 너 뭐야? 너 죽어 볼래?"

용 문신의 친절한 질문에 배달원은 대답하지 않았다.

대신에 들려오는 건…….

퍽퍽—!

쿵―!

와직―!

떠엉―! 떠엉―!

가을은 벌떡 일어났고, 책상 너머에는 가을이 상상도 못 한 정경이 펼쳐져 있었다.

여기저기 널려 있는 면발, 짜장과 짬뽕 국물, 그리고 용 문신과 사내들.

방금 전까지 공포의 대상이었던 남자들이 짜장 범벅을 하고 쓰러진 모습을, 가을은 멍하니 쳐다봤다.

그 가운데 배달원이 서 있었다.

진청에 회색 재킷을 걸치고 챙이 긴 검은색 야구 모자를 푹 눌러쓴 남자는, 찌그러진 배달통을 손으로 펴려고 애쓰며 중얼거렸다.

"이거 주인아저씨한테 한 소리 듣겠네. 아, 옷에 국물도 튀었잖아."

"저기……."

가을의 작은 목소리에, 배달원이 반응했다.

배달원은 가을을 돌아봤고, 모자의 챙을 살짝 올렸다.

긴 챙에 숨겨져 있던 얼굴은 가을이 생각한 것보다 나이가 있어 보였고, 조금 화난 듯 보이기도 했다.

그건 아마도 미간 사이에 있는 짙은 주름 때문인 것 같다.

"아아. 고객님."

배달원은 고객님을 대한다기보다는, 원수를 대하는 것처럼 찡그린 얼굴로 가을을 향해 다가왔다.

순간 가을은 이 배달원이 저기 너부러진 남자들보다 더 위험한 인물일지도 모른다고 생각했다.

배달원이 천천히 손을 올렸고, 가을은 죽는다는 생각에 눈을 질 끈 감았다.

그때, 가을의 귀에 상냥한 음성이 들려왔다.

"삼만 원 되겠습니다, 고객님."

*　　*　　*

찰칵― 찰칵―

손가락으로는 셔터를 눌렀지만 머릿속은 딴 데 가 있었다.

문득 정신을 차리고 보니, 잡지에 실을 사진 촬영이 끝난 후였다.

습관이 무섭다고, 다행히 사진은 제대로 찍혀 있었다.

최예은은 성깔 더럽기로 소문난 아이돌이니, 실수했다고 다시 한 번 찍자고 했으면 온갖 욕설이 날아들었을 것이다.

"징그러."

자신에게 한 말인 줄 몰라서 아무 생각 없이 지나가려는데, 예은 이 다시 한 번 말했다.

"아, 진짜 징그러. 저게 뭐가 자랑이라고 팔을 걷어붙이고 다녀? 나 앞으로 쟤랑은 사진 안 할 거야. 쟤 데리고 오지 마."

예은의 앙탈에 매니저가 어쩔 줄 몰라 하며 그녀를 달래 줬다.

"그래도 예쁘게 찍기로 소문나서 데리고 왔어. 우리 예은이 싫으 면 다시는 안 데리고 올게."

"아, 정말 토할 것 같잖아. 아직 밥도 안 먹었는데. 짜증 나."

가을은 무의식중에 걷어 올렸던 소매를 슬그머니 내렸다.

팔의 화상 흉터 때문에 더운 여름에도 긴팔을 입고 다니기는 하는데, 오늘은 딴생각을 하느라 모르는 새에 걷어붙였던 모양이다.

"최가을 씨, 주의 좀 하지 그랬어? 안 그래도 예민한 애인데."

예은이 나가고 나자, 가을과 알고 지내는 메이크업 아티스트가 한 소리 했다.

"그러게요. 너무 더워서 잠깐 이성을 잃었었나 봐요."

"하여간 그 계집앤 성깔 더러운 건 알아줘야 돼. 가을 씨, 너무 상처받지 마요."

조명 담당이 중얼거리듯 작게 속삭이며 가을의 옆을 지나갔다.

'딱히 상처받는 것도 아닌데…….'

늘 듣던 말이라서 새삼스럽게 상처가 되지는 않았다.

찰흙으로 대충 빚어 놓은 듯 일그러진 팔과 다리의 흉터를 보면, 사람들은 대개 비슷한 반응을 보인다.

징그럽다는 반응, 불쌍하다는 반응.

그 이외의 반응을 본 적이 없다.

동정받는 게 싫다던가, 징그러워한다는 게 싫다던가 하는 생각은 일종의 사치.

먹고 사는 게 바쁜 때에, 남의 시선 의식할 시간 따위는 없다.

남들이 불쌍하게 여기든, 징그럽게 여기든, 일해서 돈을 벌 수 있으면 그걸로 됐다.

굳이 타인에게 휘말려 '나는야, 상처 입은 안쓰러운 한 떨기 백합 같은 여자' 코스프레를 할 필요야 없지.

'그나저나⋯⋯.'

가을은 벌써 일주일째 꺼내서 보는 바람에 너덜너덜해진 명함을 꺼냈다.

하도 봐서 명함의 작은 구김의 위치까지도 외울 정도였지만, 도저히 버릴 수가 없었다.

'이걸 어쩌지?'

일주일 전.

최고인지 뭔지 하는 심부름센터에서 가슴 평가를 당해 가며 몹쓸 짓을 당할 뻔한 순간. 구원의 여신처럼 나타난 배달원이놈들을 짜장 범벅으로 만든 후, 이것을 남기고 갔다.

검은 종이에 황금색 글자를 박아 넣은 명함.

가을 심부름센터
Tel. 02-333-XXXX

심부름센터는 이제 치가 떨렸지만, 그렇다고 아주 무시할 수도 없었다.

오늘 아침에도 출근길에 호흡 곤란을 겪었다.

상담사는 시간이 지나면 차츰 나아질 거라고 했지만, 요 3년간 조금도 나아지지 않았다.

2, 3일에 한 번 간격으로 겪은 호흡 장애. 매일 꾸는 악몽.

혹자는 용서하라고 했고, 혹자는 잊으라고 했다.

하지만 가을은 용서할 수도, 잊을 수도 없었다.

그렇다면 남은 방법은 하나다.

찾아내서 복수하는 것.

그러면 호흡 장애도, 악몽도 사라지겠지. 아주 사라지지는 않더라도 일 년에 한두 번 정도로 적어지겠지.

'하지만 그 배달원은 좀…… 무서운데…….'

찡그린 눈이 굉장히 매서웠다.

그렇게 찡그린 주제에 목소리는 다정해서, 그게 더 무서웠다.

어쩌면 사이코일지도 모른다는 생각이 들어서, 쉽게 찾아갈 수가 없었다.

'그래도 조폭 세 명을 제거해 주고 두당 만 원씩만 받았잖아. 게다가 깔끔하게 처리했고. 어쩌면 일도 잘하고 비용도 저렴할지도 몰라.'

비용이 저렴할지도 모른다는 게 무엇보다 마음에 들었고, 설령 비싸다 해도 어쩔 수 없다.

"그게 뭐야?"

어깨에 묵직한 무게감이 느껴졌다.

목소리만 듣고도 누군지 알 수 있었다.

"그냥……."

가을은 미지근한 대답을 하며 명함을 주머니에 집어넣었다.

"심부름센터에 시킬 일이 있어?"

하지만 리성은 집요했다.

가을은 어깨에 얹어진 리성의 얼굴을 한 손으로 밀어내며 그를 향해 돌아섰다.

은색으로 염색한 고수머리가 아주 잘 어울리는 리성은, 어린 나이에 아이돌 그룹의 멤버로 연예인 생활을 시작한 후, 현재는 드라마 배우로 승승장구하고 있는 연예인이다.

몇 년 전, 리성의 화보집을 찍으면서 아는 사이가 되었는데, 그때부터 이상할 정도로 친한 척을 했다.

아마 원래 성격이 붙임성이 좋은 탓이리라.

"그냥."

"그냥 그런 걸 들고 다녀?"

"응. 그냥 들고 다니면 안 돼?"

"뭐, 그런 건 아니지만……."

가을의 날선 말투에도 리성은 싱글싱글 웃으며 어깨를 으쓱했다.

원래 오지랖이 넓은 녀석이니 별 뜻 없이 물어본 걸 텐데 괜히 날을 세웠나 싶어 미안해졌다.

"오늘 여기서 촬영 있어?"

"응. 드라마 화보집 촬영한대. 누나가 찍어 주면 좋았을 텐데."

그렇게 말하며, 리성은 가을의 이마에 흘러내린 앞머리를 살짝 걷어 내 주었다.

이마를 살짝 스친 리성의 손가락은 조금 차가웠다.

"누가 찍는데?"

"의찬 아저씨."

"의찬 선배님이 나보다 훨씬 잘 찍으시는데, 뭐."

"그래도 내 사진은 누나가 찍었을 때 제일 예쁘게 나오더라."

"말씀만이라도 감사하네요."

"말씀만이 아니라니까. 다음 스케줄 없으면 옆에서 같이 찍어 주면 안 돼?"

리성이 애교스럽게 말했다.

"안 돼. 그건 선배님에 대한 예의가 아니지. 그리고 난 다음 스케줄이 있네요."

"왜 그렇게 바쁜데? 밥 한 끼 하기도 힘들어, 아주."

"너도 바쁘잖아. 얼른 가서 촬영 준비나 해."

"내가 귀찮아?"

리성이 강아지처럼 눈을 동그랗게 뜨고 물었다.

메이크업을 하기 전인데도 아이라인을 한 듯 깊은 눈은 누구라도 꾀일 수 있을 만큼 매혹적이었다.

"엄청 귀찮아."

"어, 너무 솔직하네. 심하다."

"너, 또 가을이 괴롭히냐?"

구세주처럼 나타난 의찬이 리성의 머리를 꾹 눌렀다.

리성이 입술을 비쭉 내밀고 의성을 돌아봤다.

"아, 형님. 머리 망가져요."

"어차피 이 머리 꼴로는 사진 못 찍어. 가을아, 넌 가 봐."

"네, 선배님. 다음에 봬요."

"응, 수고해."

"날 두고 가지 말라고!"

리성의 외침을 뒤로 하고 서둘러 밖으로 나왔다.

리성이 싫은 건 아니지만, 인기 배우인 그와 친근한 모습을 보여서 좋을 건 없었다.

안 그래도 시기 질투가 많은 세계인데 괜히 튀는 행동을 해서 눈에 띄고 싶진 않았다.

촬영장 밖으로 나오자마자 더운 공기가 덮쳐 왔다.

가을은 잠시 멈춰 서 숨을 몰아쉬었다.

습기를 머금은 공기 때문에 호흡 곤란과 비슷한 증세가 일어났기 때문이다.

다행히 진짜 호흡 장애는 아니었는지 곧 괜찮아졌다.

빨리 시원해졌으면 좋겠다.

가을은 다시 〈가을 심부름센터〉의 명함을 꺼냈다.

가을 심부름센터

Tel. 02—333—XXXX

군더더기 없이 이름과 번호만 쓴 명함이라 오히려 신뢰가 생겼다.

게다가 '가을'이라는 이름이 자신과 같기에, 어쩌면 운명적인 만남일지도 모른다는 생각까지 들었다.

운명이라는 것을 믿지는 않지만 지금은 지푸라기라도 잡고 싶었다.

'그래, 가 보자.'

가을은 어깨에 멘 묵직한 카메라 가방을 추슬렀다.

'할 수 있는 데까지는 해 봐야지. 더는 갈 곳도 없고.'

　　　　　*　　　*　　　*

　〈가을 심부름센터〉는 가을의 집에서 도보로 30분 정도 걸리는 위치에 있었다.

　이렇게 가까운 곳에 있는데 왜 진작 알지 못했는지 의문이었는데, 〈가을 심부름센터〉의 간판을 찾아 헤매는 동안 그 이유를 알게 되었다.

　"도대체 어디에 있는 거야?"

　명함 뒷면에 있는 간단한 지도를 보고 걸어왔는데 간판을 찾을 수가 없었다.

　분명 이 부근인데 심부름센터가 있을 법한 건물은 보이지 않았고, 나지막한 주택들만 즐비했다.

　혹시나 싶어 옆 골목으로, 그 옆 골목으로도 가 봤지만 마찬가지였다.

　지도에 표시된 곳 주변은 상가 건물조차도 없는 주택가였다.

　'사기였나? 하지만…… 대체 이게 뭔 이득이 있어서?'

　사기를 치려고 해도 만나야 칠 수 있는 건데, 이건 만날 수조차 없으니 사기라고 확신을 내릴 수도 없었다.

　골목길 저편으로 오렌지 빛 노을이 스며들었다.

　해가 지고 있는데도 시원해질 기미를 보이지 않았다.

　가을은 이마에 맺힌 땀을 닦으며 주위를 둘러봤다.

　'지도대로라면 이 근처여야 하는데.'

　간격을 맞춘 듯 나란히 위치한 색색의 대문들, 건물을 둘러싼 회색 벽돌, 대문 옆에 있는 빨간색 우편함, 어느 집에는 있고 어느 집에는 없는 문패.

숨을 돌리며 꼼꼼히 살펴보던 가을의 눈에, 선명한 붉은색이 뛰어들었다.

아까는 왜 몰랐는지 의문이 들 만큼 새빨간 대문.

대문 옆에는 다른 집과 똑같은 모양의 장난감 같은 우편함이 있었고, 그 옆에 나무로 만든 문패가 달려 있었다.

가을 심부름센터

"찾았다!"

원래 경박 맞은 성격도 아니건만, 문패를 보는 순간 자신도 모르게 비명처럼 외치고 말았다.

인적이 드문 곳이라서 다행이었다.

"찾았다, 찾아!"

가을은 정신이 나간 사람마냥 중얼거리며 그 집으로 다가갔다.

가까이에서 확인해 봤지만 〈가을 심부름센터〉가 맞았다.

가을은 집이 한눈에 들어오도록 한 걸음 물러서서 담 안으로 언뜻 보이는 건물을 살펴봤다.

파란색 지붕을 얹은 집은 주위의 다른 주택과 조금도 다르지 않았다.

지금껏 수많은 심부름센터를 찾아다녔지만, 주택으로 위장한 심부름센터는 처음이었다.

'괜찮은 걸까?'

망설여지기는 했지만 가을은 마음을 다잡고 초인종을 눌렀다.

딩동—

잠깐의 시간이 흐르고 누구냐는 질문도 없이 철컹, 하는 소리와 함께 대문이 열렸다.

안으로 들어가자 넓은 마당이 보였고, 자갈이 깔린 길 끝에 파란 지붕 집 본채가 세워져 있었다.

자갈길을 걸을 때마다 잘그락잘그락 소리가 났다.

주위가 조용한 터라 자갈 부딪치는 소리가 유독 크게 들렸다.

고즈넉한 곳이라고 생각하며 현관문 앞에 섰을 때, 기다렸다는 듯 문이 열렸다.

문을 연 사람을 확인하기도 전에, "으앗! 문 열지 마!", "잠깐만요, 누나!"라는 외침이 들려왔다.

하지만 문은 이미 열린 상태.

열린 문 사이로 검은 형체가 후다닥 뛰쳐나와 가을의 발치를 스쳐 지나갔다.

"으앗!"

가을은 깜짝 놀라 멈춰 섰고, 문이 활짝 열리며 커다란 형체가 뛰어나왔다.

모자를 눌러쓴 남자는 가을을 발견하지 못한 듯 서둘러 나오다가 가을과 어깨를 부딪쳤다.

강한 기세에 비틀거리며 넘어질 뻔했지만, 남자는 뒤도 돌아보지 않고 자갈길을 달려갔다.

가을의 손목을 잡아 일으켜 준 것은 그 다음에 나온 남자였다.

"조심."

"감사합니다."라고 중얼거리며 고개를 든 가을은, 눈앞에 서 있는 거구의 남자의 모습에 깜짝 놀라고 말았다.

2m는 될 것 같은 키에 넓은 어깨, 그리고 선이 강한 험상궂은 얼굴은 얼마 전 심부름센터에서 봤던 조폭들보다 위협적이었다.

눈앞에서 사람 너덧이 죽어도 눈썹 하나 꿈틀거리지 않게 생긴 남자는, "조심해야지."라며 가을의 머리를 쓰다듬어 주고는, 덩치와는 어울리지 않게 날렵한 모습으로 자갈길을 밟고 지나갔다.

그 다음에 나온 남자의 얼굴은 알아볼 수 있었다.

심부름센터에서 가을을 도와줬던 그 남자였다.

"야, 구미호. 문 열 때 조심하라고 했잖아."

그때와 별반 다르지 않게 찡그린 얼굴로 나온 남자는 가을을 발견하고는 더 인상을 구겼다.

"넌 뭐야?"

"아, 저는……."

"일단 따라와!"

"네?"

"따라오라고!"

"아, 네."

가을은 어깨에 짊어진 카메라 가방을 제대로 매고 남자의 뒤를 따라 달렸다.

어려운 일을 부탁해야 하니 남자의 기분을 상하게 해서는 안 된다는 생각 때문이었다.

아까 대문 밖으로 나간 두 남자는 보이지 않았다.

"젠장. 쬐끄만 게 겁나게 날렵해서는…… 대체 어디로 간 거야?"

남자는 대문 앞에 서서 주위를 두리번거리다가 왼쪽으로 마음을 정한 듯 성큼성큼 걸어갔다.

전엔 미처 몰랐지만 남자는 꽤 키가 컸고, 다리 길이의 차이 때문에 따라가기가 힘들었다.

가을은 거의 뛰다시피 남자의 뒤를 쫓아갔다.

"그런데…… 뭘 찾는 거죠?"

가을이 질문을 던지자, 남자는 처음으로 가을의 존재를 눈치챈 것처럼 가을을 빤히 쳐다봤다.

"넌 뭐야?"

"그러니까 저는……."

"아, 됐고. 고양이."

"네?"

"고양이 찾는다고. 고객님이 맡기신 고양이."

"아아."

아까부터 말을 끊어 먹고 반말을 해 대는 남자가 마음에 들지 않았지만, '그래, 내가 어려 보여서 그런 걸 거야.'라고 좋게 생각하기로 했다.

"고양이도 맡아 주고 그래요?"

"돈만 주면 다 하지. 어이, 똘이! 똘아! 똘아, 형아한테 와 봐. 고등어 사 줄게!"

남자가 건성으로 대꾸하며 고양이의 이름인 것 같은 '똘이'를 불러댔다.

가을은 남자를 따라가며 골목길 사이사이를 훑어봤다.

눈으로는 고양이를 찾으면서 머리로는 남자가 한 말에 대해 생각했다.

돈만 주면 다 한다니.

징조가 좋다.

고양이를 맡아 주는 별것 아닌 일도 해 주니까, 가을이 맡기는 일도 해 줄 가능성이 높았다.

"야, 똘아! 어디 있냐? 나 좀 귀찮게 하지 말고 그만 나와라. 엉?"

해가 졌는데도 수그러들지 않는 더위에 지친 건지, 남자의 목소리가 점점 높아지기 시작했다.

"야, 똘이! 이 새꺄! 얼렁 나오라고! 평생 굶고 싶냐? 엉? 똘아!"

급기야 남자는 보이지도 않는 고양이에게 협박까지 하기 시작했다.

조용한 골목에 남자의 거친 목소리가 울려 퍼졌다.

"야, 똘! 이 똘끼 새끼! 안 나와! 안 나올래? 나랑 이러기야? 진짜 한 번 해볼까? 나 진심되면 정말 무섭다? 오냐오냐해 주니까 아주 내가 우습게 보이지? 엉? 내가 가만히 있으니까 가마니로 보이냐? 엉?"

버럭 성질을 내는 남자의 뒷모습을 보며, 가을은 전에 했던 생각을 다시 한 번 끄집어냈다.

이 남자, 정상인이 맞는 걸까?

남자의 목소리가 쩌렁쩌렁 울릴 만큼 컸기 때문에, 결국은 주민들의 분노를 불러일으켰다.

드르륵—

바로 옆 주택의 2층 창문이 열리며 중년의 여성이 모습을 드러냈다.

"아, 시끄러워요! 대체 남의 집 앞에서…… 어머? 불쾌한 씨야?"

짜증스럽게 외치던 여자는 아래에 있는 남자를 발견하고는 표정을 바꿨다.

분노에 차 있던 여자의 얼굴이 금세 호의적으로 변하는 것을, 가을은 신기한 기분으로 지켜봤다.

"네, 고객님. 고양이가 도망을 쳐서요."

불쾌한 씨라고 불린 남자는, 인상도 피지 않고 상냥하게 말했다.

늘 있는 일인지, 여자는 호호 웃었다.

"고생이 많네."

"먹고살자면 어쩔 수 없죠. 그나저나 고객님, 요새 아드님은 괜찮습니까?"

"응. 불쾌한 씨가 지난번에 게임방에서 난리를 친 덕분에 아주 마음을 잡은 것 같아. 요새 공부 열심히 하네."

"그거 참 씁쓸하네요. 이렇게 돈줄 하나가 사라지다니."

"걱정 마, 주위에 많이 홍보할 테니까."

돈 욕심을 고스란히 내보이는 불쾌한 씨도 신기했고, 돈줄이라고 표현하는데도 화를 내지 않는 여자도 신기했다.

어쩌면 이 찡그린 표정의 남자가 보이는 것처럼 나쁜 사람은 아닐지도 모른다는 생각이 들었다.

"그런데 고양이가 혹시 검은색이야? 이마에 하얀 털 있고?"

"네, 혹시 보셨습니까?"

"지금 저기 옆집 마당에 있는데?"

"그래요? 내 이 새끼를 그냥!"

불쾌한 씨가 후다닥 옆집으로 달려갔다.

남의 집에 방문하는 건데도, 불쾌한 씨는 망설임 없이 초인종을 눌렀다.

누구세요, 하는 소리가 들려오자 불쾌한 씨는, "가을 심부름센터입니다. 최대한 조용히 문을 열어 주세요! 마당에 놈이 있습니다."라며 상대를 불안하게 만들었다.

그런데도 집주인이 아무것도 묻지 않고 문을 열어 주는 걸 보니, 불쾌한 씨가 이 근방에서는 꽤 신용을 얻고 있는 모양이다.

정원이 잘 가꿔진 마당의 벤치에서 '놈'을 찾았다.

새끼, 새끼 하며 험악하게 굴던 것과는 다르게, 불쾌한 씨는 조심스레 고양이를 안아 들었다.

이마에 하얀 털이 있는 고양이는 초롱초롱 눈을 빛내며 "냐아!" 하고 울었다.

"이 새끼, 너 이렇게 날 힘들게 할래? 이건 시간 외 수당이야. 알아?"

고양이를 찾았는데도 불쾌한 씨의 표정은 여전히 일그러진 채였다.

불쾌한 씨는 한 팔에 고양이를 안고 한 손으로 휴대폰을 찾으려고 했다. 하지만 고양이가 가만히 있지 않고 버둥거리자 앞에 서 있는 가을에게 고양이를 내밀었다.

가을은 잠자코 고양이를 받아 들었다.

복슬복슬한 털과 따스한 체온이 기분 좋았다.

안 그래도 애완동물을 키우고 싶었었는데, 출근해 있는 동안 집에서 돌봐 줄 사람이 없어 못 키우던 터였다.

"똘이야. 왜 도망쳤어?"

가을이 머리를 쓰다듬어 주며 부드러운 목소리로 묻자, 똘이는 기분 좋은 듯 가르릉 소리를 냈다.

"포획 성공."

불쾌한 씨는 누군가에게 전화를 걸어 간단하게 말하고는 전화를 끊었다.

따라오라는 말도 하지 않고 걷는 불쾌한 씨의 뒤를, 가을은 서둘러 따라갔다.

고양이와 카메라 가방의 무게 때문에 어깨가 빠질 듯 아팠다.

"똘이는 언제까지 맡아 주는 거예요?"

"글쎄. 아마 무기한."

"무기한으로요?"

"맡아 주는 게 아냐. 그 인간들이 버리고 간 거지."

불쾌한 씨는 의외로 묻는 말에는 대답을 잘 했다.

"버리고 가다니요. 자기가 키우던 앤데요?"

"흔한 일이야. 새끼일 땐 귀여우니까 샀다가 커 버리면 귀엽지 않으니까 버리는 거지. 게다가 그 녀석, 진짜 말을 안 들어 먹거든. 귀찮던 참에 이사 간다는 핑계로 심부름센터에 맡겨 놓고 그대로 튄 거지. 똥 같은 놈들."

"그걸 알면서도 맡아 주신 거예요?"

"몰랐지. 몰랐는데 찾으러 오겠다고 하고 일주일이나 지났는데도 안 찾으러 오니까 알게 된 거지."

"그럼 그 사람들을 찾아내서 돌려주면 되잖아요."

"그럼 뭐가 달라지는데?"

"……."

"어차피 그 인간들은 버리려고 마음을 먹었어. 그 똥 같은 놈들 집을 찾아내는 건 일도 아니야. 그렇게 해서 데려다주면, 그 인간들은 또 다른 데에 버리겠지. 집 못 찾아올 만한 곳에 갖다 버릴지도 모르고."

"그러네요."

아무것도 모르는 표정으로 골골거리는 똘이의 모습에 마음이 무거워졌다.

"더 미치겠는 건, 그 녀석이 아직도 지 주인들을 기다린다는 거야. 허구한 날 도망치는 것도 자기 원래 살던 집에 가려고 그러는 거거든. 며칠 전에 도망쳤을 때도, 그 빈집 베란다에 가서 누워 있더군."

"아아."

아무도 없는 빈집에서 자신이 사랑하는 주인이 돌아오기를 기다리며 누워 있었을 고양이를 생각하자 가슴이 아팠다.

얼굴도 모르는 주인이라는 사람들이 미워졌다.

'하는 일 다 망해 버려라!' 하고 생각했다가, 이건 너무 심한가 싶어서 반성하는데, 불쾌한 씨가 고개를 들고 하늘을 향해 외쳤다.

"아주 그냥 싹 다 망해 버려라, 똥 같은 주인 놈들!"

가을은 새삼스러운 얼굴로 불쾌한 씨의 옆모습을 응시했다.

처음에는 구겨진 표정으로 상냥한 목소리를 내는 무서운 사람이라고만 생각했는데, 지금은 그 생각이 바뀌었다.

표정은 여전히 무섭지만 어쩌면 저 가슴 안에 있는 건 따뜻할지도 모르겠다.

따뜻하지 않다면, 버림받은 동물의 일로 이렇게 화를 내진 않을 테니까.

* * *

"찾았어?"

문을 열어 준 사람은 눈초리가 매섭게 올라간, 예쁘장한 얼굴의 여자였다.

아까 가을이 방문했을 때 문을 열어 줬던 사람인 것 같다.

"그래, 찾았다. 구미호, 넌 애가 왜 그렇게 조심성이 없어?"

"그것참 미안하게 됐네. 누가 알았나? 욕실 문 열어 놓고 애 목욕시키려고 했는지."

"쟤가 꽉 막힌 공간을 싫어하잖아!"

"대장은 이제 고양이랑 대화도 해? 고양이 마음을 어찌 그리 잘 알아?"

두 사람은 가을에게 들어오라는 말도 없이 안으로 들어가 버렸다.

가을은 어떻게 할까 하다가 신발을 벗고 두 사람의 뒤를 따라 들어갔다.

안으로 들어가자마자 똘이가 버둥거리더니 가을의 품에서 벗어나 바닥으로 폴짝 뛰어내렸다.

"똘이야. 왜 자꾸 도망쳐? 거기 가도 아무도 없는데."

구미호라고 불린 여자가 달아나려는 똘이를 잡아 끌어안았다.

가을은 어떻게 해야 할지 몰라 거실 구석에 엉거주춤하게 서 있었다.

언제 얘기를 꺼내야 하지?

망설이고 있을 때, 나갔던 두 남자가 들어오는 소리가 들렸다.

"아니에요, 형님. 사자도 고양이과라니까요."

"사자가 왜 고양이과야. 개처럼 생겼는데."

"뭐가 개처럼 생겼어요? 누가 봐도 고양이처럼 생겼구만."

"그럼 그 갈기는 뭐야?"

"개는 뭐 갈기가 있습니까?"

"사자 닮은, 그 중국에…… 그 개 있잖아. 못생긴 놈."

"그건 그냥 닮은 거고요. 형님이 조폭 닮았다고 조폭인 건 아니잖아요."

들어온 두 남자도 가을에게 관심이 없기는 마찬가지였다.

모자를 푹 눌러쓴 마른 남자와 아까 가을을 잡아 준 조폭 같은 남자.

두 남자는 불쾌한 씨가 앉아 있는 소파의 맞은편에 털썩 앉아 사자가 고양이과인지 아닌지에 대해 깊은 토론을 나누었다.

"저녁은 뭐 먹지?"

구미호가 똘이의 털에 얼굴을 비비며 물었다.

"고등어 먹어, 고등어. 똘이 고등어 주기로 약속했어."

"요새 고양이들은 그냥 막 먹이면 안 됐댔잖아."

"그럼 아주 공들여서 만든 고등어를 먹이면 되지."

"그럼 대장이 공을 들이던가. 난 공들일 재주 없으니까."

"난 고등어 비려서 싫어."

조폭 닮은 남자가 반발했다.

"형님은 생긴 것답지 않게 왜 그렇게 섬세한 척을 해?"

불쾌한 씨가 면박을 줬다.

"그놈의 형님 소리 좀 그만해."

"왜? 별명 좋잖아. 얼굴이랑도 어울리고 대우받는 기분도 들고."

형님이라는 호칭치고는 예의가 없다고 생각했는데, 형님은 별명인 모양이다.

가을 역시 불쾌한 씨의 말에 공감했다. 누가 지었는지 별명 잘 지었다.

"캡, 넌 뭐 먹고 싶어?"

구미호가 모자를 쓴 남자에게 물었다.

'캡이 모자를 영어로 표현한 건가?'

가을은 거실 구석에 서서 상황에 어울리지 않는 추리를 했다.

"난 가벼운 거 먹고 싶어요. 너무 덥고. 냉면이나 배달시키죠."

"야, 누구 마음대로 메뉴를……."

버럭 하며 일어나던 불쾌한 씨가 문득 마음이 동했는지 도로 앉으며 말했다.

"난 비냉으로. 양념 많이 넣어서."

"나도 비냉."

"난 열무 냉면."

냉면 얘기를 들었더니 가을도 배가 고팠다.

오늘 점심도 먹지 못하고 촬영을 한 터였다.

냉면의 새콤한 맛을 떠올리자 입 안에 침이 고이며 뱃속에서 꼬르륵 소리가 났지만 그리 크지 않아서 다른 사람들 귀에는 들리지 않은 듯했다.

'나도 이따 냉면이나 사 먹어야겠다.'라고 생각하며, 가을은 크게 심호흡을 하고 입을 열었다.

"저기요."

가을의 목소리에, 네 사람이 소스라치게 놀라며 가을을 돌아봤다. 가을의 존재 자체를 전혀 몰랐다는 듯이.

다른 사람들이야 그렇다 쳐도, 불쾌한 씨의 행동에는 기분이 상했다. 똘이 찾는 것도 도와줬구만.

"뭐야, 넌?"

불쾌한 씨가 세 번째로 같은 질문을 했다.

가을은 '그 질문만 세 번째예요!'라고 외치고 싶은 걸 참으며 말했다.

"저, 심부름센터에 의뢰할 것이 있어서 찾아왔는데요."

가을의 말에 네 사람의 표정이 변했다.

캡과 형님, 구미호의 얼굴에는 영업용 미소가 해사하게 깃들었고, 불쾌한 씨는 약간 덜 찡그린 표정을 지었다.

네 명은 벌떡 일어나 가을을 향해 정중하게 인사하며 말했다.

"어서 오세요, 고객님. 뭐든 해 드리는 가을 심부름센터입니다."

거실이 응접실의 기능을 동시에 하는 모양이다.

가을은 방금 전 형님과 캡이 앉아 있던 자리에 앉게 되었다.

형님과 캡, 구미호는 불쾌한 씨의 옆에 옹기종기 모여 앉아, 호기심 어린 눈으로 가을을 살펴봤다.

"고객님이 불편해하시잖아!"

딱히 불편한 건 없었지만 불쾌한 씨가 버럭 소리를 질러 옆에 앉아 있던 직원들을 흩어지게 했다.

외모로만 보면 '형님'이 사장일 것 같은데, 불쾌한 씨가 사장이라는 것이 의외였다.

다른 직원들은 소파에서 일어나긴 했지만 멀리 가지는 않고 근처에 서서 두 사람을 지켜봤다.

"성함이 정말로 불쾌한…… 씨세요?"

가을은 아까부터 가장 궁금했던 것을 물었다.

"불쾌한 씨요? 처음 들어 보는데요, 그런 이름."

아까 동네 주민에게도 그렇게 불렸으면서, 불쾌한 씨는 시치미를 뗐다.

불쾌한 씨 대신 구미호가 말했다.

"별명이에요, 별명. 저 구겨진 얼굴 좀 보세요. 보기만 해도 아주 불쾌감이 치솟잖아요. 그래서 불쾌한 씨. 사실 우리 심부름센터 이름도 불쾌한 심부름센터로 지으려고 했었다니까요. 어감이 안 좋아서 관뒀지만."

"불쾌하긴 누가 불쾌하다는 거야."

"대장이. 대장 얼굴만 봐도 아주 불쾌해진다고. 이제 인정할 때
도 됐잖아."

"그럼 때려치워."

"이런 재미있는 걸 누가 때려치워."

구미호는 불쾌한 씨를 놀리는 게 재미있다는 듯 싱글싱글 웃었
다.

무표정할 때는 사나워 보였는데, 웃는 얼굴은 꽤나 매력적인 여
자였다.

저 정도 얼굴에 몸매면 모델을 해도 성공할 것 같다는, 직업적인
생각을 했다.

골골거리며 돌아다니던 똘이가 가을의 무릎 위로 폴짝 올라와
잘 자세를 취했다.

가을은 똘이의 털을 쓰다듬으며 바짝 곤두선 신경을 가라앉히려
애썼다.

의뢰를 위해 할 말은 이미 생각해 뒀다.

거짓말을 하는 게 익숙지 않지만, 큰 거짓말도 아니니 얼굴에 드
러나는 일은 없을 것이다.

"의뢰하실 내용은 뭡니까, 고객님."

불쾌한 씨의 목소리는 역시 상냥했지만 표정은 무시무시했다.

속을 꿰뚫어 보는 듯한 눈빛이 견디기 힘들어서, 슬그머니 시선
을 피하며 말했다.

"사람을 좀 찾고 싶어요."

"사람 찾기라…… 그게 우리 전문이죠. 돈 떼먹은 놈인가요? 아니면 결혼 사기?"

"아니요. 그런 건 아니고…… 제가 어릴 적에 옆집에 살던 앤데요. 그 애 이름도, 나이도 가물가물해서…… 기억나는 건 제가 살던 집 주소밖에 없거든요. 이런 걸로도 찾을 수 있을까요?"

"당연하죠. 그러라고 있는 심부름센터 아니겠습니까. 그런데 왜 찾으시는 건데요?"

기분 탓인지 불쾌한 씨의 눈빛이 날카로워진 것처럼 보였다.

"첫사랑이에요."

가을은 준비해 둔 변명을 생각해 냈다.

"옆집 사는 애가 남자애였는데, 제가 갤 좋아했거든요. 그런데 갑자기 그 집이 이사를 하는 바람에 고백도 못 했어요. 요새 계속 보고 싶어져서……."

"호오. 첫사랑이라고요. 실례지만 고객님 나이가 어떻게 되시죠?"

"스물일곱이요."

"스물일곱? 나랑 같은 나이네. 완전 어려 보이는데."

"스물일곱이면 어릴 적 첫사랑을 찾고 싶을 나이긴 하죠."

불쾌한 씨가 구미호의 중얼거림을 무시하고 말했다.

"그럼 몇 살 때 첫사랑이십니까? 초등학교 땐가요?"

"아…… 잘 기억은 안 나는데…… 아마 일곱 살 때였던 것 같아요. 남자애도 저랑 비슷한 또래였던 것 같은데."

"일곱 살이요? 초등학교에 들어가기 전부터 사랑을 했단 말입니까? 요새 애들 발육이 빠르다는 얘기는 들었지만⋯⋯."

불쾌한 씨는 전혀 예상 못 했다는 듯 혀를 내둘렀다.

"사랑이랑 발육이 뭔 상관이래."

구미호가 핀잔을 줬고, 이번에도 불쾌한 씨는 무시했다. 종종 있는 일인 모양이다.

"그럼 거의 대략 20년 전후로 해서 알아보면 되겠군요. 찾기만 할까요, 아니면 멱살을 잡고 끌어와 드릴까요?"

이 남자는 원래 이렇게 과격한 표현을 좋아하나?

"끌어 오진 않으셔도 되고. 어디에 사는지 정도만 알려 주시면 될 것 같아요. 이름도요. 이름이 잘 기억이 안 나서."

"섣불리 얼굴을 드러내고 싶지 않은 풋풋한 첫사랑이란 말씀이군요."

불쾌한 씨는 멋대로 스토리를 갖다 붙이며 고개를 끄덕였다.

"좋습니다. 예전에 살았던 주소를 알려 주시면 그걸 토대로 해서 찾아보도록 하겠습니다."

됐다, 고 생각했지만 가을은 표정에 드러내지 않으려 애쓰며 물었다.

"비용은 어떻게 되나요?"

"아, 비용이요. 사람 찾기에 주소까지 알고 있으니 그리 어려운 건도 아니고. 일당 10만 원으로 해서 3일치 선불로 지불해 주시면 되고요. 추가 수당은 그 후에 계산하면 될 것 같습니다. 3일 후에 찾든 못 찾든 진행 상황을 상세하게 보고해 드릴 겁니다. 만약 못 찾았을 때는 일을 더 맡겨 주실지 그때 가서 정하시면 되고요. 대략 일주일 내에는 확실하게 찾을 수 있을 것 같습니다."

"만약 찾아낸다면 추가 비용을 지불해야 하지 않나요?"

"됐습니다. 첫사랑 찾기면 어려운 일도 아닌데. 게다가 끌고 와야 하는 것도 아니니 추가 비용까지는 생각하지 않아도 될 것 같습니다. 그의 마음을 사로잡아 달라는 옵션이 붙는 거라면 얘기가 달라지겠지만."

일당 10만 원에 추가 비용까지 없다면 정말로 저렴했다.

이렇게 저렴하게 일을 맡아 주려는 사람들을 속이는 게 미안했지만, 이제 와서 전부 거짓말이라고 밝힐 수도 없는 노릇이었다.

"그나저나 똘이가 고객님을 참 잘 따르네요. 혹시 데려가서 키우실 생각 없으십니까?"

불쾌한 씨의 질문에 가을은 똘이를 내려다봤다.

똘이는 대자로 뻗어서 고롱고롱 코 고는 소리까지 내며 자고 있었다.

"제가 집을 자주 비워서 얘가 많이 외로울 거예요. 키우고 싶긴 하지만……."

"그렇다면 어쩔 수 없죠. 강요는 아니었습니다. 그럼 계약서에 사인하시고 30만 원을 지불해 주시면 바로 일을 시작하도록 하겠습니다."

불쾌한 씨가 눈짓을 하자, 캡이 방으로 들어가 계약서를 가지고 나왔다.

가을은 꼼꼼하게 읽어 본 후, 계약서에 사인을 했다.

"지불은 현금으로 해야 하나요?"

"우리 카드기 있나?"

"그런 게 어딨어? 허가받은 업소도 아닌데."

"없다네요. 현금으로 해 주셔야 할 것 같습니다. 통장 입금도 괜찮고요."

"그럼 통장으로 입금 후에 문자 드릴게요. 오늘 중으로 보내 드릴 수 있을 것 같아요."

"네, 고객님. 일 시작하고 3일 후에 연락드리도록 하겠습니다."

가을은 똘이를 깨지 않도록 조심스럽게 내려놓으려 했지만 움직이는 순간 잠에서 깬 똘이는 냐아, 하고 애교스럽게 울며 가을의 허리에 몸을 비볐다.

소파에서 일어난 가을은 "냐냐." 하고 우는 똘이가 눈에 밟혀서 발이 떨어지질 않았다.

똘이는 신발을 신는 곳까지 따라 나왔다.

가을은 배를 보이고 뒹구는 똘이를 물끄러미 응시하다가 심호흡을 하고 물었다.

"저…… 내일 똘이를 보러 와도 될까요?"

배웅을 하러 나왔던 불쾌한 씨와 구미호가 눈을 크게 뜨고 서로를 돌아봤다.

구미호가 어깨를 으쓱했다.

"뭐, 상관없잖아. 어차피 고객님인데."

불쾌한 씨가 고개를 끄덕였다.

"상관없다네요. 방문 전에 연락 주시면 대문 앞까지 모시러 나가겠습니다."

고객일 때와 아닐 때의 행동이 완전히 다른 불쾌한 씨의 모습이 조금 웃겼다.

그래서 살짝 웃었더니, 구미호가 해사한 미소를 지으며 말했다.

"와, 웃으니까 되게 귀엽네요."

*　　*　　*

가을은 밤새 최예은을 찍은 사진을 보정하고 회사로 넘겼다.

오늘 중으로 수정 요청이 들어오면 약간만 더 수정하면 이번 일도 끝이 난다.

수정본을 받아 본 최예은이 괜히 트집을 잡을지도 모른다는 불안감이 있었지만, 너무 앞서가진 않기로 했다.

일어나지도 않은 일을 걱정한다고 상황이 나아지는 것도 아니니까.

새벽빛을 보며 잠이 들어 악몽에 시달리다가 눈을 뜨니 정오가 되기 직전이었다.

씻고 식사를 하고 카메라를 점검하다가 똘이 생각이 나서 집을 나섰다.

근처에 도착했을 때 전화를 걸자 구미호가 전화를 받았다.

똘이를 보러 가도 되냐는 말에 구미호는, "와요, 와요. 어차피 아무도 없어서 심심했으니까."라며 가을의 방문을 반겼다.

심부름센터에는 구미호와 똘이만 있었다.

"다들 일하시러 갔나 봐요."

"대장이랑 형님은 일하러. 캡은 학교에 갔어요. 모자 쓴 애 있죠? 걔가 캡이에요."

"아…… 학생이에요?"

"복학생이죠. 내년에 졸업. 여기서는 알바 하는 중."

알바생을 써야 할 만큼 일이 많은가 싶어 신기했다.

구미호가 인스턴트커피 두 잔을 가지고 와 하나를 가을의 앞에 내려놓고 옆에 앉았다.

똘이는 가을이 와서 기분이 좋은지 가을의 허벅지 위에서 내려올 생각을 하지 않았다.

"가을 씨는 최가을이라는 이름이 본명이에요?"

"네, 본명이에요. 여기 심부름센터 이름이랑 똑같아요."

"이것도 인연이네. 우리는 가을에 만들어져서 대충 가을 심부름센터라고 이름 붙였어요. 가을 씨도 가을에 태어났어요?"

"네, 가을에요."

어릴 적, "네가 나오기를 기다리면서 병원 창문 바깥을 보는데 단풍잎이 새빨갛게 물들어 있었어. 그게 얼마나 예쁘던지……."라고 말하던 엄마의 모습이 떠올랐다.

"신기한 인연이네요. 이번 일 잘하면 앞으로도 계속 인연 맺고 지내요. 얘도 가을 씨 좋아하는 것 같고."

"그래요. 그런데…… 구미호 씨는 구미호가 본명이세요?"

가을의 질문에 구미호가 호탕하게 웃었다.

새침한 얼굴로 입을 크게 벌리고 웃는 모습이 보기 좋았다.

"그럴 리가요. 우리는 다 별명. 내 이름은 정지영이에요. 정지영."

의외로 평범한 이름이었다.

"참고로 불쾌한 씨 본명은 우강한. 형님은 주성희, 캡은 김연진. 이름들은 다 평범하죠? 인간들 하는 짓은 안 평범하지만. 여기서 평범한 사람은 나밖에 없다니까."

지영도 그다지 평범한 것 같진 않았지만, 구태여 그 사실을 말해 주진 않았다.

"우리 대장은 자기 이름 별로 안 좋아해요. 그러니까 그냥 불쾌한 씨라고 부르세요."

"이름을 싫어해요? 이름 괜찮은데."

"강한이라는 이름 때문에 놀림을 많이 받았나 봐요. 뭐, 어릴 적엔 김 씨들은 다 김밥이라고 부르고, 이 씨들은 이사라고 부르고…… 그런 거 있잖아요. 대장은 '우, 강한 녀석!'이라고 놀림을 받았나 봐요. 대장은 안 그렇게 생겨서 되게 소심하거든."

가을은 강한의 찡그린 표정을 떠올리며 작게 웃었다.

"역시 가을 씨, 웃는 게 진짜 귀여워. 남자들한테 인기 많겠다."

"그렇지도 않아요."

"남친 있어요?"

"없어요."

"정말? 그럼 우리 형님 어때요? 형님, 그렇게 보여도 진짜 다정한 남자거든."

"다정해요?"

"응, 정말로. 그냥 보기엔 완전 무서울 것 같죠?"

가을은 어제 봤던 성희를 떠올렸다.

넘어질 뻔한 가을을 챙겨 준 사람은 성희뿐이었고, 조심하라며 머리를 쓰다듬는 손길은 급한 와중인데도 부드러웠다.

"지영 씨는 알바가 아니고 여기 정규직이신 거예요?"

"정규직? 푸하하하하하."

뭐가 그리 웃긴지 지영이 상체를 앞뒤로 흔들며 웃었다.

뭘 잘못 말했나 싶어서 물끄러미 보고 있었더니, 얼굴이 발그레 상기된 지영이 두 손을 휘휘 저으며 말했다.

"아니, 아니. 여기가 정규직 직원을 쓸 만큼 대단한 직장은 아니라서요. 그냥 심심풀이죠. 카드기도 없는 업체인데, 뭐. 불쾌한 씨랑 형님이 수다 떨다가 할 것도 없는데 흥신소나 하자, 라고 해서 만들어진 거예요. 난 덤으로 끼어들었고."

강한과 성희가 험악한 얼굴로 마주 보고 앉아 수다를 떠는 모습이 머릿속에 그려지지 않았다.

그 두 사람, 정말로 수다를 떨기는 하는 걸까? 주먹다짐을 하게 생겼는데.

지영은 '구미호'라는 별명이 본명처럼 느껴질 만큼 기가 세 보이는 외모였지만 상대를 편하게 해 주는 재주가 있었다.

반말과 존댓말이 섞인, 거침없는 말투 때문인지도 모르겠다.

수다를 떨 만한 사이도 아닌데 두 시간이 넘게 시간 가는 줄을 모르고 이야기를 했다.

대부분은 〈가을 심부름센터〉에 대한 이야기였다.

지영과의 대화에서 〈가을 심부름센터〉에 대해 몇 가지 알게 된 게 있었다.

〈가을 심부름센터〉의 대표는 우강한이지만, 강한과 성희가 함께 투자해서 만들었다는 것.

웬만한 심부름은 다 해 준다는 것.

가을의 이름처럼 가을에 오픈을 해서 〈가을 심부름센터〉가 됐다는 것.

다른 곳보다 저렴한 가격이라서, 따로 홍보를 하진 않지만 입소문을 듣고 찾아오는 사람들이 많다는 것.

형님 주성희가 사실은 변호사였던 적이 있다는 것.

"변호사요? 정말요?"

험상궂은 얼굴로 판사 앞에서 변론을 펼쳤을 성희의 모습을 그려봤다.

변호보다는 판사를 협박하지 않았을까 싶다.

"판사를 협박했을 것 같죠? 자기는 아니라고 하지만 분명 그랬을 거야. 그래서 쫓겨났겠지."

지영도 같은 생각인 것 같았다.

쫓겨났다니.

무슨 일이 있었던 건지 물어보려는데, 현관문이 열리는 소리가 들렸다.

가을은 자신도 모르게 벌떡 일어나 들어오는 사람을 돌아봤다.

강한이었다.

"떡볶이……."

강한은 가을의 방문을 눈치채지 못한 듯, 고개를 푹 숙이고 중얼거렸다.

"신당동 떡볶이쯤은 직접 가서 먹어도 되잖아! 안 그래?"

"그, 그러게요."

가을의 목소리에 강한이 고개를 번쩍 들었다.

강한은 오늘도 찡그린 얼굴. 더운 날씨에 밖을 돌아다녀서인지 어제보다 훨씬 무서웠다.

저도 모르게 뒷걸음질을 치다가 소파에 걸려 털썩 주저앉았다.

"아아, 고객님. 가내 두루 평안하십니까."

강한이 상냥한 목소리로 물었지만, 가을은 역시 강한이 무서웠다.

그렇게 인상 찌푸리고 부드러운 목소리 내지 마!

"어디까지 갔다 왔는데?"

지영은 익숙한지 아무렇지도 않게 물었다.

"광명시."

"차비도 안 나오겠네."

"무슨 말씀을. 대중교통을 이용하면 남는 돈은 있어."

강한이 맞은편 소파에 앉았다.

오늘의 첫 의뢰가 신당동에서 떡볶이를 사다 달라는 의뢰였다고, 지영이 설명한 후에야 가을은 강한의 심기가 왜 불편해 보이는지 알 것 같았다.

그나저나 별의별 심부름을 다 시키는 것 같다.

심부름센터라고 하면 떼인 돈 받아 내기나 바람피우는 남편 증거 잡기 같은 것만 할 줄 알았는데.

신당동 떡볶이를 사다 달라고 부탁하는 의뢰인은 어떤 사람인지 보고 싶었다.

"원래 이런 거 부탁하는 사람이 많아요?"

가을의 질문에 지영이 고개를 끄덕였다.

"말도 말아요. 나도 처음에 이런 걸 부탁하는 사람들, 있을 거라고는 생각도 안 했거든. 그런데 장난 아니야. 떡볶이는 낫지, 자기 강아지 사료 사다 달라고 하는 사람도 있고, 귀걸이 잃어버린 거 찾아 달라는 사람도 있어요. 처음에는 장난으로 의뢰하는 건 줄 알았다니까."

"신기한 사람들 많네요. 전 되게 고민하다가 찾아온 건데."

"고민하실 거 없습니다, 고객님. 저희 가을 심부름센터는 고객님을 향해 열려 있으니, 무슨 일이든 맡겨만 주세요."

강한이 홍보 문구를 읊었다.

떡볶이 사다 달란다고 화를 내던 모습을 방금 봤는데, 무슨 일이든 맡길 수 있을 리가 없다는 걸 모르나 보다.

게다가 저렇게 찌푸린 얼굴을 보면 일을 맡기는 게 아니라 도맡아 해야만 할 것 같다.

강한이 온 후엔 분위기가 조금 어색해졌다.

지영은 가을과 둘이 있을 때와 다름없이 행동했지만, 가을은 불쾌한 씨의 찡그린 얼굴을 앞에 두고 마음 편하게 웃을 수만은 없었다.

지영의 두서없는 수다에 어색한 미소를 지으며 똘이의 머리를 쓰다듬어 주고 있는데, 휴대폰이 울렸다.

회사였다.

실례 좀 할게요, 라고 하고 전화를 받았다.

[가을 씨, 최예은 사진 다시 찍어야겠어.]

사장의 어두운 음성에 가을도 마음이 무거워졌다.

이러지 않을까 예상하긴 했지만 정말로 이럴 줄은 몰랐다.

"뭐가 마음에 안 든대요?"

[다 마음에 안 든대, 다.]

"하아."

[정말 한숨만 나오네. 이제 막 뜬 주제에 아주 자기가 여왕이라도 되는 줄 알아. 아마 또 퇴짜 놓을 것 같은데, 가을 씨가 부담스러우면 의찬이 보낼게.]

"아니에요. 제가 맡은 일인데 제가 해야죠. 촬영, 언제 들어가면 되나요?"

[6시까지 촬영장에서 만나기로 했어. 촬영장 다시 섭외하느라 아주…… 이래서 어린애들이 싫다니까. 지 본판보다 훨씬 잘 나왔더만, 괜히 떼를 쓰고 있어.]

"그러게요. 그럼 촬영장 도착해서 다시 연락드릴게요. 어제 거기죠?"

[응. 고생 좀 해.]

전화를 끊었을 때, 지영과 강한이 묘한 표정으로 가을을 쳐다보고 있었다.

"가을 씨, 촬영 일 해요?"

지영이 신기하다는 듯 물었다.

"네. 포토그래퍼예요. 초짜이긴 하지만."

"헤에, 그랬구나. 사실 우리 대장도⋯⋯."

"고객님. 슬슬 가 보셔야 하는 거 아닙니까?"

강한이 지영의 말을 끊었다.

가을이 나갔으면 하는 눈치이기에, 가을은 민망함을 감추며 일어났다.

갑자기 움직이자 무릎에 누워 있던 똘이가 기분 나쁜지 니야, 하고 울었다.

"너무 오래 있었나 봐요. 그럼 가 보겠습니다. 일 진행되면 연락 주세요."

"모셔다드리죠."

느닷없는 강한의 제안에⋯⋯.

"넥?"

가을은 그만 이상한 소리를 내고 말았다.

강한은 오만상을 찌푸린 채 상냥한 목소리로 말했다.

"우리 소중한 고객님 가시는 길, 편안하게 모셔다드려야지요."

'너 죽으러 가는 길, 내가 데리러 왔다.'라고 말하는 것만 같은 표정이었다.

"아, 아니요. 괜찮습니다. 저 혼자서."

갈 수 있어요, 라는 뒷말은, 이미 신발을 신고 있는 강한의 모습을 보고서 꿀꺽 삼켰다.

더 거절했다가는 정말로 황천 가는 길에 올라야만 할 것 같았다.

울 것 같은 기분으로 지영을 돌아봤지만, 지영은 이미 똘이랑 놀기에 여념이 없었다.

"거기서 뭐 하십니까, 고객님. 혹시 혼자서 신발 신기가 귀찮으신 거라면 제가 업어서 모셔 와 신겨 드릴까요?"

"아, 아니요! 제가요! 제가 신을게요!"

강한이 정말로 업을 기세였기에, 가을은 황급히 대답하고 신발장으로 향했다.

2장

강한과 함께 버스 정류장으로 걸어갔다.

지난번에는 강한과의 다리 길이 차이에 버거웠지만, 오늘은 강한이 가을의 속도에 맞춰서 걷고 있었다. 고객 배려 차원인 모양이다.

걷는 내내 강한은 한 마디도 하지 않았다. 정말로 딱 데려다주기만 할 생각이었나 보다.

가을 역시 딱히 할 말이 생각나지 않아, 묵묵히 그의 옆을 걸으며 흘끔흘끔 옆모습을 훔쳐봤다.

투블럭컷 헤어가 잘 어울리는 작은 얼굴과 갸름한 턱선, 짙은 눈썹 아래로 기름하고 깊은 눈, 오뚝한 코와 굳게 다문 입술.

찡그리지만 않고 있으면 참으로 그림 같은 외모였다.

사진으로 찍으면 정말 예쁘게 나올 것 같은 얼굴이다.

"얼굴이 뚫어지겠습니다."

문득 그가 입을 열었다.

"아, 네. 죄송합니다."

"고객님."

강한이 걸음을 멈추고 가을을 돌아봤다.

찡그린 눈이 여느 때보다 진지하게 빛나고 있었다.

"네?"

"죄송할 거 없습니다. 우리 가을 심부름센터는 언제나 고객 중심! 제게 무슨 짓을 해도 얼마든지 용서할 준비가 되어 있습니다." 라고, 강한은 때려죽일 것 같은 표정으로 말했다.

"아, 네에."

"물론! 포옹이라든가 키스 따위를 하고 싶은 거라면 추가금을 지불하셔야 하지만."

이 인간이 진짜!

"아뇨, 그런 거 하고 싶지 않은데요."

"그래요? 그거 아쉽게 됐군요. 오늘은 날씨가 좋아서 할인 서비스를 해 드리려고 했는데."

"아뇨, 필요 없습니다."

가을의 단호한 거절에 강한은 "쳇." 하고 혀를 차더니 다시 걷기 시작했다.

이윽고 버스 정류장에 도착했다.

정류장 벤치에 나란히 앉아 버스를 기다리는 시간이 너무 길게 느껴졌다. 우강한이라는 남자의 속을 도통 알 수 없었고, 그래서 불편했다.

이러다가 버스까지 같이 타고 가야 할 것 같아서, 가을은 마음의 준비를 하고 입을 열었다.

"저기요."

"네, 고객님."

"버스는 저 혼자 타고 갈게요. 촬영장도 버스 정류장 근처니까 여기까지만 데려다주시면 돼요."

"그건 고객님으로서의 명령입니까?"

"……네. 명령이라고 해 두죠."

"그렇다면 어쩔 수 없네요."

"게다가 버스 타면 교통비가 또 들잖아요."

덧붙인 말에, 강한이 문제없다는 듯 대답했다.

"아직 환승 가능 시간입니다."

*　　*　　*

괜히 교통비 얘기를 덧붙이는 바람에, 결국 강한이 버스까지 타고 촬영장 앞까지 데려다주었다.

버스를 타고 가며 강한은 진지한 어조로 말했다.

"전 말입니다. 이 환승 제도가 참 좋습니다. 제 인생 모토가 뽕을 뽑자인데, 이것만큼 뽕 뽑기 쉬운 제도가 없어요."

말이 별로 없을 줄 알았던 강한은 의외로 수다쟁이였다.

그 결과 촬영장 앞에 도착할 때쯤엔, 그의 인생 철학인 뽕 뽑기에 대해 완벽히 숙지하게 되었다.

"데려다줘서서 감사해요. 저, 이만 들어가 볼게요."

또 붙잡을까 싶어 서둘러 스튜디오를 향해 걸음을 옮기는데, 역시나 강한이 가을을 불렀다.

"최가을 씨."

고객님 말고 이름으로 강한에게 불리는 건 처음이라 당황해서, 절대 응답하지 않겠다는 결심을 잊고 그를 돌아봤다.

강한은 한 손을 바지 주머니에 찔러 넣고 이쪽을 향해 서 있었다. 그의 뒤쪽으로 해가 떠 있었고, 빛이 그를 감싼 광경이 잘 그려진 그림 같았다.

한 폭의 수채화 같은 영상 속에서, 그가 나직한 음성으로 말했다.

"힘내요."

고객 배려 차원에서 한 말일 것이 분명한데, 어째서인지 그 응원이 가슴에 묵직하게 내려앉았다.

그래서 가을은 두 주먹을 불끈 움켜쥐고 고개를 끄덕였다.

"네, 힘낼게요!"

*　　*　　*

뭐가 그리 기분이 나쁜지 입을 비죽거리는 최예은을 달래며 사진을 찍느라 힘든 시간을 보내고, 밤을 새워 사진 보정을 해서 회사로 보냈다.

최예은이 아무리 어리다지만 생각이 있고 눈치가 있다면 또 퇴짜를 놓지는 않을 것이다.

이튿날 저녁 사장은 최예은이 첫 번째에 찍었던 사진들을 선택했다고 알려 왔다.

버르장머리 없는 계집애에 대한 사장의 투덜거림을 한참 들은 후에야 전화를 끊을 수 있었다.

똘이를 보러 가고 싶었지만 불쾌한 씨가 있을 때의 불편한 분위기가 떠올라서 쉽게 찾아갈 수가 없었다.

게다가 일복이 터졌는지 나흘간 인터뷰 사진과 프로필 사진을 찍으러 다니느라 정신이 하나도 없었다.

일을 마무리하고 한숨 돌릴 여유를 찾았을 때는 토요일이 되어 있었다.

주말 전에 일이 마무리되어서 다행이라고 생각하며 장을 보고 있을 때, 고등학교 동창에게 만나자는 연락이 왔다.

동창들을 집으로 불러 직접 요리를 해서 먹이고 다 함께 근처 커피숍으로 이동해 시간을 보낼 때, 〈가을 심부름센터〉에서 전화가 걸려 왔다.

아무 생각 없이 휴대폰 액정에 뜬 이름을 응시하던 가을은, 가을 심부름센터에서 중간 보고를 하기로 했던 날짜가 지났다는 것을 깨닫고는 서둘러 전화를 받았다.

[최가을 씨 되십니까?]

우강한이었다.

"아, 네. 전데요."

[아아. 가을 심부름센터입니다. 의뢰하신 건으로 말씀드릴 게 있으니 심부름센터로 와 주세요.]

"아······."

대답을 하기도 전에 전화가 끊겼다.

목소리만큼은 상냥하던 강한의 목소리가 더는 부드럽지 않았다.

통화 음질 탓인가 싶었지만, 그렇다고 하기에는 통화 내용 자체가 무뚝뚝했다.

가을은 친구들에게 양해를 구하고 가을 심부름센터로 향했다.

강한의 퉁명스러운 목소리가 마음에 걸려서, 평소에는 안 타던 택시까지 잡아탔다.

가을 심부름센터의 빨간색 대문 앞에서 크게 심호흡을 한 후 초인종을 눌렀다.

지영의 목소리가 누구냐고 물었고, 최가을이라고 대답하자 문이 열렸다.

달그락거리는 자갈길을 걸어가 현관문을 한 번 더 두드리고 문을 열었다.

지영이 안에서 기다리고 있었다.

"저기······."

무슨 일이냐고 물으려다가 지영의 어두운 표정을 보고는 관뒀다.

"들어오세요."라고 말한 지영은 가을의 대답을 기다리지 않고 안으로 들어갔다.

가을은 숨이 턱 막히는 기분이 들어, 신발을 벗던 행동을 멈추고 호흡을 골랐다.

'여기서 호흡 장애를 일으키면 안 돼.'

"뭐해요? 얼른 들어와요."

가을이 따라오지 않자 되돌아온 지영이 날카로운 목소리로 말했다.

가을은 고개를 끄덕이고 마저 신발을 벗었다.

지영의 태도로 봐서는 강한의 목소리가 퉁명스러웠던 게 기분 탓만은 아니었던 것 같다.

불과 며칠 전까지만 해도 다정했던 그들의 행동이 변한 이유를, 가을은 알 것 같았다.

'거짓말이 들통난 거야.'

도망치고 싶었다.

고양이를 보러 오고 싶다고 했을 때 시원스럽게 허락을 해 주고, 실제로 찾아왔을 때에도 친절하게 대해 준 사람들이었다.

의뢰를 거절당할까 봐 불안하다고 해도 거짓말을 해서는 안 되는 거였는데.

실망을 느끼고 말고 할 사이는 아니었지만, 마음이 무거운 건 어쩔 수 없었다.

거실에는 가을 심부름센터 직원들이 모두 모여 있었다.

우강한, 주성희, 김연진, 정지영.

강한과 성희는 소파에 나란히 앉아 있었고, 연진과 지영은 그 뒤에 서 있었다.

네 사람의 시선이, 거실로 들어오는 가을에게 꽂혔다.

그들의 시선은 부드럽지 않았고, 가을은 시선이 바늘처럼 꽂힐 수도 있다는 것을 실감했다.

"일단 앉으시죠."

강한이 인사도 없이 말했다.

가을은 맞은편 소파에 앉아, 무릎 위에 두 손을 가지런히 올려놓았다.

"일단 오늘까지는 고객님으로 대해 드리겠습니다."

강한의 음성은 차가웠다.

하지만 무서운 표정으로 상냥한 음성을 내느니 차라리 이렇게 차가운 게 낫다는, 상황과 어울리지 않는 생각을 했다.

아마도 긴장과 후회 탓에 정신이 이상해진 모양이다.

"의뢰 건에 대해 조사를 했습니다. 거짓말을 하셨더군요. 조금만 조사해도 나오는 건데 속일 수 있을 거라고 생각하신 겁니까?"

대답할 말을 찾을 수가 없었다.

생각이 짧았다.

강한의 말대로 조금만 조사하면 나오는 일이다.

그 당시에 일가족 중 딸 한 명만 살아남았다고 꽤나 떠들썩했으니까.

어째서 걸리지 않을 거라고 생각했는지 모르겠다. 부끄럽고 미안해서 고개를 들 수가 없었다.

"고객님이 알려 주신 주소를 토대로 찾아봤습니다. 20년 전에 방화 사건이 있었더군요. 불이 난 집에는 부모, 딸, 아들. 이렇게 4인 가족이 살고 있었고, 불이 난 시간은 밤 11시경. 낮에 불이 난 거면 연기를 보고 도망쳤겠지만 다들 잠든 상태라 불난 것을 늦게 깨달았죠. 일어난 아버지가 일단 옆에 있던 딸을 구해서 밖에 내다 놓고 남은 가족을 구하러 들어갔다가 결국 나오지 못하고 사망. 생존자는 딸 한 명뿐. 그리고 그 딸의 이름은 최가을."

"⋯⋯."

"방화를 저지른 건, 옆집에 살던 소년 A. 진짜인지 아닌지는 모르겠지만, 일단 대외적으로는 장난을 치던 중에 불이 옆집에 옮겨붙었다, 고 알려져 있네요."

"⋯⋯."

"첫사랑을 찾아 달라고 하셨죠. 제 능력을 의심한 건지 진짜 속일 수 있을 거라고 생각한 건지, 아니면 정말 첫사랑인 건지는 모르겠습니다. 하지만 하나 분명한 건, 자기 집에 불 지르고 가족들을 다 죽인 그런 녀석을 진짜로 사랑해서 찾는 거라면, 고객님이 사이코패스라는 거겠죠."

"⋯⋯."

대답할 말을 찾아야 돼.

하지만 찾을 수가 없었다.

타인의 입에서 흘러나오는 과거의 진실이 가을의 숨통을 조여 왔다.

기도의 근육이 경련을 일으키며 부풀어 올랐다.

공기가 통하는 구멍이 사라지고 폐가 움츠러들었다.

산소를 잃은 심장이 펄떡거리며 비명을 질러댔지만, 가을은 꼼짝도 하지 못했다.

가을의 정신은 돌고 돌아 그 날로 돌아갔다.

피부를 태우는 뜨거운 불길, 가득 찬 연기, 폐를 쥐어짜는 따끔한 공기, 그리고 비명. 누구의 것인지 알 수 없는 비명 소리와 아버지의 외침.

—가을아!

—아빠…….

"상태가 이상한데. 기절한 건가?"

낮은 음성이 가까워졌다.

"최가을 씨."

그것이 성희의 음성이라는 것도 깨닫지 못하고 가을은 무릎 위에 엎어진 하얀 손등만 노려봤다.

—가을아! 가을아, 정신 차려! 아빠가 구해 줄게!

"최가을 씨!"

성희의 목소리가 커졌다.

"숨을 못 쉬는 것 같아. 최가을 씨, 괜찮아요? 숨 쉬어 봐요!"

어깨를 움켜쥐는 강한 힘에 정신을 차렸다.

가을은 헐떡거리며 고개를 들었다.

가을을 쳐다보는 놀란 눈동자가 여러 개.

그제야 이곳이 어딘지 깨달았다.

"괜…… 찮…… 습니다…….."

목소리가 떨렸다.

"괜찮습니다. 죄송합니다."

피부를 쥐어뜯는 고통스러운 열기는 기억이 만들어 낸 착각이었다.

가을은 이런 상황이 닥칠 때마다 휘둘리는 자신의 나약한 정신 상태가 부끄러웠다.

"대장이 잘못했네요."

연진이 강한을 책망했다.

"내가 뭘?"

"좋은 기억도 아닌데 그런 식으로 끄집어내면 어떻게 해요?"

"속인 쪽이 잘못 아냐? 첫사랑이라고 한 건 저쪽이야."

"그래도요. 부드럽게 말할 수도 있었잖아요. 그쵸, 누나."

"대장은 원래 여자 마음을 모르잖아."

"괜찮아요?"

성희가 가을의 얼굴을 들여다보며 물었다.

성희는 가을의 앞에 한쪽 무릎을 꿇고 앉아 있었다.

여전히 험상궂은 생김새이기는 하지만 그의 깊은 눈동자에 가득 담긴 걱정스러움이 가을의 떨림을 잦아들게 만들었다.

"네, 괜찮아요. 고맙습니다."

입 안이 바싹 말라 있었다.

성희는 한 번 더 가을의 상태를 점검하고는 원래의 자리로 돌아갔다.

가을을 향한 시선들은 처음 들어올 때와는 조금 다르게 변해 있었다.

걱정스러움과 안쓰러움이 담긴 시선들.

"대장이 사기꾼이라고만 말해서 이런 사정이 있는 줄은 몰랐네."

팔짱을 끼고 서 있던 지영이 중얼거렸다.

"사기꾼이지. 온통 거짓말이었으니까."

강한이 신경질적으로 대꾸하며 가을을 노려봤다.

"이래저래 우리 직원들 동정심을 건드리는 데는 성공한 것 같지만 고객님의 의뢰는 받아들일 수 없습니다. 선불로 입금하신 금액은 이번 건을 조사하는데 사용한 것으로 해 두겠습니다. 헛수고를 한 것에 대한 추가 비용은 받지 않겠습니다. 돌아가시지요."

강한은 고객이 아닌 사람에게는 한없이 차가웠다.

잘못했다는 것도 알고 더 부탁하는 것이 염치없는 짓이라는 것도 알았다. 하지만 이대로 돌아갈 수는 없다.

이건 마지막 기회야.

가을은 생각했다.

여기를 놓치면 평생 그 애를 찾을 수 없을 거야.

수많은 흥신소를 찾아다니면서 거절도 당하고, 사기도 당했다.

마지막이라고 생각하며 찾아온 가을 심부름센터는 특이한 직원들만 있지만 따뜻함이 느껴졌다.

인상을 찡그리고 있어도 고양이를 아끼는 불쾌한 씨.

험상궂은 외모이지만 가장 먼저 가을의 상태를 눈치채고 다가와 준 형님.

모자를 푹 눌러쓰고 있어서 얼굴은 잘 안 보이지만 가을의 편을 들어 준 캡.

그리고 생긴 것과 달리 호탕하고 즐거운 구미호.

이 사람들이라면 가을의 고민을 진지하게 받아들이고, 그걸로 사기를 치지는 않을 것 같다는 생각을 제멋대로 해 버렸다.

"부탁드립니다."

일어나서 깊이 허리를 숙였다.

"속인 건 정말 죄송합니다. 너무 절박해서 그랬어요. 호흡 장애가 생겼어요. 연기 속에 있는 것처럼 숨을 쉴 수 없는 상태가, 하루에도 몇 번씩 찾아와요. 매일 밤 악몽을 꿔요. 아빠랑 엄마랑 동생이 불에 타서 끔찍한 비명을 질러대는…… 그런 악몽을 매일, 매일 꾸고 있어요. 하루도 거르지 않고. 그래서…… 그래서 분해요."

허리를 폈다.

"소년 A는 어리다고 처벌도 받지 않았어요. 실수였다고 비난을 받지도 않았어요. 아마 지금쯤 아무것도 모르고 행복하게 살아가고 있겠죠. 제 가족은 그 애 때문에 전부 사라졌는데…… 저는 언제 호흡 장애가 일어날지 몰라서 전전긍긍하며 살아가고 있는데…… 그런데 그 애는 아무 일도 없었다는 듯이 그렇게 살아가고 있겠죠. 자기 일을 열심히 하면서, 부모님의 보호를 받으면서…… 그게 너무 분하고 분해서…… 그래서 찾고 싶었어요. 찾으면…… 찾으면 저도 뭔가 달라지지 않을까 해서요. 적어도 호흡 장애만큼은 극복할 수 있지 않을까 해서요. 그래서……."

"찾아서?"

강한이 가을의 말을 끊었다.

"찾아서 뭘 어쩌게? 멀쩡하게 잘 살고 있는 소년 A를 보고, 아아, 잘 사는구나, 그렇게 납득하고 끝내게?"

찌르는 듯한 시선이 가을에게 꽂혔다.

강한은 이제 가을을 '고객님'으로 대하고 싶은 생각조차 사라진 듯, 존댓말을 사용하지도 않았다.

당연한 일이라고 생각했다.

"네, 납득하고 끝내게요."

"또 거짓말을 하는군."

"거짓말이 아니에요."

"아니, 거짓말이 맞아. 잘 사는 걸 보고 납득하고 끝낼 거라면 굳이 찾을 필요 없잖아. 안 그래?"

"아니요, 저는……."

"아마 지금까지 흥신소를 여러 군데 찾아다녔겠지. 부탁하는 족족 거절을 당했을 거고. 뭐, 사기도 몇 번쯤 당했겠지. 그런 놈들도 심심치 않게 있으니까. 그러니까 절박해서 거짓말까지 할 지경이 되었어…… 그거겠지."

"맞아요. 저는……."

"내 말 끊지 마. 지금 같은 의뢰, 처음은 아니야. 원수를 찾아 달라고 찾아오는 사람들, 적지 않지. 우리는 판단을 해야 돼. 이 일이 복수로 이어질지, 이어지지 않을지. 하는 일 방해하거나 협박 편지를 보내는 정도는 귀여워. 봐줘도 될 법한 일이지. 하지만 살인은 달라. 경찰이 알려 주지 않은 가해자의 신변을 우리가 찾아내서 의뢰인에게 알려 주면, 불미스러운 사건이 터졌을 때 우리까지 개입하게 돼. 그건 아주 귀찮은 일이고."

"절대로, 여기를 통해서 알게 됐다고 말하지 않을게요."

가을을 주시하던 강한의 눈동자가 퍼렇게 빛났다.

"죽일 생각이구만."

"⋯⋯아, 아니⋯⋯."

"적어도 형사 사건으로 번질 만한 무슨 짓을 하려는 거로군."

"그, 그런 거 아니에요."

"아니긴 뭐가 아니야. 나가. 엎드려서 빌어도 들어줄 생각 없으니까."

강한이 오만상을 찡그리고 현관문을 가리켰다.

"정말 아니에요. 죽일 생각은 없어요. 그냥⋯⋯ 전 그냥 보고 싶은 거예요. 어떻게 살고 있는지."

강한은 대답하지 않았다. 가을이 잘못된 대답을 하는 시점에서 설명해 줄 생각조차 접은 것 같았다.

"얼마든 낼게요."

"돈 같은 거 필요 없어."

"그런 것 같진 않은데⋯⋯."

"농담 따먹기 할 생각 없으니까 시간 낭비하지 말고 나가."

"정말요. 얼마든 낼 수 있어요. 몇천, 아니 몇억이 돼도 벌어서 낼게요. 당장 내야 한다면 사채를 쓸 수도 있어요. 전⋯⋯ 전 이제 그만 끔찍한 악몽에서 벗어나고 싶어요."

"불쌍하네요, 대장."

연진이 말에 강한의 얼굴이 도깨비처럼 변했다.

"불쌍하긴 뭐가 불쌍해! 저런 사연도 없는 인간들, 세상에 얼마나 된다고!"

"대장은 저런 사연 없잖아요. 저도 없고."

"너도 같이 나가!"

"그러지 말고 그냥 들어줘. 누구 죽일 애는 아닌 것 같은데."

지영이 연진을 거들었다.

"죽일 앨지 아닐지를 어떻게 알아? 평범한 가장으로 살다가도 회 까닥 돌아서 사람 찔러 죽이는 인간들이 판을 치는 세상이야!"

"판을 치진 않아요. 아직은 정상이 많죠."

"너, 나가!"

강한은 이제 정말로 화가 난 것처럼 보였다. 온몸에서 일렁일렁 분노의 오라가 퍼져 나왔다.

"정말 불쌍하잖아요. 호흡 장애가 있다는 거. 저 군대에 있을 때 후임이 무호흡증인지 뭔지, 그런 게 있었어요. 잘 때 가끔씩 숨을 못 쉬는 건데…… 애가 아주 해쓱하더라고요. 그걸 매일 겪으면 얼 마나 힘들겠어요."

"네 군대 후임 놈 호흡 사정 따위는 안 궁금해."

"말이 그렇다는 거죠."

강한과 연진이 말다툼을 하고 지영이 연진의 편을 들어주는 동 안, 성희는 말없이 팔짱을 끼고 앉아 가을을 바라보고 있었다.

성희의 묵직한 시선이 부담스러웠다.

"여하튼 우리는 이 일 맡을 생각 없으니까……."

"맡자."

강한의 말을 끊으며 성희가 단호하게 말했다.

강한이 눈을 휘둥그레 뜨고 성희를 쳐다봤다.

"야, 너…… 자고 있었냐? 지금 이게 무슨 스토리인지 몰라서 하는 말이지?"

"확실하게 파악했어. 고의인지 사고인지는 모르겠지만 소년 A가 최가을 씨 집에 불을 냈다. 최가을 씨의 가족은 사고를 면치 못했고 최가을 씨만 무사했다. 소년 A는 어려서 벌도 받지 않고 사라졌다. 최가을 씨는 트라우마 때문에 여러 가지 고생을 하고 있다. 그거잖아."

"그래, 그거지. 그런데 이 일을 맡자고?"

"상관없잖아. 만나서 죽일 것도 아닌데."

"그러니까 그걸 어떻게 확신하냐는 거지. 지금은 죽일 생각이 없다고 해도 자기 가족을 다 죽인 놈이 뻔뻔하게 잘 살고 있는 걸 보면, 머리가 확 돌지 않겠냐?"

성희가 가을을 응시했다.

"확 돌 예정입니까?"

"아, 아뇨. 돌 예정은 아닌데요."

가을이 대답하자, 성희가 다시 강한에게로 시선을 돌렸다.

"아니라는데."

"말은 저렇게 하지. 아직 만난 것도 아니니까."

"그럼 정말로 돌 사람인지, 안 돌 사람인지 알아보면 되잖아."

사람을 앞에 앉혀 놓고 머리가 돌지, 안 돌지 의논하는 두 사람의 행동이 어이없었다.

하지만 불쾌함을 주장할 만한 입장이 아니기에, 쥐 죽은 듯 앉아서 속으로 성희를 응원했다.

강한과 성희가 같이 투자한 심부름센터니까 성희의 의견도 크게 작용할 것이다.

"그걸 어떻게 알아봐? 부모 자식 간에도 칼부림이 나는 세상인데 하루 이틀 본다고 알 수 있냐?"

"그럼 하루 이틀 이상 보면 되지."

"그러니까 그걸 어떻게 하냐고."

"최가을 씨, 뭐든 할 수 있다고 했죠?"

성희의 질문에 가을은 저도 모르게 벌떡 일어나 차렷 자세를 취했다.

"네! 뭐든 할 수 있습니다! 아…… 오, 옷 벗는 것만 빼고요."

"그럼 뭐든 할 수 있는 게 아니잖아!"

강한이 핀잔을 줬다.

"뭐예요, 대장. 가을 씨 벗은 몸을 보고 싶었던 거예요?"

연진이 변태를 바라보듯 강한의 뒤통수를 노려봤다.

"그런 말이 아니잖아!"

"여기서 일하시겠습니까?"

연진과 강한의 다툼은 늘 있는 일인지, 성희는 둘을 깨끗이 무시하고 가을에게 물었다.

"일…… 이요?"

느닷없는 제안에 가을은 눈을 크게 떴다.

"네. 어차피 프리랜서니 시간은 자유로운 편일 거고. 일이 바쁘지 않을 때 와서 이쪽 일을 하시는 겁니다. 한동안 지켜본 후에 소년 A에게 위해를 가할 사람이 아니라는 확신이 생기면 소년 A의 정보를 드리는 거, 어떻습니까?"

"하, 하겠습니다!"

"하긴 뭘 해? 난 반대야."

강한이 차갑게 말했다.

"왜? 좋잖아. 가을 씨는 포토그래퍼니까 증거 사진 같은 거 잘 찍지 않겠어?"

지영의 말에 강한이 한숨을 쉬었다.

"나 참. 무슨 작품 사진 찍을 일 있냐? 기껏해야 바람난 놈 사진 찍는 건데."

"얼굴 예쁘게 나오면 좋지, 뭐. 굳이 반대할 이유는 없을 것 같은데."

잘 알지도 못하는 가을의 심정을 이해해 주는 지영과 성희, 연진에게 고마웠다.

기대에 찬 눈으로 강한을 돌아봤다.

직원들의 닦달에 강한은 곤란한 듯 미간을 모으고 있었다.

다리를 꼬고 앉아 테이블을 물끄러미 노려보던 강한이 깊은숨을 내뱉었다.

강한이 고민하는 시간이 영원처럼 길게 느껴졌다.

가을은 앉지도 못하고 강한의 결정을 기다렸다. 강한이 자신의 생명줄을 잡고 있는 것 같다는 생각을 하면서.

이윽고 강한이 가을을 응시했다.

생뚱하게도 가을은 강한의 눈동자가 굉장히 까맣다는 생각을 했다.

쌍꺼풀이 없는 기름한 눈과 잘 어울리는 눈동자.

인상만 찡그리지 않는다면 여자에게 꽤나 인기 있을 법한 외모였다.

"무상으로."

강한의 단호한 목소리에 가을은 정신을 차렸다.

"네?"

"형님이 말한 대로 여기서 일하는 건 허락해 주지. 다만 무상으로."

어차피 돈 받을 생각은 없었다.

"그럼…… 해 주시는 거예요?"

"난 발언권이 없는 사장이거든. 일하는 동안 네가 홱 돌아 버릴 성격이라고 생각되면 소년 A에 대해 알려 주지 않을 거야. 알바 비를 주지도 않을 거고. 그때 가서 후회하지 마."

"후회 안 해요."

"네 식비까지 감당할 수 없으니까 끼니는 알아서 챙겨 오고."

"네, 그럴게요! 감사합니다, 정말 감사해요!"

홱 돌아 버릴 것 같은 사람으로 보이지 않으려면 어떻게 해야 하는지 알 수 없지만, 일단 한 발자국 앞으로 내디뎠다.

프리랜서라고는 해도 회사와 계약 관계라서 아주 자유로운 건 아니지만, 잠을 좀 줄이고 일하면 어떻게든 해낼 수 있을 것 같다.

열심히 일하면 언젠가는 불쾌한 씨도 미간을 풀고 믿어 주겠지.

가을이 앞으로의 일에 대해 다짐을 하는 동안, 지영과 연진은 끼니까지 챙겨 오라는 '대장의 쪼잔함'에 대해 신랄한 비난을 퍼부었고, 강한은 귀찮다는 듯 가을에게 나가라고 손짓했다.

*　　*　　*

"똘이야, 이리 와. 밥 먹자."

지영은 얼마 전 구입한 똘이의 하얀 밥그릇에 가을이 가져다준 사료를 쏟았다.

똘이는 우아하게 걸어와 사료 냄새를 맡더니 '흥! 이따위 것을!' 하는 표정으로 가 버렸다.

강한은 심기가 불편한 듯 다리를 꼬고 앉아 창문 밖에 펼쳐진 마당을 노려보고 있었다.

모르는 사람이 보면 늘 찡그린 얼굴이지만, 오랫동안 강한을 봐 온 심부름센터 직원들은 강한의 미세한 표정 변화를 알아챘다.

"대장이 왜 저렇게 기분이 나쁜 걸까요?"

게임을 하다가 나온 연진이 강한의 눈치를 보고는, 지영에게 작은 목소리로 물었다.

"그러게. 그런 거 부탁하는 사람들이 한둘도 아니었는데 새삼 왜 저런대?"

지영도 알 수 없었다.

강한이 가을에게 말했던 것처럼, '원수'를 찾고자 방문하는 사람들은 꽤 많았다.

왕따를 당했던 사람, 애인을 뺏긴 사람, 뺑소니에 자식을 잃은 사람, 사기를 당한 사람…….

그런 사람들이 올 때마다 강한이 화를 내진 않았다.

강한이 이번 사건에 유독 화를 내는 데는 이유가 있을 것이다.

"내일 가을이 누나 온다고 했죠?"

"응."

"아, 기대된다. 드디어 우리 사무실에도 여자가 생기는구나!"

"나도 여자야, 이 자식아!"

"으앗! 누나는 여자라기보다는…… 생물체죠. 여성형 생물체."

"너!"

"그럼 가 보겠슴돠! 내일 봬요!"

연진이 지영의 발길질을 능숙하게 피하며 후다닥 도망쳐 버렸다.

똘이가 따라가려고 하기에 얼른 붙잡은 지영은, 문단속을 하고 들어와 강한의 맞은편에 앉았다.

"왜 그렇게 폼을 재?"

"내가 뭘?"

"뭐가 그렇게 마음에 안 드는데? 가을이, 예쁘고 귀엽고 괜찮잖아."

"예쁘고 귀엽고 괜찮은 사람이 그렇게 좋으면 연예계로 가든가."

"그럼 너무 유명해질 게 분명하니까 싫어."

"귀찮게 하지 말고 밥이나 차려."

강한이 새를 쫓듯 손을 휘이휘이 저었다.

똘이가 재미있는 걸 발견한 듯 달려와 강한의 팔에 매달렸다.

강한은 똘이를 위해 팔을 계속 흔들었고, 똘이가 달려드는 것을 보는 동안 표정이 좀 나아졌다.

지영은 사뿐사뿐 다가가 강한의 옆에 앉았다.

강한의 어깨에 머리를 기댔더니, 강한이 진저리를 치며 지영을 밀어냈다.

"왜 이래? 무겁게."

"정상인지 아닌지 확인 좀 해 보려고."

"저놈 정신을 점검해 보는 게 우선 아니냐?"

강한이 성희를 가리켰다.

성희는 거실 구석에서 물구나무선 채로 팔 굽혀 펴기를 하고 있었다.

"형님은 운동하는 거고."

"우락부락한 놈이 더 우락부락해져서 어쩌려고. 쯧쯧."

"정말 왜 그러는데?"

강한은 잠시 침묵을 지키다가 천천히 일어나 마당으로 나갔다.

지영은 저 인간이 왜 저러나 싶은 마음에, 인상을 찌푸리고 강한을 지켜봤다.

마당의 자갈길 가운데 멈춘 강한은 하늘을 올려다보더니, 숨을 들이마시고 나서 큰소리로 외쳤다.

"옛! 같은! 세상!"

　　　　*　　　*　　　*

　진리성의 촬영이 있을 때마다 저 남자가 진짜 연예인이라는 것을 실감한다.

　진리성 주연의 영화 화보 촬영을 도우러 왔는데, 이른 시간인데도 팬들이 스텝들과 함께 먹으라고 챙겨서 보낸 음식들이 잔뜩 쌓여 있었다.

　빠르게 일을 끝내고 편하게 식사를 하자며 다들 촬영에 집중했다.

　하지만 원하는 사진이 나오지 않아서 결국 중간에 식사를 하게 되었다.

　"선배님, 저 오늘은 먼저 들어가 봐도 될까요?"

　2시를 막 넘긴 시간이었다.

　촬영 종료가 1시쯤 될 거라고 예상했기 때문에, 심부름센터에 3시쯤 가겠다고 말해 둔 터였다.

　어차피 오늘 메인 촬영은 김의찬 담당이었다.

　가을은 의리상 도우미로 온 거였기 때문에 중간에 빠져도 괜찮은 상황이었다.

　"그래. 오늘 고생했다."

　의찬은 시원스럽게 허락했지만, 리성은 그러지 않았다.

　"뭐야, 누나. 가지 마. 누나 없으면 무슨 재미로 촬영해?"

　리성이 듣지 못하도록 일부러 작은 목소리로 말한 건데, 어느새 옆으로 바짝 다가온 리성이 가을의 어깨에 턱을 얹었다.

　이럴 때의 리성은 놀아 달라고 조르는 커다란 골든리트리버 같다.

"촬영을 재미로 하는 건 아니잖아."

가을은 리성에게서 떨어져 가방을 챙겼다.

"그럼 가 보겠습니다. 끝까지 못 도와 드려서 죄송해요."

"그래, 가 봐."

"아, 최가을. 가지 마! 가지 말라고!"

가을은 리성의 절규를 못 들은 체하며 촬영장에서 나왔다.

가을 심부름센터에서 일을 하게 된 지도 일주일이 지났다.

이틀은 촬영이 길어져서 나가지 못했으니, 지금까지 다섯 번 출근을 한 게 된다.

다섯 번 출근하는 동안 불쾌한 씨와 마주친 적은 한 번도 없었다.

일부러 피하는 건지, 정말로 일이 많은 건지 모르겠다.

그나마 다행인 건, 불쾌한 씨 이외의 직원들이 가을에게 친절해서 불청객 취급을 받지는 않는다는 점이었다.

'먹을 거라도 좀 사 들고 갈까?'

심부름센터 근처의 마트를 보니 심부름센터의 냉장고가 생각났다.

커다란 최신형 냉장고 안에 들어 있는 건 맥주와 음료수, 계란뿐이었다.

'똘이 간식도 좀 사서 가야겠다.'

3시가 되려면 20분 정도 남았기 때문에, 가을은 마트에 들어가 이것저것 카트에 담았다.

이것도 필요할 것 같고, 저것도 필요할 것 같고, 그렇게 담다 보니 카트가 넘칠 지경이 되었다.

'다들 거기서 밥을 해 먹긴 하겠지?'

그동안 심부름센터에서 끼니를 때운 적이 없기 때문에, 그들이 어떤 식으로 식사를 챙겨 먹는지 알 수 없었다.

계란이 가득한 걸 보면, 뭔가 해 먹기는 한다는 건데.

'뭐, 안 해 먹는다고 하면 내가 가져가면 되지.'

과자와 반찬거리, 고양이 간식으로 가득한 봉투를 양손에 들었다.

카메라 가방까지 어깨에 메고 있어서 몸을 가누기 힘들었다.

비틀거리며 마트 밖으로 나오자 더운 공기가 훅 밀려왔다.

얼마 되지 않는 거리를 걸어가는 동안 땀에 흠뻑 젖었다.

대문을 열어야 하는데 양손에 짐이 있어서 열쇠를 꺼낼 수가 없었다.

지난번에 왔을 때 받은 열쇠였다.

남을 해치지 않는 성격이라는 걸 증명하기 위해 임시적으로 일하는 곳이기는 하지만, 열쇠를 받았을 때는 심부름센터의 일원으로 인정을 받은 것 같아서 꽤나 기뻤다.

열쇠로 문을 여는 걸 포기하고 턱으로 초인종을 누르려고 애썼는데, 턱이 잘 닿지 않아서 발꿈치를 들었다.

턱으로 초인종 부근을 조준하고 시도할 때, 뒤에서 인기척이 느껴졌다.

"뭐 하는 거야?"

화들짝 놀라 돌아보니 강한이 서 있었다.

불쾌한 씨의 기분은 오늘도 불쾌함. 잔뜩 찡그린 눈이 가을을 향해 있었다.

"아아, 열쇠를……."

"비켜."

강한은 가을이 무거운 짐을 들고 있는 걸 봤으면서도 아랑곳하지 않고 가을을 밀어냈다.

비틀거리던 가을은 간신히 대문에 기대어 몸을 가눴다.

불만을 토로하기 위해 강한을 노려봤지만, 강한은 눈길도 주지 않고 열쇠를 꺼내 대문을 열었다.

아무 생각 없이 강한의 뒤를 따라 들어가던 가을은 문득 한 가지 사실을 깨달았다.

'설마…… 지금 집에 아무도 없는 거야?'

사실 집에 아무도 없는 건 아니었다.

똘이가 있었다.

사람이 들어오자 고개를 빼꼼 내밀고 쳐다보던 똘이가 가을을 발견하고는 느릿느릿 다가왔다.

가을은 부엌으로 들어가 짐을 내려놓고 똘이를 안아 들었다.

'똘이가 있어서 다행이야.'

강한과 마주친 건, 가을의 의뢰가 거짓이었다는 게 밝혀진 후 처음.

화기애애한 분위기로 수다를 떨 만한 상황이 아니었다.

강한과 단둘이 있게 될지도 모른다는 생각을 해 본 적이 한 번도 없어서, 이 상황을 어떻게 견뎌야 할지 알 수 없었다.

"똘이야, 너무 무서워."

똘이의 귀에 속삭였더니, 귓가에 닿는 입김이 언짢은 듯 똘이가 폴짝 뛰어내려 거실로 도망쳐 버렸다.

'똘이야!'

속으로 절규하며 똘이가 돌아오기를 기다렸지만, "어어, 왔냐?"라는 강한의 목소리로 보아 똘이는 이미 강한의 무릎 위에 둥지를 튼 듯했다.

가을은 강한과 마주 보고 앉아야 하는 상황을 없애기 위해, 최대한 시간을 들여 봉지 안의 물건들을 정리했다.

한 번만 열어도 되는 냉장고 문을 열었다가 닫았다가……

몇 번을 그랬더니 강한이 나타났다.

"뭐 하는 거야!"

예상치 못한 등장에, 가을은 냉장고 문을 열려던 자세 그대로 굳어 버렸다.

"네?"

"지구가 아파서 환경 보호를 부르짖는 이 시대에, 왜 그렇게 냉장고 문을 괴롭혀? 지구의 비명이 안 들려?"

"에…… 네?"

"한 번에 정리해도 되잖아, 한 번에!"

강한은 도무지 알 수 없는 소리를 하며 성큼성큼 다가와, 가을의 손에 들려 있는 고양이용 간식을 빼앗았다.

식탁 위에 늘어놓은 간식거리까지 집어 든 강한은, 냉장고 문을 열어 두고 척척 정리를 시작했다.

덕분에 시간끌기용 간식 정리가 단숨에 끝나 버렸다.

"뭘 이렇게 많이 사 왔어?"

냉장고 문을 닫으며 강한이 짜증스럽게 물었다.

"너무 먹을 게 없어서……."

"이런 데다가 돈 쓴다고 네 성품이 맑고 고울 거란 생각은 안 해!"

그런 생각은 한 적도 없는데, 강한이 그렇게 말하자 갑자기 화가 치밀었다.

좋은 뜻으로 다 같이 먹으라고 사 온 간식인데 꼭 저런 식으로 말할 필요는 없잖은가.

그래서 도끼눈을 하고 노려봤더니 강한이 한쪽 입꼬리를 들어 올렸다.

"왜? 한 대 치고 싶어?"

"……."

"치고 싶으면 쳐."

문득 초등학교에 다닐 때 유독 얄밉던 반 친구가 떠올랐다.

비아냥거리면서 '때려 봐, 때려 봐.'라고 말하던 친구.

나이 서른인 눈앞의 남자와 그 친구의 얼굴이 겹쳐졌다.

정말 한 대 치면 어떻게 될까?

그런 고민을 하고 있을 때 전화벨이 울렸다.

나이스 타이밍이라고 생각하며 거실로 뛰어나갔다.

수화기를 향해 손을 뻗었는데 강한의 손이 더 빨랐다.

어느새 가을의 뒤로 와서 긴 팔을 뻗은 강한은, 가을을 품에 안은 듯한 포즈로 전화를 받았다.

"네, 가을 심부름센터입니다."

강한의 체온이 등을 타고 전해졌다.

숨이 막힐 정도로 불편해서, 가을은 도망치고 싶었다.

그러나 불편한 자세 때문에 움직이기가 쉽지 않았다.

정수리 부근에서는 강한의 정중한 목소리가 계속 흘러나오고 있었다.

"알겠습니다, 고객님. 그럼 신속하게 사람을 보내도록 하겠습니다. 지불은 늘 그렇듯 통장으로 입금 후, 문자를 주시면 됩니다."

탁—

"왜 그러고 있어?"

수화기를 내려놓자마자 강한의 목소리가 퉁명스러워졌다.

강한은 비켜 주지 않고 전화를 받던 포즈—가을의 등에 닿게 허리를 굽힌— 그대로 가을을 내려다보고 있었다.

"불쾌한 아저씨가 비켜 주지 않으니까요."

"얼씨구? 내가 널 가로막은 것도 아닌데 왜 못 빠져나가? 움직일 줄 몰라?"

"움직이면 닿을까 봐 그러죠."

"왜 이래? 나 아침저녁 샤워하는 남자야. 닿는다고 뭐 옮을까 봐 그래?"

"깨끗한 거 알았으니까 좀 비켜 주시겠어요?"

"내가 왜? 난 이 포즈가 좋은데?"

"……계속 그러고 계시면 허리 아프실 텐데요."

"아니. 난 이러고 있는 게 취미라서."

"대단한 취미를 갖고 계시네요."

"나한테 대단하지 않은 게 뭐가 있겠어?"

가을은 강한을 너무 쉽게 생각했다.

몇 번 농담을 주고받은 후에 비켜 줄 줄 알았던 강한은, 정말로 취미라는 듯 그 자세로 꼼짝도 하지 않았다.

등에 슬쩍슬쩍 닿는 강한의 체온 때문에 점점 더 움직일 수가 없게 되었다.

이럴 줄 알았으면 처음에 닿든 말든 휙 빠져나갈 걸 그랬다.

"정말 안 비켜 주실 거예요?"

"취미라니까."

"그 취미, 딴 데서 하고 계셔도 되잖아요. 왜 하필이면 제 뒤에요?"

"그런데…… 불쾌한 아저씨라고?"

"왜 말을 돌려요?"

"좀 전에 나한테 아저씨라고 했지?"

"그럼 뭐라고 해요?"

"너랑 나랑 그래 봐야 세 살 차이야, 세 살 차이! 그런데 아저씨라고? 사회생활 안 해 봤어? 그건 매너가 아니지."

"그럼 아저씨도 저한테 아줌마라고 부르시든가요."

"난 매너를 아는 남자라서."

"그런 분이 제 뒤에서 이러고 계세요?"

"취미 생활을 즐기는 건데 뭐라고 하는 쪽이 이상한 거지."

가을은 미처 깨닫지 못했지만, 가을은 자신의 인생에서 처음으로 20년 전의 일을 조금도 생각하지 않고 있었다.

이 순간, 가을의 머릿속은 우강한이라는 남자로 꽉 채워져 있었다.

'이렇게 짜증 나는 남자는 처음이야!'

고개를 들자 소파에 느긋하게 누워 있는 똘이가 보였다.

입 모양으로 도와 달라고 말했지만 똘이는 기이하다는 시선만 보낼 뿐, 움직일 생각은 전혀 없는 듯했다.

슬슬 허리가 아파졌다.

문득 마법의 언어가 떠올랐다.

이 퉁명스러운 남자를 부드럽고 다정하게 변하게 해 주는 마법의 언어.

"고객님……."

강한이 긴장하는 것을, 가을은 보지 않고도 알 수 있었다.

"의뢰 들어온 거 아니었어요?"

"어쩔 수 없군. 취미 생활은 이쯤에서 접는 수밖에."

강한은 황당할 정도로 깔끔하게 포기하고 허리를 폈다.

자유로워진 가을은 안도의 한숨을 쉬며 쓰러지듯 소파에 앉았다.

강한은 소파 끝 팔걸이 부분에 엉덩이를 걸치고 앉아 휴대폰으로 입금 내역을 확인했다.

확인을 끝낸 강한이 "입금 완료."라고 중얼거리며 가을을 돌아봤다.

"어이, 삥쟁이. 일이다."

삥쟁이라니.

잘못 들은 줄 알았다.

가을이 의아한 듯 쳐다보자 강한이 말했다.

"뻥쟁이 맞잖아. 온통 거짓말이니."

"매번 그러진 않아요."

"어쨌든 나한테는 거짓말했잖아. 그게 중요한 거 아냐?"

속 좁은 남자 같으니라고.

가을은 인상만큼이나 속 좁은 강한의 행동에 어이가 없었지만,
그렇다고 화를 낼 수는 없었다. 거짓말을 한 건 사실이니까.

"어떤 일인데요?"

"만화책 반납. 가는 길에 아이스크림 하나."

"그런 의뢰도 있어요?"

"있어. 우수 고객이니 불편함 없이 모시도록 해."

"제, 제가 가는 거예요?"

"그럼? 만화책 반납하는 건데 무리를 형성해서 갈까?"

이 남자는 고객이 아닌 사람에겐 빈정거리는 게 취미인 모양이
다.

가을은 짐짓 불쾌한 표정을 지으며 강한을 노려봤지만 강한은
깨끗이 무시했다. 가을의 기분 따위는 아무래도 좋다는 듯.

"근데 정말 이런 일을 시키는 사람도 다 있네요. 이런 의뢰는 얼
마나 받아요?"

"알아서 뭐하게? 심부름센터라도 차리게?"

"……."

말을 말자.

가을은 대화 시도를 포기하고, 의뢰인의 주소와 아이스크림 값
을 받아서 밖으로 나왔다.

김세연이라는 이름의 의뢰인은 심부름센터 근처에 살았다.

가을은 마트에 들러 아이스크림을 하나 사 들고 터덜터덜 김세연의 집으로 걸어갔다.

이런 심부름에 돈을 쓸 정도이니 부자일 줄 알았는데, 김세연이 사는 빌라는 낡고 허름한, 오래된 빌라였다.

엘리베이터도 없어서 5층까지 걸어 올라가니, 마로 된 시원한 남방을 입었는데도 안에 땀이 찼다.

'도대체 심부름 값이 얼마나 싸기에 이런 데 살면서도 심부름을 시킬 수 있는 거야? 아니면 집만 이렇고 사실은 돈이 많나?'

그런 생각을 하며 초인종을 누른 가을은, 곧 그 이유를 알게 되었다.

"오빠아아앙."

문이 열리기도 전에 들려오는 애교스러운 콧소리.

만화책 반납하러 가는 것도 귀찮아하는 사람답지 않은 풀 메이크업. 당장 소개팅을 나가도 될 것 같은 완벽한 차림새.

그리고 찾아온 사람이 '오빠'가 아니라는 걸 확인하자마자 실망으로 돌변한 표정.

이 여자, 혹시 불쾌한 씨를 좋아하는 건 아니겠지?

"누구세요?"

김세연이 의아한 듯 가을을 위아래로 훑어봤다.

"가을 심부름센터에서 나왔습니다, 고객님."

원하던 사람이 아니라 미안하긴 하지만, '우수 고객'이라는 강한의 말을 떠올리며 한껏 미소를 지었다.

하지만 김세연은 마주 웃어 주지 않고, 속내를 여과 없이 드러냈다.

"강한 오빠는요?"

"아, 그분은 다른 일이 있어서요."

"다른 일이요? 무슨 일? 나보다 더 중요한 일이래? 대체 뭔 일인데?"

아무리 봐도 가을보다 한참 어려 보이는데, 김세연은 자연스럽게 말을 짧게 했다.

가을은 미소가 사라지지 않게 노력하며 말했다.

"주문하신 아이스크림 사 왔습니다. 반납할 책 주시면 가게에 반납하도록 하겠습니다."

"아, 뭐야. 강한이 오빠는 대체 무슨 일인데?"

"그러게요. 저…… 아이스크림이 녹을 것 같은데."

김세연은 가을이 내민 아이스크림을 불만스러운 눈으로 노려보기만 할 뿐, 받아 들지 않았다.

"그쪽, 처음 보는 얼굴인데. 가을 심부름센터 직원 맞아?"

"네. 이번에 새로 들어왔습니다."

'곧 그만두긴 하겠지만 괜찮겠지.'라고 생각하며 설명했는데 김세연이 놀란 듯 입을 벌렸다.

"새로 들어왔다고? 정말로? 가을 심부름센터에?"

"네, 그런데요."

"말도 안 돼. 정말? 정말 가을 심부름센터 직원이야?"

김세연은 못 믿겠다는 듯 중얼거렸다.

딱히 대답을 바라는 것 같지 않았기에, 아이스크림을 내민 채로 김세연이 진정하기를 기다렸다.

"근데 그거 쭈쭈바잖아. 나 쭈쭈바는 싫어해."

정신을 차린 김세연이 가을의 손에 들린 아이스크림을 보고 어깃장을 놨다.

아이스크림 종류를 말해 주지 않았다는 건, 아무 종류나 상관없다는 말이었을 것이다.

그런데도 싫어한다고 하는 걸 보면, 김세연의 마음에 안 드는 뭔가가 있는 게 분명했다. 일부러 저러는 거겠지.

짜증이 났지만 가을 심부름센터의 '우수 고객'이기에 참아야 했다.

괜히 성격을 드러냈다가 고객을 한 명 놓치게 되면, 안 그래도 기회를 보고 있던 강한이 두말하지 않고 쫓아낼 게 안 봐도 뻔했다.

"그럼 어떤 걸로 사다 드릴까요?"

생글생글 웃는 건 김세연이 원하는 반응이 아니었나 보다.

웃는 얼굴에 침 못 뱉는다는 속담이 무색하게도, 김세연은 당장이라도 침을 뱉을 것 같은 표정이었다.

"고객 취향도 몰라? 나 거기 VIP야."

기껏해야 만화책 반납에 아이스크림 심부름을 시키면서 VIP 운운하는 게 우스웠지만, 심부름의 세계에서는 이런 소소한 심부름이야말로 VIP일지도 모른다는 생각이 들었다.

상대가 VIP라면 오히려 편하다.

방송 업계에서 일하다 보면 VIP 운운하는 고객들이 넘쳐흐르니까.

"죄송합니다, 고객님. 제가 처음이라 많이 미숙해서 고객님의 취향을 미처 알아 오지 못했습니다. 부디 한 번만 너그럽게 생각해 주시면 앞으로는 이런 일 없도록 하겠습니다. 어떤 종류의 아이스크림을 원하시는지 알려 주실 수 있을까요?"

머리가 바닥에 닿을 만큼 깊이 허리를 숙이고, 납작 엎드려 빌 수도 있다는 태도로 고객의 허영심을 채워 주기.

연예인들과 부딪치며 익힌 스킬은 김세연에게도 통했다.

김세연은 한낱 대학생에 불과한 자신에게 설설 기는 가을의 행동에, 오히려 당황한 듯 뒷걸음질을 쳤다.

"왜, 왜 이래…… 미친 거 아냐?"

"미친 거 아냐. 너 뭐 하냐?"

대꾸는 가을의 뒤에서 들려왔다.

가을은 허리를 펴고 돌아봤다.

모자를 푹 눌러쓴, 호리호리한 체구의 남자가 가을의 옆에 서 있었다.

"오빠……."

연진의 등장보다 김세연이 입에 담은 호칭 때문에 놀랐다.

오빠?

눈을 크게 뜨고 두 사람을 번갈아 쳐다봤더니, 연진이 설명했다.

"쟤가 제 동생이거든요. 비극이죠."

연진은 한숨을 푹 쉬며 가을이 들고 있던 쭈쭈바를 받아 김세연에게 내밀었다.

"너 또 쓸데없는 걸로 심부름센터에 의뢰했지?"

"그런 거 아냐. 진짜 일 있었어. 나 그리고 쭈쭈바 싫거든?"

"싫긴 뭐가 싫어? 허구한 날 쭉쭉 빨아 먹는 주제에! 잔소리하지 말고 이거 들고 들어가! 한 번만 더 만화책 반납해 달라는 둥 하면서 전화 걸면 죽는다?"

"아, 진짜! 왜 이래! 오빠가 뭔데!"

"들어가!"

심부름센터에서의 연진은 항상 예의가 바른 청년이었다.

때문에 동생에게 거침없이 소리치며 발로 차서 집 안으로 밀어 넣는 연진이 다른 사람처럼 보였다.

김세연이 "오빠 진짜 싫어!"라고 외치자 연진은 "이거나 처먹어!"라고 소리를 지으며 쭈쭈바를 던져 버렸다.

쭈쭈바가 머리에 맞았는지 김세연이 "아프잖아!"라고 소리쳤지만 연진은 무시하고 문을 쾅 닫았다.

돌아선 연진이 가을을 돌아보며 머쓱하게 웃었다.

"죄송해요. 동생이 못나서."

"아니, 연진 씨 탓은 아니니까……."

"애가 철딱서니가 없어요."라고 중얼거리는 연진에게 '연진 씨가 너무 애늙은이 같은 거예요.'라고 말해 줄까 하다가 관뒀다.

연진이 먼저 걸음을 옮겼고 그 뒤를 가을이 따랐다.

심부름을 끝내지 못했다고 말했더니, 연진은 고개를 절레절레 저으며 괜찮다고 했다.

"어차피 반납 기일도 남아 있을 거예요. 걔, 만화 보는 거 좋아하지도 않으면서 대장 때문에 빌려오는 거거든요. 빌려 오자마자 전화 해서 심부름 의뢰하고. 돈 한 푼 못 벌면서 정말 한심하다니까요."

"이런 심부름은 얼마나 하는데요?"

"아마 3만 원일 거예요. 아이스크림까지 사 오라고 했으면 3만 5천 원."

"그래도 연진 씨 동생이라서 할인해 주겠네요."

가을의 말에 연진이 어이없다는 듯 웃었다.

"대장이 제 동생이라고 할인을요? 절대요. 대장은 돈에 있어선 진짜 칼 같은 사람이거든요. 가족 간에도 공짜는 없다고 부르짖는 사람이에요. 단 100원도 할인 안 해 줄걸요."

"아아."라고 이도 저도 아닌 대꾸를 하며, 그 사람은 그럴지도 모르겠다고 생각했다.

조폭들에게 당할 뻔한 위급한 순간 중에도 3만 원을 지불할 건지, 안 할 건지 확실하게 해 두던 남자였으니 오죽할까.

"안 더우세요?"

콘크리트가 자글자글 끓을 정도로 더운 날씨인데도 긴소매 옷을 입고 있는 가을을 보며, 연진이 물었다.

"네, 뭐…… 괜찮아요."

딱히 팔의 흉터를 감출 생각은 없었지만, 그렇다고 일부러 보여 줄 이유도 없었다.

연진은 그 부분에 대해 추궁하지 않고 가을의 얼굴 옆에 손부채질을 했다.

"전 더위를 많이 타거든요."

"모자를 벗으면 좀 시원하지 않을까요?"

"아아. 이건 그냥요."

땀을 흘리면서도 야구 모자를 깊이 눌러쓴 걸 보니, 연진에게도 말 못 할 사정이 있는 것 같았다.

남의 상처를 후벼 파거나 공유하고 싶지 않아서, 가을은 더 이상 캐묻지 않았다.

모자 아래로 보이는 연진의 얼굴은 갸름하고 핏기 없이 파리했다.

입술은 피칠을 한 듯 붉어서, 가만 보고 있으면 영화에 나오는 뱀파이어가 연상됐다.

혹시 그런 이유 때문에 햇빛을 두려워하는 건 아니겠지?

'아냐, 햇빛 아래서 팔을 내놓고 다니는 걸 보면, 뱀파이어는 아니겠지.'

가을의 시선을 느꼈는지 연진이 어색하게 웃었다.

"왜 그렇게 보세요?"

"그냥…… 피부가 되게 하얀 것 같아서요."

"밖에서 노는 걸 안 좋아해서 그런가 봐요."

"아, 맞다. 명문대생이었죠."

모든 부모가 자신의 자녀를 보내고 싶어 하는 명문 대학교.

연진이 그 대학을 다닌다는 말을 들었을 때는 정말 놀랐었다.

연진이 공부를 못할 것처럼 생겨서가 아니라, 명문대에 다니는 학생이 심부름센터에서 일을 하는 것이 놀라웠던 것이다.

그 학교에 다니면 과외만 해도 몇백은 벌 텐데.

그런 얘기를 했더니, "사람 상대하는 걸 별로 안 좋아해서요."라는 대답이 돌아왔다.

"되게 싹싹하신 것 같은데. 저한테도 잘해 주시고."

가을의 말에 연진이 살짝 미간을 좁혔다가 곧 해시시 웃었다.

"상대적으로 그렇게 느낀 거 아닐까요?"

"상대적이요?"

"우리 사무실에 있다 보면 구미호 누나는 너무 기가 세 보이고, 형님은 인상이 강하고, 대장은…… 말할 것도 없고. 그런 사람들 사이에 같이 있으니까 상대적으로 제가 싹싹해 보이는 걸 거예요. 다른 데 나가서는 그런 생각 안 들걸요."

가만히 생각해 보니 연진의 말이 맞았다.

"듣고 보니 그러네요."

"특히 우리 대장이랑 같이 있으면 욕쟁이 할머니도 너그러워 보일걸요."

"맞아요. 도대체 그분은 왜 그렇게 찡그리고 계신 거예요?"

"습관이래요. 본인은 전혀 못 느끼더라고요."

"습관이요?"

보통 습관 때문에 그렇게까지 찡그리나?

받아들이기 힘든 이유였지만 강한에게도 나름대로의 아픔이 있을 거라고 생각하며 궁금함을 접어뒀다.

얘기를 하다 보니 어느새 심부름센터에 도착했다.

현관 앞에 못 보던 신발이 있었다.

"의뢰인이 오셨나 보네요."

연진이 중얼거리며 먼저 들어갔다.

방문객은 처음이었기에, 가을은 그 자리에 자신이 끼어도 되는 건지 걱정스러웠다.

그래서 머뭇거리고 있었더니, 거실까지 들어갔던 연진이 도로 나와서 이상하다는 듯 가을을 쳐다봤다.

"왜 안 들어오세요?"

"아…… 들어가도 될까요?"

"네, 우리 직원이시잖아요."

"그래도 임시 직원인데……."

"괜찮아요. 들어오세요."

연진의 말에 용기를 얻어 안으로 들어갔다.

거실엔 강한과 의뢰인으로 보이는 30대 후반의 통통한 여성이 마주 보고 앉아 있었다.

연진은 자연스럽게 강한의 뒤로 가서 섰지만, 가을은 어디로 가야 할지 몰라 주방으로 들어가려 했다.

"어디 가?"

강한이 돌아보지도 않고 물었다.

"아, 음료라도……."

"안 드신대. 와서 앉아."

함께 있더라도 연진의 옆에 서 있을 작정이었는데, 앉으라는 명령이 들려왔다.

가을은 의뢰인을 향해 살짝 고개를 숙여 보이고는 강한의 옆에 앉았다.

옆이라 봐야 최대한 떨어져 앉아서, 따로 앉은 것과 마찬가지였지만.

가을이 앉았는데도 의뢰인은 입을 열지 않았다.

아마 계속 이 상태였었는지, 강한도 재촉할 기미를 보이지 않았다.

가을은 직업적으로 의뢰인의 차림새를 살펴봤다.

관리를 하지 않은 듯 푸석푸석한 피부와 머릿결, 오랜만에 한 듯 서투른 화장, 인터넷에서 싸게 구입할 수 있는 저가의 옷과 명품 이미테이션인 게 분명한 핸드백.

부유하지 않은 살림을 하느라 지친 주부의 모습이었다.

의뢰인은 치맛자락을 잡았다가 손가락 끝을 뜯었다가. 안절부절못하는 모습을 보였다.

간신히 용기를 낸 듯 벌어졌던 입술이 다시 닫혔다.

흐르는 침묵이 무거워서, 가을은 숨이 막혔다.

이럴 줄 알았으면 앉으라는 말 무시하고 똘이와 함께 방에 들어가 있을 걸 그랬다.

'아, 똘이⋯⋯!'

생각하기가 무섭게, 어딘가에 숨어 있던 똘이가 등장했다.

똘이는 도도도 달려와 가을의 무릎으로 폴짝 뛰어 올라왔다.

의뢰인이 똘이에게 관심을 보였다.

"여기서 키우는 앤가요?"

"고객님의 요청으로 잠시 맡아 두고 있습니다."

"그렇구나. 귀엽네요."

"아주 귀엽죠."

강한이 똘이를 증오하는 것 같은 표정을 지은 채 여자의 말에 동의했다.

귀엽다는 말을 할 때 정도는 인상 좀 쓰지 말라고!

"소개를 받았어요. 일을 잘하신다고."

여자가 쥐어 짜내는 목소리로 말했다.

"네, 저희는 입소문을 타고 오시는 분들이 많으시죠. 과대광고 따위로 고객님들을 현혹시킬 생각이 없거든요. 게다가 광고비 때문에 의뢰비도 올라가고, 의뢰비가 올라가는 만큼 고객을 모으기 쉽지 않으니 광고를 더 많이 하고…… 악순환의 반복이죠."

강한이 친절하게 설명했다.

"남편 뒷조사를…… 부탁드리고 싶어요…….

"뒷조사하면 가을 심부름센터지요. 잘 찾아오셨습니다, 고객님."

강한의 목소리가 한결 밝아졌다.

"잘 찾아온 걸까요……?"

의뢰인은 아직 마음을 잡지 못한 것 같았다.

"그럼요, 고객님. 때때로 부부 간의 신뢰를 깨 버리는 것 같다고 망설이는 분들이 있습니다. 그러나 전 그 말에 반대입니다. 신뢰, 그건 멋진 말이기는 하지만 멋진 만큼 쉽게 무너질 수도 있는 말이지요. 그래서 저는 신뢰란 모래성과 같다고 생각합니다. 그 모래성이 최대한 오랫동안 형태를 유지하기 위해서는 물이 필요합니다. 물로 반죽해서 건고하게 다져 줘야 하죠. 저는 뒷조사를 바로 반죽에 필요한 물이라고 부릅니다."

가을은 강한이 무슨 소리를 해 대는 건지 알 수 없었지만, 너무 자신만만해서 자신도 모르게 강한의 이야기에 빠져들었다.

의뢰인도 마찬가지인 듯했다.

"사람이 사람을 의심하지 않을 수는 없습니다. 아무도 의심하지 않는다면 그건 그냥 바보죠. 사랑하는 사이에도 상대의 작은 행동 때문에 의심이 싹트기 마련입니다. 그럴 때에 의심을 그냥 놔두면 거친 바람이 돼서 신뢰란 이름의 모래성을 무너뜨리는 겁니다. 그렇다면 어떻게 해야 할까요? 조사를 해야죠. 진실이 무엇인지. 의심했던 것이 진실이 아니었다고 밝혀지면 그때야말로 또 다른 신뢰가 생겨나는 것이 아닐까요?"

약 파는 사람마냥 청산유수처럼 말을 쏟아 낸 강한이 천천히 한 손을 들어 의뢰인의 앞으로 내밀었다.

"저희 가을 심부름센터가 고객님의 견고한 신뢰를 위한 시원한 물이 되겠습니다."

의뢰인은 홀린 것처럼 강한을 쳐다봤다.

그제야 의뢰인은 강한의 외모가 수준급이라는 것을 깨달은 듯 볼에 홍조를 띄웠다.

가을은 입을 쩍 벌리고 강한의 옆모습을 쳐다봤는데, 그 모습이 너무도 사기꾼 같아 보였기 때문이었다.

이 남잔 도대체 뭐 하던 사람이야?

"신뢰…… 사실은 신뢰하고 있지 않아요."

맹신자처럼 강한을 바라보던 의뢰인이 정신을 차린 건, 5분쯤 지난 후였다.

자신의 이름이 김수진이라고 밝힌 의뢰인은 남편인 윤창수의 이야기를 시작했다.

"제 남편, 원래 바람둥이였거든요. 연애할 때부터, 아니, 연애를 하기 전부터 알고 있었어요. 같이 대학교를 다녔으니까요."

김수진이 막 입학을 했을 때, 윤창수는 군 복무를 끝내고 학교로 돌아온 복학생이었다고 했다.

잘생기고 키가 큰 건 아니지만 유머러스하고 다정해서 여자들에게 인기가 많았단다.

"어장 관리를 할 줄 아는 사람이에요. 남편 회사 여직원들은 남편이 유부남이라는 걸 알면서도 남편에게 관심을 보여요. 대학 때도 그랬어요. 우리는 공개적으로 사귀었지만, 남편 주위에는 여자가 끊이질 않았죠."

그걸 알면서 왜 결혼을 한 거냐고 묻고 싶었지만, 끼어들 자리가 아닌 것 같아서 아랫입술을 깨물었다.

흘긋 강한의 표정을 살펴봤지만 여전히 찡그린 얼굴.

무슨 생각을 하면서 김수진의 이야기를 듣고 있는지 알 수 없었다.

그저 얼른 본론이나 말하고 돈 계산이나 해 주기를 바라고 있을까?

생각해 보면 심부름센터는 심부름센터일 뿐, 상담실이 아니었다.

굳이 의뢰인의 속사정을 들어야만 할 필요도 없었다.

내 남편의 뒷조사를 해 주세요, 라고 말하면 그것만 해 주고 돈을 받으면 되는 거다.

그런데도 강한은 말을 끊지 않고 진지하게 김수진의 이야기를 들었다.

"원래 남편은요, 제 친구의 연인이었어요. 그래요, 저도 남편에게 연인이 있다는 걸 알면서도 마음을 주는, 그런 여자 중 한 명이었던 거죠. 그런데 그럴 수밖에 없었던 게…… 정말 다정했거든요, 그 사람. 저한테 너무 다정하고 잘 챙겨 줘서…… 절 좋아하는 거라고 오해했어요. 남편이 제 친구랑 헤어지고 저랑 사귀게 되었을 때, 제 친구는 저에게 말했어요. 널 나쁘게 생각하지 않는다고, 너도 똑같은 상처를 받게 될 거라고, 너무 깊어지기 전에 네가 먼저 떠나라고."

남부끄러워서 누구에게도 말할 수 없는 이야기들에 가슴속이 썩어 가고 있었던 모양이다.

심부름센터에 굳이 과거의 일까지 다 말할 필요가 없다는 것을, 김수진 역시 알고 있을 것이다.

그런데도 김수진은 봇물이 터진 것처럼 속 이야기를 털어놓았다.

"바람둥이랑 사귀는 여자 심리를 아세요?"

김수진이 조소를 흘렸다. 자신을 향한 조소였다.

"바람둥이랑 사귀는 여자들은 늘 한 가지 생각을 해요. 나는 다른 여자들이랑 달라. 그래요, 저도 그런 생각을 했어요. 나는 다른 애들이랑 달라. 내 친구랑도 달라. 나는 이 남자를 바꿀 수 있어. 이 남자는 나한테 홀딱 빠져서 다른 여자를 쳐다보지도 않을 거야."

"……."

"더 이상 그런 생각을 할 수 없게 됐을 때, 바람둥이 남자와 헤어질 수 있는 거예요. 그런데 저는…… 그 생각을 멈출 수가 없었어요. 멈출 수 없어서 남편이 다른 여자를 만나도 모르는 척했고, 못 본 척했고…… 그러다 보니 결혼을 했죠. 주위에서 다 만류하는데도 고집스럽게."

가을은 김수진을 물끄러미 응시했다.

이야기를 털어놓는 김수진은 들어올 때보다 더 나이가 들어 보였다.

김수진과 같은 상황에 있는 여자들을, 가을은 많이 알고 있었다.

바람기가 많은 남자를 만나면서, 이 남자가 언젠가는 바람기를 고칠 거라는 부질없는 믿음을 품고 살아가는 여자들.

그렇게 살 것 같지 않은 유명한 여배우 중에도 그런 사람이 있었다.

"아이를 갖게 되면 남편이 변할 거라고 생각했어요. 그래서 서둘러 아이를 가졌죠. 그런데…… 변하지 않더라고요. 임신 때문에 힘들어하는 아내를 두고 바람을 피우는 남편, 그게 저한테도 일어날 줄은 몰랐어요. 스트레스 때문에 먹다 보니 다른 임산부에 비해서 살이 많이 쪘고, 아이를 낳은 후에도 빠지질 않더라고요. 어느 날 남편이 회사 여직원이랑 주고받은 메시지를 우연히 보게 됐는데…… 그런 얘기가 있더라고요. 아내가 너무 돼지 같아서 같이 밥 먹기도 싫다고, 같이 산다는 거 자체가 역겹다고…… 우습지 않아요? 저, 이래 봬도 결혼 전에는 45kg밖에 안 나갔었어요."

"현재 부군이 바람을 피우고 있습니까?"

김수진이 이야기를 시작한 후, 처음으로 강한이 입을 열었다.

김수진은 강한이 말할 줄 안다고 생각 못 했던 사람처럼 멍하니 강한의 입술을 쳐다봤다.

"현재 부군이 바람을 피우고 있습니까?"

강한이 참을성 있게 다시 한 번 물었다.

김수진은 강한의 무감정한 말투에 상처를 입은 듯 인상을 찡그렸다.

"피우고 있을 거예요. 안 피운 적이 없으니까요."

"좋습니다!"

강한이 수첩을 펼쳤다.

'좋다고? 이게?'

가을은 강한의 단어 선택에 한마디 해 주고 싶었지만, 역시 자신이 끼어들 자리는 아닌 것 같아서 꾹 참았다.

"뒷조사에는 여러 종류가 있습니다. 남편의 바람 조사를 하는 분들께는 이 패키지를 추천해 드리고 싶습니다."

강한은 거침없이 수첩에 몇 개의 단어를 쓴 후 그것을 테이블에 내려놨다.

신용카드 사용 내역, 모텔 이용 내역,
문자 내용, 바람 증거 사진

수첩에 적힌 단어를 확인한 가을은, 강한이 의외로 명필이라서 놀랐다.

"이걸 전부…… 조사해 주실 수 있어요?"

"물론입니다, 고객님. 저희 가을 심부름센터는 뭘 하든 고객님이 원하시는 것, 그 이상의 결과를 보여 드립니다. 이 패키지로 가시겠습니까?"

"남편이 눈치채면 어쩌죠?"

"그럴 일은 절대로 없습니다."

"절대로…… 없을 거라고요……?"

"그럼요. 절대로 없습니다."

세상일에 '절대'라는 말을 사용해서는 안 된다고 생각하지만, 지금만큼은 '절대'라는 말을 써도 될 것 같다는 생각이 들었다.

이상하게도 강한의 말을 들으면 정신이 나간 것처럼 설득당해 버린다.

이 남자, 사기꾼을 했으면 진짜 잘했을 것 같다.

김수진도 강한의 말에 설득된 듯 고개를 끄덕였다.

"그럼…… 부탁드릴게요."

3장

직원들이 모두 모인 건 저녁 7시쯤 되었을 때였다.

"카드 사용 내역이랑 문자 이용 내역은 캡이 담당하고, 형님은 모텔 이용 내역을 조사해 줘. CCTV 자료를 얻을 수 있으면 더 좋고. 증거 사진은 내가 처리하지."

의뢰인에 대해 설명하고 각자가 할 일을 지시하는 강한은 꽤나 '대장'처럼 보였다.

"난 뭐해?"

지영이 물었다.

평소에 지영이 하는 일이 뭔지 궁금했던 가을은 기대감에 빛나는 눈으로 강한을 쳐다봤다.

"바람피우는 상대가 확실하게 있는 것 같으니까 이번 일에선 빠저. 넌 뭘 그렇게 눈을 반짝반짝 빛내면서 쳐다봐?"

가을의 시선을 느낀 강한이 퉁명스레 물었다.

"지영이가 무슨 일을 하는지 궁금해서요."

"그런 게 왜 궁금해? 구미호한테 관심 있어?"

"친구이기도 하고, 같은 여자이기도 하고……."

"어머, 친구래! 내 친구야, 대장. 내 친구 가을이."

친구라는 말에 지영이 기뻐하며 가을을 끌어안았다.

강한은 '쟤들이 왜 저래'라는 표정으로 두 사람을 쳐다봤다.

"웃기고들 있네. 일하면서 만난 사이에 친구가 어디 있냐?"

"여기 있잖아. 나랑 가을이. 부러워?"

"부러울 만도 하죠. 대장은 친구가 없으니까요."

연진이 끼어들었다.

"내가 친구가 없긴 뭐가 없어? 형님이 있잖아, 형님!"

강한이 옆에서 담배를 즐기고 있던 성희의 어깨를 감싸 끌어당겼다.

성희는 몹시 불편한 표정으로, "아아, 내가 이놈이랑 친구였던가?"라고 중얼거렸다.

"왜 이래, 형님? 날 사랑한다면서? 내가 최고의 친구라면서?"

"대체 어디서 누구한테 그런 소리를 듣고 온 거냐?"

"나한테 이러기야?"

"오해할 소리 말고 팔 좀 치워. 덥다."

"안 치워. 형님은 내 거야!"

"하아……."

성희는 진심으로 귀찮은 듯 깊은 한숨을 내쉬웠다.

괴로운 듯한 성희를 계속 보고 있을 수가 없어서, 가을은 지영에게로 시선을 옮겼다.

지영이 가을을 꼭 끌어안은 채였기 때문에, 부러울 정도로 고운 살결이 바로 눈앞에 있었다.

"그런데 바람피우는 상대가 있으면 왜 넌 아무것도 안 해?"

"아아, 그건……."

"일단 둘이 좀 떨어질래? 그래야 이놈이 날 놔줄 것 같거든."

성희의 애원에 지영이 웃으며 가을을 놔줬다.

강한은 지영보다 조금 더 성희를 안고 있다가 풀어 주고는, 의기양양한 표정을 지었다.

마치 '이것 봐, 니들보다 내가 더 오래 안고 있었어.'라는 표정이었다.

"보통 내가 하는 일은 커플 깨기거든."

"커플 깨기?"

"응. 커플 깨기, 혹은 결혼 깨기. 의뢰 중엔 그런 게 있어. 연인 사이에 헤어지고 싶은데 상대나 주위 사람들에게 나쁘게 보이고 싶지 않은 경우. 또는 부부 사이에 헤어지고 싶은데 위자료 때문에 쉽게 헤어지자는 말을 못 꺼내는 경우. 그럴 때 내가 나서지."

"설마…… 함정을 파는 거야?"

"응. 아무래도 내가 여자다 보니, 남자 쪽에서 의뢰가 들어올 때는 거절할 수밖에 없어. 캡은 이런 일은 죽어도 못 하겠다고 하거든. 게다가 딱 봐도 여자한테 인기 있을 타입도 아니고."

"그럼…… 남자 쪽은 당하는 거잖아."

"그런 거지."

"그건…… 그건 사기잖아."

미움받고 싶진 않지만 할 말은 해야 했다.

작정하고 덤벼서 커플과 부부 사이를 깨다니. 그것도 여자 쪽의 이기심 때문에.

심부름센터에서 여러 가지 일을 하는 줄은 알고 있었지만 이런 일까지 하는 줄은 몰랐다.

"우리 일에 대해서 뭔가 오해가 있는 모양인데, 심부름센터는 행복하고 즐거운 일만 해 주는 게 아니야. 남들이 하기 싫은 일, 하지 못하는 일을 해 주니까 먹고살 수 있는 거지."

지영 대신 대답하는 강한의 목소리는 차가웠다.

"하지만 도의에 어긋나잖아요."

"그거 말 잘했군. 그럼 너도 이 짓 관두고 네 일이나 하지 그래?"

"네?"

"네가 우리한테 부탁하는 건 도의에 어긋나는 짓이 아닌가? 너에게는 빌어먹을 법일지도 모르지만, 소년 A와 그 가족에게는 만세 만세 만만세인 법이 소년 A를 보호해 주고 있어. 소년 A가 모든 것을 잊었든, 죄책감을 가지고 있든, 도의적으로는 아무런 문제가 없지. 그러니까 경찰들도 너에게 소년 A의 정보를 주지 않는 거고. 그런데 넌 굳이 소년 A를 찾으려고 하고 있잖아. 네가 하려는 그 짓은, 도의적인 짓인가?"

강한의 서늘한 음성이 가을의 폐부를 찔렀다.

가을은 눈을 크게 뜨고 강한을 쳐다봤다.

조롱 섞인 차가운 시선이 가을의 목덜미를 움켜쥐었다.

갑작스럽게 찾아온 호흡 곤란에, 가을은 두 손으로 코와 입을 가렸다.

"그만해, 대장."

지영이 강한을 말렸다.

"왜? 도의를 따져서 알려 준 것뿐이야. 도의 따질 정신머리가 있으면, 과거의 일은 잊고 새 출발 해야지. 아직까지 호흡 곤란에 빠져서 헐떡거리는 건, 미련퉁이 같은 짓이잖아."

"대장, 쫌!"

"헐떡거리지 말고 집에나 가. 시도 때도 없이 장애가 생기는 놈은 필요 없으니까."

"우강한!"

성희가 벌떡 일어났다.

190cm가 넘는 거구가 일어선 모습은 위협적이었지만 강한은 눈썹도 꿈틀하지 않고 방으로 들어가 버렸다.

강한이 사라지자 호흡 곤란 증세가 사라졌다.

가을은 창피해서 고개를 들 수가 없었다.

강한은 옳은 말을 했다.

가을 자신도 법적으로 어긋나는 일을 하려고 하면서, 도의적이지 않다고 주장한 것은 바보 같은 짓이었다.

그런 주제에 옳은 소리 좀 들었다고 호흡 곤란을 일으키는 자신의 몸 상태가 창피하고 곤란했다.

이래서야 꾀병이라는 말을 들어도 할 말이 없다.

"울지 마. 대장은 원래 말을 좀 막 하거든. 성깔이 아주 죽여준다니까? 나한테도 허구한 날 뭐라고 해."

가을이 운다고 오해한 지영이, 가을의 어깨를 다정하게 감쌌다.

그들이 하는 일에 대해 사기네, 도의에 어긋나네 하는 망언을 했는데도 감싸 주는 두 사람이 고마웠다.

"아니야. 내가 말을 잘못한 건데, 뭐. 나도 마찬가지면서. 일에 대해서 그런 식으로 말해서 미안해."

가을은 미소를 지어 보려고 애썼지만 도저히 웃음이 나오질 않았다.

그래서 무릎 위의 똘이를 옆에 내려놓고 주섬주섬 일어났다.

"먼저 가 볼게. 먼저 가 보겠습니다."

"데려다줄게."

성희가 일어났다.

"네? 아, 아니에요. 괜찮아요. 아직 어두워진 것도 아니고……."

"아냐. 데려다줄게."

"그렇게 해. 또 호흡 곤란 생기면 큰일이니까."

지영이 거들었다.

계속 거절하는 것도 민망해서, 가을은 결국 고개를 끄덕였다.

성희가 자연스럽게 가을의 카메라 가방을 들었다.

"무거울 텐데."

가을의 말에 성희가 작게 웃었다.

"네가 드는 것보다는 낫겠지. 인간이 들 수 있는 무게는 몸무게에 비례한다잖아."

"아니에요. 그래도 제가 들게요."

가을은 기어코 성희가 어깨에 멘 가방을 빼앗았다.

남의 도움을 받는 일은 익숙하지가 않다.

성희의 친절을 거부하는 바람에 분위기가 약간 어색해졌다.

그냥 친절을 받아들일 걸 그랬나, 하는 생각이 들었지만 이제 와서 생각이 바뀌었다고 할 수도 없는 노릇이었다.

조용한 주택가를 걸을 때는 몰랐는데, 대로변으로 나가자 사람들의 시선이 느껴졌다.

사람들은 지나가면서 성희를 흘긋흘긋 쳐다봤다.

거의 2m에 달하는 거구 때문이었다. 성희의 남자다운 얼굴은 큰 키와 넓은 어깨 때문에 남자다움을 떠나 험악하게 보이기까지 했다.

사람들의 시선이 익숙한 듯, 성희는 신경 쓰지 않고 정면만 응시하고 있었다.

무뎌 보이기까지 하는 그의 신경이 부러웠다.

"강한이는 그렇게 나쁜 녀석은 아냐."

성희가 말했다.

'이래서 나쁜 녀석이 아니고, 저래서 나쁜 녀석이 아니면 세상에 나쁜 놈, 하나도 없게요.'라는 말이 목구멍까지 튀어나왔지만 꿀꺽 삼켰다.

"어느 일이나 마찬가지겠지만 흥신소의 일은 항상 선택을 해야만 해."

"선택이요?"

"응. 의뢰가 들어오는 일을 맡아도 되는지, 안 되는지. 좋은 의뢰를 하러 오는 사람들만 있다면 좋겠지만, 자기가 하고 싶지 않은 더러운 일 처리를 맡기기 위해 찾아오는 사람들이 더 많지. 대놓고 나쁜 의도라고 말하는 사람도 있지만, 대부분은 좋은 의도인 척, 자기가 피해자인 척 속이는 경우가 더 많아."

자신에게 하는 이야기인 것만 같아서, 가을은 뜨끔했다.

"그렇기 때문에 우리는 의뢰인이 하는 말이 진실인지 아닌지를 판단해야 하는 거야. 그 후에 선택을 하지. 이 일을 맡아도 될지, 안될지. 의뢰인의 말이 거짓이어도 의뢰를 맡는 경우가 있고, 진실이어도 맡지 않는 경우가 있어."

"선택을 하는 기준은 뭐예요? 경찰이 개입하나, 안 하나?"

"그것도 기준 중의 하나이기는 하지만…… 사실 기준은 없어. 우린 컴퓨터가 아니니까 기준을 세워서 계산을 하고, 거기에 부합되는 의뢰만 맡을 수는 없는 거잖아. 예를 들어, 아까 말했던 구미호의 개입 여부. 어떻게 보면 그건 사기를 치는 거지. 하지만 남편이 정말 나쁜 놈인데 법적으로 문제 될 것이 없어서 부인에게 위자료를 주지 않고 쫓아내려고 하는 경우가 있잖아. 그런 경우에, 우리는 남편을 대상으로 사기를 치는 거야. 부인이 위자료 정도는 받을 수 있도록."

"아아……."

"하지만 남편이 아무런 문제가 없는데, 부인이 바람을 피웠고 그걸 이유로 이혼을 하려는데 위자료를 뜯어내려고 한다. 그때는 그 의뢰를 맡지 않아."

그런 거였구나.

가을은 아무것도 모르면서 도의를 따졌던 자신이 부끄러웠다.

"물론 우리의 선택과 판단이 늘 옳은 건 아니야. 우리도 사람이
니까 틀릴 때도 있지. 하지만 옳은 선택이었을 때, 그래서 그 일이
잘 풀렸을 때, 우리는 기뻐. 그게 기뻐서 이 일을 하는 거고."

"죄송해요. 아무것도 모르면서 그런 소리를 해서……."

"괜찮아."

성희가 부드럽게 가을의 머리를 쓰다듬었다.

손이 커서인지 머리를 쓰다듬을 때의 느낌이 좋았다.

그러고 보면, 성희는 생긴 것과는 달리 스킨십이 자연스러웠다.

그 스킨십이 싫지 않았다.

그 후로 대화 없이 걸었지만 처음처럼 어색하진 않았다. 성희는
가을의 집 근처 골목까지 가을을 데려다주었다.

"저 앞이에요. 여기까지 데려다주셔서 감사합니다."

집 건물을 가리키며 말했더니, 성희는 "내일 보자."라는 말을 남
기고 돌아섰다.

성희가 멀어지는 것을 확인하고, 가을도 걸음을 옮겼다.

아침에 나갔다가 들어오는 집인데도, 오랜만에 들어온 듯한 기
분이 들었다.

가을은 가방을 내려놓고 무너지듯 드러누웠다.

강한이 한 말이 뇌리에서 떠나지 않았다.

―넌 굳이 소년 A를 찾으려고 하고 있잖아. 네가 하려는 그 짓
은, 도의적인 짓인가?

소년 A는 가을의 집에 불을 냈고, 그 결과 가을의 부모님과 동생
은 불길에 휩싸여 고통을 받으며 세상을 떠났다.

그리고 가을은 혼자 남아, 친척들의 집을 전전하며 살아야만 했
다.

정작 불을 낸 소년 A는 가족들과 함께 잘 살고 있을 텐데도.

그런 소년 A를 찾는 것이, 잘못된 행동이라고는 생각하지 않았다.

가족들이 죽었으니, 가족들을 잃는 고통을 받았으니까. 그러니
까 다른 사람들도 가을이 소년 A를 찾는 걸, 당연하게 받아들일 줄
알았다.

법적으로는 문제 되는 일이지만, 인간적으로는 당연한 일.

'잘못인 거야?'

두 손으로 얼굴을 가리자 어둠이 시야를 점령했다.

'내가 널 찾으려고 하는 게…… 그게 잘못인 거야?'

가을은 도저히 판단을 내릴 수가 없었다.

*   *   *

지영은 도저히 이해할 수가 없었다.

강한이 원래 사람을 싫어하고 퉁명스럽기는 하지만, 하지 말아
야 할 말을 하는 사람은 아니다.

아니, 따지자면 오히려 따뜻한 축에 속하는 사람이다.

생긴 것과는 다르게 타인의 상처를 보듬어 줄 줄 아는 사람이라서 믿고 따랐던 건데, 가을에게만 유독 냉정하게 대하는 이유를 알수 없었다.

"가을이 누나가 대장 돈이라도 떼어먹었어요?"

연진도 지영과 마찬가지로 이상함을 느꼈는지, 조심스럽게 물었다.

"갑자기 뭔 소리야?"

"대장이 가을이 누나 대하는 거, 평소랑 다른 것 같아서요. 전에도 그랬지만, 아까 그건 심했잖아요. 호흡 장애가 있고 싶어서 있는 것도 아닌데."

"심하긴 뭐가 심해? 걔가 먼저 우리 일에 대해서 도의를 따졌잖아."

"원래 일반인들은 우리 직업이 어떤지 잘 모르잖아요. 흥신소가 그렇게 깨끗한 일만 해 주는 곳이 아닌 것도 사실이고."

"그래서? 난 내 직업에 자부심 좀 가지고 있으면 안 되냐?"

"자부심은 쥐뿔도 없으시면서."

"쥐한테 왜 뿔이 있어?"

"……그걸 개그라고 하신 건 아니겠죠?"

"그래, 이게 내 개그의 한계다. 개그를 칠 줄 모르니 개그맨을 할수도 없고, 말발이 없으니 변호사도 할 수 없고. 그래서 심부름센터 한다. 그걸 가지고 도의를 따지는데, 나도 좀 따지고 들면 안 되냐?"

지영은 역시 이상하다고 생각했다.

강한은 자기 일에 자부심 따위를 갖고 있지 않았다.

강한이 심부름센터를 하는 이유는 단 하나.

돈이 되니까.

고객이라서 어쩔 수 없이 일을 처리해 주며 '엿 같은 직업'이라고 폄하한 적이 한두 번이 아니었다.

그런 주제에 돈을 떼어먹은 것도 아닌 가을에게 저런 식으로 대할 이유가 없다.

"농담하는 거 아냐, 대장. 대장, 정말로 이상해. 왜 그러는 거야? 가을이한테 무슨 문제라도 있어?"

지영이 은근한 말투로 물었지만 소용없었다.

"그러는 너야말로 무슨 문제 있냐? 걔한테 왜 그렇게 친한 척하는 건데?"

도리어 돌아온 질문에 지영은 고개를 옆으로 기울였다.

연진도 궁금했었는지 지영을 쳐다봤다.

"그러게요. 누나는 유독 가을이 누나한테 잘해 주는 것 같아요. 다른 사람들한테는 엄청...... 심하게 대하시면서."

"내가 뭘 심하게 대했다고 그래? 그리고 내가 가을이한테 잘해 주는 건...... 생각이 나서 그래."

"생각이요?"

"응. 나도 잊고 있던 기억인데...... 나 어릴 적에 한참 떠들썩했었거든. 옆집 소년의 불장난에 일가족이 불에 타서 죽고, 나랑 같은 나이의 딸만 살아남았다는 뉴스. 그래서 우리 집도 비상이 걸렸었지. 우리도 단독주택이었으니까…… 옆집에 누구 사는지 확인하고 조심하라고 하고…… 우리 동네 전체가 시끄러웠었어. 게다가 난 살아남은 애랑 같은 나이기도 했고."

"설마……."

연진의 눈이 커지는 걸 보며, 지영이 쓰게 웃었다.

"난 그때 무섭기도 했고, 혼자 살아남았다는 애가 불쌍하기도 했어. 엄마랑 아빠랑 동생을 잃고 혼자서 어떻게 살아갈까? 어릴 때는 엄마랑 아빠가 세상의 전부고, 하늘이고, 신이잖아. 그런 사람들이 사라진 거야. 한동안 악몽을 꾸기도 했어. 부모님이 돌아가시는 꿈, 집이 불타는 꿈…… 뭐, 어린애들이 다 그렇듯이 나도 얼마 안 가서 잊어버렸지만…… 그 애가 다시 내 앞에 나타나니까 그 기억이 떠오르더라고."

"가을이 누나……."

"응. 가을이. 아무 상관이 없던 나도 악몽을 꿀 정도였는데, 그 애는 어떻게 살았을까? 하늘이고 신이고 세상인 부모님을 끔찍한 사고로 잃고, 얼마나 많은 악몽에 시달렸을까?"

지영은 느릿하게 이야기하며 강한을 돌아봤다.

강한은 여전히 인상을 찌푸리고 있었기에, 무슨 생각을 하는지 알 수 없었다.

그런 강한을 똑바로 바라보며, 지영은 말했다.

"그래서 난 가을이한테는 잘해 줄 수밖에 없어."

강한의 대꾸는 들려오지 않았다.

그저 연진만 "그런 일이 있었구나. 하긴, 같은 나이니까…… 그것도 인연이라면 인연이겠네요."라고 중얼거렸을 뿐이다.

지영은 강한이 대답할 때까지 기다리겠다는 듯, 꼼짝도 하지 않고 강한의 입술을 노려봤다.

말없이 앉아 있던 강한은 지영의 시선이 불편한 듯 일어났다.

그때, 가을을 바래다준 성희가 돌아왔다.

거실로 들어오던 성희와 강한의 눈이 마주쳤다.

성희는 살짝 인상을 찌푸렸다가 다시 무표정하게 되어서는, 강한에게 말했다.

"나쁜 애 아냐."

강한은 그런 성희를 물끄러미 응시하다가 작게 한숨과 함께 내뱉듯 대답했다.

"알아."

*　　　*　　　*

고민을 하다가 잠깐 잠이 들었는데, 평소보다 끔찍한 악몽을 꿨다.

화마에 휩싸인 아버지가 고통스럽게 절규하며, 가을을 향해 악의에 찬 저주를 내뱉었다.

'너 때문이야. 널 구하다가 내가. 너만 아니었어도 나는 살 수 있었어!'

두 손으로 귀를 틀어막았지만 소리는 계속해서 들려왔다.

열기 때문에 숨을 쉴 수 없어 몸부림치다가 깨어났더니, 호흡 장애에 빠져 헐떡거리는 자신이 있었다.

차라리 이대로 죽으면 좋겠다는 생각을 했다.

산소가 부족해 두 손으로 목을 할퀴면서도, 죽는 게 낫지 않을까, 라는 생각을 멈출 수 없었다.

그러나 발작은 잦아들었고, 눈물을 흘리며 이불을 쥐어뜯는 자신을 발견했다.

가족을 잃은 7살 소녀의 삶은 유쾌하지 않았다.

가을을 향하던 친척들의 동정은, 가을을 부양해야 한다는 현실과 마주쳤을 때에 사라졌다.

가을을 귀찮아하고 가을에게 주어야 할 것을 아까워하는 친척들의 눈치를 봐야 했고, 자신에게 부모가 있음을 자랑하고 가을을 깔보는 사촌들의 기분을 맞춰 줘야 했다.

그때 가족과 함께 죽었더라면, 살아남았더라도 자살을 꿈꿀 수 있을 만큼 나이가 있었더라면 좋을 뻔했다.

너무 어려서 자살조차 생각하지 못한 채, 어른들이 하는 대로 이끌려 다녔다.

'아빠.'

꿈속의 아버지는 가을을 원망했다.

현실의 아버지 역시 원망하지 않았을까 하는 생각에 오싹해졌다.

만약 그런 거라면, 부모의 저주를 받고도 살아 있는 거라면, 그래서 삶이 이토록 무거운 거라면, 저주의 낙인과도 같은 호흡 장애가 사라지지 않는 거라면.

그런 거라면 살아 있을 의미가 무엇이 있겠는가.

악몽 때문에 깨고 나니 다시 잠을 이룰 수가 없었다.

천장을 응시한 채로 멍하니 누워 아침을 맞이했다.

의찬에게서 전화가 걸려 온 건, 슬슬 일어날지 다시 잠을 청해 볼지 고민을 할 때였다.

수화기 너머에서 들려오는 목소리는 다급했다.

[일찍부터 미안해. 오늘 시간 좀 돼? 보조해 주기로 한 애가 갑자기 못 온다고 해서······]

"아아, 괜찮아요. 어디로 가면 돼요?"

[목소리가 안 좋은데, 몸 상태는 괜찮은 거야?]

"네, 자다 깨서요."

[정말 미안하다. 촬영이 양수리에서 있어서, 일단 내가 집 근처로 데리러 갈게. 한 시간쯤 후면 도착할 거야. 촬영 장비는 안 챙겨도 되고.]

장소를 정한 후, 의찬의 거듭된 사과에 적당히 대꾸하고 전화를 끊었다.

집에 혼자 있을 기분이 아니었는데 잘 됐다.

오늘도 심부름센터에 가기로 한 날이기는 했지만, 어제 그런 일도 있어서 발걸음을 하기가 쉽지 않았다.

어차피 있으나 마나 한 존재니까 안 가도 상관없겠지. 아니, 오히려 안 오는 걸 더 좋아할 거야. 있어 봐야 불쾌한 씨 기분만 더 나빠지고 분란이 생기니까.

나이가 들면 천덕꾸러기 신세에서 벗어날 수 있을 줄 알았는데,

변한 게 없다는 사실에 쓴웃음이 나왔다.

서둘러 나갈 채비를 했다.

장비는 필요 없다고 했지만, 혹시나 싶어서 카메라도 챙겼다.

반팔 티셔츠 위에 마 재질의 흰색 남방을 걸치고 청바지를 입었다.

나가기 전부터 땀이 나서 팔 부근이 끈적거렸다.

얼른 날씨가 시원해졌으면 좋겠다.

약속 장소에 도착하자 도로에 세워진 흰색 승용차가 보였다.

의찬의 차였다.

의찬이 가을을 발견한 듯, 빵빵 클랙슨을 울렸다.

차 안은 에어컨을 틀어 놔서 시원했다.

"고맙다, 진짜. 새벽부터 연락한 건데."

"괜찮아요. 어차피 할 일도 없는데요, 뭐. 차도 시원하고."

"집에 에어컨 없다고 했던가?"

"네."

"하나 장만하지 그래? 내년에도 올해만큼 더울 것 같은데."

"봐서요. 설치비도 그렇고, 전기세도 그렇고…… 프리랜서는 돈을 막 쓸 수가 없잖아요."

"프리랜서는 무슨. 우리 사장이 널 얼마나 좋아하는데…… 절대로 안 놔줄걸?"

"그래도요. 앞으로 어떻게 될지도 모르고…… 그런데 누구 촬영이에요?"

"라임. 기획사에서 밀어주는 애들이라 신경을 많이 써야 하는데,

보조가 못 온다는 바람에……."

"왜 못 온대요?"

"어머니가 쓰러지셨나 봐. 원래 몸이 안 좋은데 더위 때문에 쓰러진 것 같더라. 이제 더위도 가실 때가 됐는데…… 지구가 어떻게 되려는지……."

차가 막히지 않아서 양수리까지 금방 도착했다.

싱그러운 나무가 우거진 강변이 촬영 장소였다.

이미 도착한 촬영 스텝들이 촬영 준비를 하고 있었다.

불어오는 강바람이 선선해서 숨통이 트였다.

"오전에는 양수리에서 찍고 해질 때쯤 되면 스튜디오로 옮겨서 실내 촬영도 할 거야. 잘하면 오늘 안에 끝낼 수도 있을 것 같네."

의찬이 간이 의자에 다리를 꼬고 앉아 촬영 콘셉트가 적힌 서류를 넘기며 말했다.

누군가에게 지시를 하기보다는 자기 자신에게 하는 말인 것 같아서, 가을은 대답 없이 강을 바라봤다.

진녹빛으로 빛나는 강이 시원해 보여서, 일하러 온 것만 아니라면 풍덩 뛰어들고 싶었다.

바람이 선선하기는 해도 점점 뜨거워지는 태양 때문에 목덜미가 쓰라렸다.

여자 아이돌 그룹인 '라임'은 촬영 시간이 됐는데도 나타나지 않았다.

의찬이 한참 통화 시도를 한 끝에야 매니저가 두 시간쯤 늦을 거라는 소식을 전했다.

새벽부터 와서 준비하던 스텝들의 표정이 구겨졌다.

"진짜 미안하다, 가을아. 더 늦어지겠네."

"전 괜찮아요."

"하여간 기획사에서 띄워 주는 애들은 기본이 안 되어 있어. 어린 나이부터 오냐오냐하면서 자라서 그런 건가?"

"그러게요."

"그러고 보면 진리성은 대단한 거야. 어린 나이에 데뷔해서 거의 정상까지 올라갔는데도 애가 개념이 있잖아. 까불거리기는 해도 예의는 바르고."

"그건 그래요."

의찬과 대화를 하면서도 오늘 꾼 꿈을 떨쳐 낼 수가 없었다.

불길 사이에서 가을을 저주하던 아버지의 일그러진 표정을 떠올리느라, 빤히 응시하는 의찬의 시선을 깨닫지 못했다.

"리성이, 어때?"

"네?"

"리성이 말이야. 어떻게 생각해?"

"글쎄요…… 뭘 어떻게 생각할 만큼 친한 사이가 아니라서…… 알게 된 지 오래되지도 않았고요."

의찬이 무슨 의도로 이런 질문을 하는 건지 몰라서, 가을은 어리둥절한 표정을 지었다.

"리성이는 너랑 자기랑 친하다고 하던데?"

"워낙 싹싹한 성격이잖아요. 아무나 다 친하다고 생각할걸요?"

"리성이, 괜찮은 애야."

"네, 알아요."

"마음을 열고 만나 보는 건 어때?"

그제야 의찬의 뜻을 짐작하고는 살짝 미간을 좁혔다.

"리성이는 연예인이잖아요. 저한테는 너무 먼 존재예요. 그리고 전 괜히 연예인이랑 엮여서 이런저런 소리들 듣고 싶지 않아요. 그러니까 추측으로라도 그런 말씀은 안 해 주셨으면 좋겠어요."

가을이 딱 잘라 말하자 의찬이 미안한 듯 웃었다.

"그래, 그래. 내가 너무 몰아붙였네."

"아니에요."

의찬이 왜 이런 이야기를 꺼냈는지는 알고 있었다.

의찬은 가을이 어떻게 가족을 잃고, 어떻게 살아왔는지 아는, 몇 안 되는 사람 중의 하나였다.

가을이 마치 죽기 위해 사는 것처럼, 하루하루를 무의미하고 무감동하게 흘려보낸다는 걸 느낀 거겠지.

의찬의 마음 씀씀이가 고맙다기보다는 부담스러웠다.

"라임"이 도착할 때까지 어색한 시간을 보냈다.

거의 세 시간이나 늦게 도착한 라임은 미안하다는 사과도 없었다.

다들 짜증이 나는 눈치였지만 표현은 하지 못하고 촬영을 시작했다.

가을은 땀을 뻘뻘 흘리며 의찬을 도왔다.

잠깐 쉬는 시간에 라임의 멤버 중 하나가 가을의 긴소매 옷을 흘긋 쳐다보며 물었다.

"안 더워요?"

"견딜 만해요."

"시원하게 좀 입지. 보는 내가 다 덥네."

그럼 보지 마, 라는 말을 삼키며 어색하게 웃어 주는데 휴대폰이
울렸다.

심부름센터에서 걸려 온 전화였다.

받을까 말까 고민하다가 받았더니, 불쾌한 씨의 목소리가 들려
왔다.

[어디야?]

지영이나 연진일 줄 알았기에, 강한의 목소리가 들려와서 당황했
다.

그래서 우물쭈물했더니, 잠깐을 기다리지 못하고 강한이 언성을
높였다.

[어디냐고!]

"야, 양수리요."

어디인지 말할 의무는 없지만, 위압적인 목소리에 눌려 대답했
다.

[양수리? 아주 팔자가 늘어졌구만. 거긴 왜 가 있어?]

"촬영 때문에……."

[양수리 어디야?]

어디어디라고 설명했더니, 대답도 없이 전화를 끊었다.

이럴 거면 왜 물어봤대?

어이가 없어서 죄 없는 휴대폰을 노려보는데 촬영 재개를 알리

는 외침이 들려왔다.

가을은 다시 뛰어가 의찬의 옆에 섰다.

너무 더워서 화장을 고치느라 중간중간 쉬는 시간이 많았다.

의찬은 예정보다 더 늦어져서 하루 더 촬영해야 할 것 같다고 걱정했고, 그 소리를 들은 매니저는 오늘 안에 끝내 달라고 의찬을 닦달했다.

"애초에 그쪽이 늦게 왔잖습니까?"

"그거야 우리 애들 일정이란 게 있으니까……."

"오늘 일정 화보 촬영만 있는 걸로 아는데요. 조금만 일찍 일어나서 준비하고 오면 되는 건데, 그걸 늦습니까?"

보나 마나 멤버 중 하나가 늦잠을 자서 늦은 거겠지만, 멤버들에게 잔소리를 할 수 없기에 매니저와 싸웠다.

자기들 잘못 때문에 매니저가 쓴소리를 듣는데도, 라임의 멤버들은 재잘재잘 수다만 떨었다.

'이 일, 싫다…….'

개념 없는 대상을 촬영할 때마다 늘 하는 생각이 다시 비집고 올라왔다.

당장 생활이 급해서 이 직업을 선택하긴 했지만, 사실 철부지 연예인을 찍기 위해 카메라를 손에 잡은 게 아니었다.

생활만 보장된다면 당장이라도 그만두고 싶었다.

자기밖에 모르는 사람들이 함부로 내뱉는 말에 상처를 입는 것도 지긋지긋했다.

"재미없는 일을 하는군."

뒤에서 들려오는 소리에 소스라치게 놀랐다.

"아…… 저씨……?"

"그놈의 아저씨 타령 좀 그만하지? 같이 늙어 가는 처지에……."

"여긴 어쩐 일이세요?"

강한이 올 줄은 몰랐다.

누가 봐도 휴가를 온 듯 푸른색 꽃이 그려진 화려한 반바지에 흰색 셔츠를 입은 강한은, 옷차림이 무색하게 잔뜩 찡그린 채로 주위를 둘러봤다.

"왜? 여기가 네 땅이냐? 난 좀 오면 안 돼?"

"……그런 말이 아니잖아요."

"그럼 내가 여기 오든 말든 뭔 상관이야?"

"저한테 시비 걸러 오셨어요?"

"내가 아무한테나 시비 걸러 돌아다니는 놈인 줄 알아?"

"지금은 그렇게 보이는데요."

"됐으니까 얼른 일이나 끝내."

"왜요?"

"너, 우리 사무실에서도 일하잖아. 저딴 애들 찍어 주느라 우리일은 무시할 셈이냐?"

가을은 강한의 행동을 이해할 수가 없었다.

어제는 심한 소리를 해 대더니, 오늘은 일하러 오지 않았다고 여기까지 찾아오고.

도대체 무슨 생각인가 싶어 강한을 노려보는데, 강한이 하는 소리를 들은 라임의 멤버가 빽 소리를 질렀다.

"저거 뭐야? 뭔데 우리보고 저딴 애래?"

강한의 목소리가 작지 않다는 걸 간과했다.

가을은 미처 몰랐는데, 스텝들도 웅성거리며 이쪽을 보고 있었다.

누구 눈에 띄는 걸 싫어하는 데다가 같이 일하는 중인 아이돌과 문제를 일으키고 싶지도 않았다. 그래서 있는 듯 없는 듯 행동해 왔는데, 이 남자 때문에 그동안의 노력이 헛수고가 되어 버렸다.

그러나 강한은 뻔뻔한 건지, 무례한 건지, 그것도 아니면 애초에 타인을 아주 신경 쓰지 않는 건지, 사람들이 자신을 쳐다보고 있는데도 가을만을 응시했다.

깊고 짙은 눈동자 안에 오롯이 가을만이 담겨 있었다.

"왜 대답을 안 해?"

"저기요…… 지금 촬영장 분위기가 되게 안 좋아졌는데……."

"어쩌라고? 내 일터도 아닌데. 네 일터까지 내가 책임져야 돼? 너 그렇게 뻔뻔하고 무책임한 여자였어?"

그건 내가 당신한테 하고 싶은 말이야!

"여하튼 한 시간 안에 출발해야 일 시작할 수 있으니까 빨리 끝내. 저런 것들, 어떻게 찍던 비슷비슷하게 나오잖아. 정 아니다 싶으면 포토샵 처리하면 되고."

강한이 입만 다물고 있었다면 한 시간 안에 양수리 촬영을 끝낼 수 있었을지도 모르겠다.

하지만 강한의 언사에 분노한 라임과 매니저는 길길이 날뛰었고, 스텝들은 고소하다는 표정을 감추려고 애쓰고 있었다.

"저…… 아무튼 일을 해야 하니까 잠깐만 멀리 가 계시면 안 돼요?"

"왜? 내가 부끄러워? 이래 봬도 우리 동네에선 인기 순위 1위야."

도대체 그 인기 순위의 경쟁 상대가 누군지 궁금했지만, 그보다는 강한을 멀리 떨어뜨려 놓는 게 우선이었다.

강한의 몸에 손을 대고 싶진 않았지만, 어쩔 수 없이 강한의 팔을 잡으려고 하는데 의찬이 다가왔다.

"우강한."

의찬이 그의 이름을 알고 있는 것에 놀라, 가을은 강한의 팔에 손을 살짝 얹은 채로 의찬을 돌아봤다.

의찬은 굳은 표정으로 강한을 보고 있었다.

"호오. 개똥 다섯 덩어리, 인간답게 찍어 주느라 고생하고 있는 게 선배였어?"

"말이 심하다. 그래도 여자애들인데."

"그래, 선배는 원래 여자들한테 친절했었지."

둘의 사이는 그리 좋아 보이지 않았다.

졸지에 개똥이 된 라임이 시끄럽게 떠들어댔지만, 가을은 이 두 사람의 사이에 더 신경이 쓰였다.

"가을이랑 아는 사이였냐?"

"어. 아는 사이. 그럼 안 돼? 애한테도 친절한 오지랖을 부려 주시는 중인가?"

"넌 그 말투 좀 어떻게 하지 그러냐? 남들이 보면 우리가 원수진

줄 알겠다."

"내 말투가 왜? 오랜만에 만나서 반가워하고 있는데."

"반가워하고 있는 건 알겠는데, 기분이 그렇잖냐."

반가워하는 거라고?

가을은 경악했다.

반가워하는 말투가 저 정도라면, 평소에 가을을 향한 말투는 다정하기 그지없는 말투였던 것이다.

"하여간 얘는 나랑 좀 할 일이 있어서 데려가야겠는데…… 촬영은 언제 끝나?"

"가을이, 네 제자로 들인 거냐?"

의찬이 놀랍다는 듯 물었다.

"제자요……?"

제자라는 말에, 가을도 역시 놀랐다.

"그래, 이 녀석 원래……."

"바람 증거 사진을 찍는데 제자로 들어서 가르쳐야 될 만큼 실력이 형편없는 애였어? 그런 주제에 포토그래퍼 운운한단 말이야?"

의찬의 설명을, 강한이 막았다.

의찬은 이상한 듯 고개를 갸웃하더니, 가을의 어깨에 손을 얹었다.

"가을이는 실력 좋은 녀석이야. 사진 잘 찍어. 인물 사진이든, 뭐든."

"그럼 바람난 놈 얼굴도 근사하게 찍어 줄 수 있겠군. 얼른 일이나 끝내. 한 시간 내로 내가 데려가야 하니까."

"뭐, 일은 이 정도면 되겠지. 가을아, 급한 것 같으니까 먼저 가 봐라."

"하지만……."

의찬이 보내 주겠다 했지만 가을은 덥석 받아들일 수 없었다. 강한 때문에 화가 난 라임이 여전히 날뛰고 있었기 때문이다.

가을의 시선이 라임에게로 향하자, 의찬이 어깨를 으쓱했다.

"자기들 예쁘게 나오는 게 좋을 테니, 어떻게든 되겠지. 원래 보조였던 애도 스튜디오 촬영에는 올 수 있다고 하니까. 급한 불은 껐으니까 괜찮아. 오늘 도와줘서 고맙다."

"그럼…… 먼저 가 볼게요, 선배님."

꾸벅 인사를 하고 있기 불편해진 촬영장을 떠났다.

대중교통을 이용할 줄 알았는데, 강한은 주차장 쪽으로 걸어갔다.

주차장에는 스텝들의 차량이 주차되어 있었는데, 그 사이에 어울리지 않는 2톤 트럭이 끼어 있었다.

설마, 라는 생각을 하기가 무섭게, 강한이 그쪽으로 걸어갔다.

"아저씨 차예요?"

"사무실 차야. 일하려면 이런 차가 편하니까. 가끔 이삿짐 의뢰가 들어올 때도 있거든."

강한은 묻지 않은 것까지 말해 주었다.

트럭은 운전하기 힘들다고 들었는데, 강한은 아주 능숙하게 운전했다.

차들이 세워진 좁은 길을 쉽게 빠져나와 도로를 달렸다.

운전을 하는 남자는 멋있다는 말은, 강한에게도 적용되었다.

그 여느 때보다도 나아 보였다. 인상만 찌푸리지 않으면 좀 더 괜찮을 텐데.

"어제 일은 죄송했어요. 심부름센터에 대해 잘 알지도 못하면서."

"어제 일?"

강한이 전혀 모르겠다는 듯 되물었다.

"네, 어제…… 도의적인 걸 따진 거요."

"아아. 그런 건 잊었어. 난 하루살이거든."

"하루살이요?"

"그래. 하루만 기억하지. 좋은 일도, 나쁜 일도. 그런 게 편하잖아."

"그런 사람치고는 너무 찡그리고 계시는 것 같아요. 인상을 풀면 훨씬 멋있으실 것 같은데."

"흐응. 벌써 나한테 반한 건가? 그런 건 곤란한데."

"……그런 거 아니거든요."

"그럼 아무래도 상관없잖아. 내가 찡그린 게, 너한테 피해라도 주나?"

"그런 건 아니지만……."

트럭은 승용차보다 승차감이 나빴고, 오래된 트럭이라 그런지 에어컨도 신통치가 않았다.

아직 더운 시간이기에, 에어컨을 틀어 놨는데도 안이 후텁지근했다.

손부채로 얼굴 근처를 부쳤더니, 강한이 백미러를 흘끗 보며 물었다.

"덥냐?"

"아뇨, 괜찮아요."

덥다고 대답하면 '그럼 반팔 입어.'라는 답이 돌아올 게 뻔했기에, 가을은 괜찮다고 말하고 얼른 손을 내렸다.

그런 행동에 대해 강한은 별말을 하지 않았다.

좁은 공간에 단둘이 있으니, 침묵이 평소보다 무겁게 느껴졌다.

원래 캐묻는 걸 좋아하는 성격은 아닌데, 침묵을 없애기 위해 입을 열었다.

"의찬 선배랑은 어떻게 아는 사이세요?"

"그러는 넌?"

'보면 모르냐?'라는 말을 삼키고 성실하게 대답했다.

"사무실에서 알게 됐어요. 제 사수였거든요."

"군대도 아닌데 사수는 뭔 놈의 사수."

"아저씨는요?"

"……대장이라고 불러."

"네?"

"그놈의 아저씨 소리 집어치우고, 대장이라고 부르라고."

아저씨 소리를 듣기 싫어서 한 말일 텐데도, 가을은 인정받은 기분이 들어서 기뻤다.

오래 다닐 직장도 아닌데, 왜 기쁜 마음이 드는 건지는 알 수 없었다.

"네, 대장."

이라고 대답하며 활짝 웃었더니 강한이 인상을 찌푸렸다.

"뭐가 좋아서 실실 쪼개?"

"그냥요."

"대학 선배야."

"네?"

"일 분 살이냐? 방금 물어본 말을 왜 벌써 잊어?"

"아아. 의찬 선배요?"

"그래."

"그렇구나."

거기서 또 대화가 끊겼다.

묵묵히 정면을 응시하고 있다가, '일 분 살이'라는 말이 웃겨서 소리 없이 웃었다.

문득 강한의 시선이 느껴져서 강한 쪽을 돌아봤지만, 강한은 앞을 뚫어져라 보고 있었다.

"뭘 봐?"

"안 좋은 일 있으셨어요?"

"안 좋은 일?"

"네. 뭔가…… 계속 찡그리고 계신 걸 보면 좋지 않은 일이라고 경험하셨나 싶으셔서요."

말해 놓고 아차 싶었다.

타인이 이쪽의 사정을 캐묻지 않았으면 좋겠다고 생각하는 만큼, 남의 사정을 캐묻지 않으며 살아왔는데. 하필이면 유독 무서운 사람에게 질문을 하고 말았다.

강한은 불쾌한 듯 한참 동안 대답이 없었다.

아주 잠깐 나아진 줄 알았던 사이가 다시 나빠질 것 같아서 걱정이 됐다.

"말하는 게 마음의 상처라던가, 충격적인 경험 같은 거라면, 그런 걸 겪은 적 없어."

이윽고 강한이 의아할 만큼 담담한 목소리로 답했다.

"금실이 좋지도 나쁘지도 않은 평범한 부모님 밑에서, 좋지도 나쁘지도 않게 살아왔지. 이렇다 할 사랑을 해 본 적이 없으니, 사랑 때문에 상처를 입은 적도 없고, 뜨거운 우정을 가진 적도 없으니 배신을 당해서 아파 본 적도 없어. 난 그냥 이 표정이 편할 뿐이야."

"아……."

"사람들은 이상하지. 누군가의 겉모습을 보고 속사정까지 멋대로 짐작을 해 대니까. 형님은 사실 마음 약하고 다정한 사람인데, 외모가 무섭다고 조폭일 거라고 오해를 하지. 캡은 희끄무레하고 여리여리해서 게이일 거라고 생각들을 하고. 구미호는 성깔이 있어 보여서 차가울 거라고 생각을 해. 물론 구미호는 차가운 계집애가 맞긴 맞아. 이런 식으로 멋대로 남의 사정을 만들어 내고 지어내고, 멋대로 동정하고 깔보고 두려워하고…… 웃기지 않아?"

마침 신호에 걸려, 차가 멈췄다.

강한이 고개를 돌려 가을을 응시했다.

처음으로, 그의 눈동자를 아주 가까이에서 봤다.

검고 깊은 눈동자는 시릴 정도로 반짝거렸다. 무수히 많은 별이 들어 있는 것처럼.

깜짝 놀랄 만큼 아름다운 눈동자로 가을을 주시하던 강한이, 느릿하게 입술을 벌렸다.

"항상 웃고 있다고 해서 행복한 것도 아닌데 말이야."

그 말이, 마치 가을을 향한 말인 것 같아서 조금 울컥했다.

네가 항상 행복하지 않다는 걸 나는 알고 있어, 그렇다고 늘 우울하지만도 않다는 것 역시 나는 알고 있어.

그렇게 말해 주는 것만 같았다.

"저는…… 어때 보여요?"

강한에게서 눈을 떼지 못한 채로, 가을은 질문했다.

안 지 얼마 되지도 않은 사람에게 이런 질문을 하는 게 우스운 일이라는 걸 알면서도.

아니나 다를까 강한은 퉁명스럽게, "그걸 내가 어떻게 알아? 점쟁이도 아닌데."라고 대답했다.

"역시 그렇죠?"

"하지만 하나는 알지."

신호가 파란불로 바뀌었고, 강헌은 다시 액셀을 밟았다.

"네가 거짓말쟁이라는 거."

"저는 거짓말쟁이 아니에요. 그때는 상황이 좀…… 나빠서 그런 거고요."

"괜찮다고 하잖아."

"네?"

"더워도 괜찮다고, 기분 나빠도 괜찮다고, 울적해도 괜찮다고……."

"아……."

눈치챘던 거야?

"어떤 사람들은 그걸 마음 씀씀이가 넓고 어른스럽다고 하겠지만, 나는 그런 걸 두고 거짓말이라고 부르지. 어떤 이유에서건 솔직하지 못한 사람은 싫어해."

"그래서 절 싫어하시는 거예요?"

"흐음."

이번에도 강한은 대답하지 않았다.

무언의 긍정이라고 생각한 가을은, 더 이상 묻지 않았다.

싫다는 사람에게 몇 번이나 물어봐서 집착하는 듯 보이고 싶지 않았기 때문이다.

서울에 들어선 차는 시내 쪽으로 들어갔다.

강한은 시내에 있는 유료 주차장에 차를 세웠다.

강한이 먼저 내렸고, 가을도 따라 내렸다.

강한은 뒤쪽에 아무렇게나 놔뒀던 카메라 가방을 들쳐 멨다.

가을도 촬영 장비를 챙겼다.

가을이 뭐라 하기도 전, 강한이 빼앗듯 가을의 어깨에 있던 카메라 가방을 가져갔다.

가을이 메고 있을 때는 유난히 커 보이던 가방이, 강한의 어깨에선 손가방처럼 작아 보였다.

놀란 눈으로 쳐다보는 가을을 내려다보며, 강한은 낮은 목소리로 말했다.

"싫어하지 않아. 밥이나 먹자."

무슨 뜻인지 몰라서, 걸어가는 강한의 뒷모습을 멍하니 지켜보던 가을은 아까 자신이 했던, "절 싫어하시는 거예요?"라는 질문에 대한 답이라는 걸 뒤늦게 깨달았다.

깨닫는 순간, 어째서인지 심장에 둔탁한 충격이 일었다.

가을은 한 손을 가만히 왼쪽 가슴 위에 얹었다가, 환하게 웃으며 강한의 뒤를 따라갔다.

"심심해."

괴롭혀 주던 똘이가 손등을 할퀴고 어딘가로 도망쳐 버리자, 지영은 표적을 연진으로 바꿨다.

할 일을 끝내고 게임 한 판의 여유를 즐기던 연진은, 지영이 업히듯 가슴으로 등을 짓누르자 한숨을 내쉬었다.

"저 바빠요, 누나."

"허구한 날 뭐가 그리 바쁜대? 그래 봐야 어차피 게임만 하는 거잖아."

"이것도 일이거든요."

"그거 하면 누가 돈이라도 줘?"

"돈을 벌 힘이 나게 해 주죠."

"놀고 있다."

연진은 한숨을 폭폭 쉬면서도 게임을 멈추지 않았다.

달칵—

현관문이 열리는 소리에 지영이 연진에게서 떨어졌다.

"가을이 왔나?"

"아무도 없냐?"

지영의 기대를 무너뜨리고, 성희의 목소리가 들려왔다.

성희는 이마의 땀을 닦으며 방으로 들어왔다.

"뭐야, 형님이잖아."

"그래, 나다. 연진이 넌 또 게임이냐?"

성희가 귀엽다는 듯 연진의 머리를 쓰다듬었다.

지영도 합심해서 연진의 머리카락을 마구 헝클어뜨렸다.

연진은 결국 게임을 포기하고 컴퓨터를 끄더니, 옆에 벗어 뒀던
모자를 눌러썼다.

"그만들 좀 해요, 진짜."

"까탈스럽긴. 그러니까 계집애 같다는 말을 듣지."

"계집애라고 다 까탈스러운 건 아니잖아요. 형님, 모텔 이용 내역
은 확인하셨어요?"

"응. CCTV 자료도 확보했다."

성희가 비디오테이프가 든 봉지를 책상에 내려놨다.

"역시 형님이라니까."

지영이 웃으며 성희를 끌어안았다.

"덥다. 강한이는?"

"몰라. 와 보니까 없더라고. 저녁에 찍으러 가야 하니, 집에서 쉬
고 있는 거 아냐?"

"뭐 얼마나 어려운 일이라고 집에서 쉬기까지 해? 의뢰 들어온

건 없고?"

"아까 청소 의뢰 들어와서 내가 하고 왔어."

지영이 자랑스럽게 말했다.

"웬일이야? 청소를 다 하고."

"그 집, 깨끗해서 할 거 별로 없거든. 창틀이나 조금 닦아 주고 돈 받아 왔지, 뭐."

"잘했다. 다들 밥 먹었냐?"

"안 먹었어. 대장 오면 먹으려고 했는데 오늘 안 오려나 보네. 우리끼리 먹자. 뭐 시켜 먹을까?"

"그러자. 오랜만에 중국요리 어때?"

메뉴를 결정하고 거실로 나갔다.

아직 요리가 도착하지 않았지만, 식탁에 둘러앉았다. 성희가 물었다.

"가을이는?"

"안 왔어."

"역시……."

"오겠어? 호흡 곤란 좀 일으켰다고 미련퉁이라는 소리를 들었는데."

"그렇긴 하지. 강한이는 뭐래? 가을이에 대해서 무슨 소리 좀 못 들었어?"

"말을 안 해. 자꾸 딴소리하고, 말 돌리고. 왜 그러나 몰라, 진짜. 그러지 않던 사람이."

"그러게. 왜 그럴까?"

세 사람은 진지하게 고민에 빠져들었다.

가을을 대하는 강한의 태도에는 확실히 문제가 있었다.

곧 자장면이 도착했다.

자장면을 먹으며, 연진이 말했다.

"생각해 봤는데요. 대장이 가을이 누나한테 유독 그런 식으로 대하는 거. 몇 가지 이유가 있을 것 같아요."

"어떤 이유?"

"첫 번째, 체질적으로 안 맞는다."

"흐음. 대장은 원래 누구랑도 안 맞는 사람이잖아."

"유독 안 맞을 수도 있는 거죠. 두 번째는, 대장이 가을이 누나를 좋아한다."

"엑?"

"응?"

지영과 성희가 동시에 오만상을 찌푸렸다.

"그럴 리가. 그 인간은 누구도 좋아하지 않을 사람이야."

지영이 설레설레 고개를 저었다.

"하지만 워낙 어린애 같은 사람이니까, 좋아하는 사람이 생겼을 때 오히려 괴롭히는 행동을 할 수도 있는 거잖아요."

"에이, 그럴 리는 없어. 바보도 아니고."

"하긴…… 저도 뭐, 이건 거의 가능성이 없다고 생각했어요. 그럼 세 번째, 가을이 누나가 목적을 달성하지 못하도록 방해하려고 한다."

"목적 달성? 걔가 지구 정복이라도 꿈꾸나?"

"아니, 그런 게 아니고요. 가을이 누나, 우리 심부름센터에서 일하는 이유가 있잖아요."

"있지. 아아!"

뒤늦게 깨달은 지영이 두 손을 마주쳤다.

성희도 알아챈 듯 젓가락을 내려놨다.

"그래, 그런 게 있었지."

"네, 그런 게 있죠. 가을이 누나가 우리 심부름센터에서 일하는 건, 어떤 상황에서도 폭력 사태를 일으키지 않을 사람이라는 걸 증명하기 위해서잖아요. 그걸 증명하면, 대장이 가을이 누나가 찾는 사람을 알려 주기로 했고요. 그런데 가을이 누나는 누가 봐도 폭력적이지 않은 사람이에요. 대장은 사람 보는 눈이 있으니까, 그걸 이미 간파했을 거고."

"그러니까 상처를 줘서 쫓아내려고 하는 거구나. 찾는 사람을 알려 주지 않으려고."

"그렇죠."

"하지만…… 왜?"

지영이 알 수 없다는 듯 고개를 갸우뚱했다.

"가을이가 그 사람한데 상해를 입히거나 죽이거나, 그런 일 없을 거라면 알려 줘도 상관없잖아."

"알려 줄 수 없는 거 아닐까요?"

"왜 알려 줄 수가 없어? 가을이가 알고 싶어 하는 건데."

"만약 소년 A가 너무 잘 살고 있다면?"

성희가 대신 대답했다.

지영은 무슨 말인지 모르겠다는 듯 성희를 쳐다보다가, 뒤늦게 놀랐다.

"가을이가 더 상처받겠네."

"그렇겠지. 가을이는 가족을 모두 잃고 힘들게 살았는데, 정작 가족을 죽인 소년 A는 가족들의 보호 아래서, 믿을 수 없을 만큼 행복하게 지내고 있다. 그럼 가을이는…… 자기가 예상하고 있던 것보다 더 큰 충격을 받겠지."

"만약 제 가족을 죽인 상대가 아무것도 모른 채 행복하게 산다면, 저 같으면 죽이고 싶을 거예요. 대장은 그걸 걱정하는 게 아닐까요?"

"그래, 그렇겠다…… 그래서 그렇게 이상하게 행동했구나……."

지영은 그제야 강한의 행동을 납득하고 고개를 끄덕였다.

"하지만 얼마나 잘 살기에 그러지? 어마어마한 갑부라도 되나?"

아마 가을도 소년 A가 행복하게 살고 있을 거란 각오는 하고 있을 것이다.

강한이 그걸 모를 리 없었다.

"어쩌면 가정을 꾸렸을지도 모르죠. 행복한 결혼 생활을 하면서 아이도 낳고…… 그런 모습을 보면 가을이 누나가 화나지 않겠어요?"

"맞아. 그럴지도 모르겠네. 가을이는 그때 기억을 못 떨쳐 내서 남자도 안 만나는데……."

"그러니까요."

"와, 정말 그런 거면 듣기만 해도 얄밉다. 나야말로 소년 A를 쥐어 패 주고 싶어."

"누나는 원래 누구든 쥐어 패고 싶어 하잖아요."

"죽어 볼래?"

"으아악, 이것 봐요! 맞잖아요!"

지영이 연진을 구타하는 동안, 성희는 거의 다 먹은 자장면 그릇을 노려보며 생각에 잠겼다.

행복한 결혼 생활 중인 소년 A.

과연 그것만으로 강한이 가을을 내쫓으려고 할까?

아마 아닐 것이다.

성희의 눈에 보이는 가을은, 부서질 듯 위태로워 보이지만 쉽게 부서지지 않을 투명한 플라스틱 컵으로 보였다.

성희보다 사람 보는 눈이 뛰어난 강한 역시 그것을 알고 있을 터였다.

단순히 소년 A가 행복한 결혼 생활을 하고 있어서, 알려 주지 않는 건 아닐 거라고 생각했다.

'뭘까?'

무언가 다른 것이 있을 텐데, 성희는 그걸 짐작조차 할 수 없었다.

*　　*　　*

남자와 단둘이 모텔에, 그것도 방 안에 들어온 건 처음이다.

일 때문에 들어온 건데도, 가을은 바짝 긴장해서 방 안을 서성거렸다.

들어오자마자 침대에 누웠던 강한이, 빽 소리를 질렀다.

"정신 사납게 왜 그래! 가만 좀 있어!"

그래서 가을은 방 중앙에 우두커니 서 있었다.

소파가 있다는 걸 깨닫지 못할 만큼 긴장한 가을의 태도에, 강한이 어쩔 수 없다는 듯 일어나 앉았다.

"안 잡아먹어. 건드릴 생각도 없어. 그러니까 좀 앉지 그래? 아니면, 자기 자신이 그렇게 매혹적일 거라고 생각하는 건가?"

"그, 그런 건 아니에요. 전 그냥…… 이런 데는 처음이라서."

"처음? 정말?"

"네……."

"그동안 뭐 하고 살았어? 이런 데도 안 와 보고. 남자 사귄 적 없어?"

"없어요."

"왜!"

"왜, 왜 화를 내고 그러세요!"

"뭘 화를 냈다고 그래? 궁금증을 강력하게 표현한 것뿐이야!"

가을은 주춤주춤 걸어가 소파에 엉덩이 끝을 살짝 걸치고 앉았다.

불편한 자세였지만, 차라리 좀 불편한 게 나을 것 같았다.

그러지 않으면 긴장으로 심장이 터질 것 같았기 때문이다.

"대장은 남자 사귄 적 있어요?"

긴장하는 바람에 단어 선택을 잘못했다.

"내가 남자를 왜 사귀어?"

"아, 여자요."

"있어."

이렇게 쉽게 대답해 줄지는 몰랐다.

"정말요?"

"그래."

"의외네요."

"뭐가 의외야! 나 같은 남자를 여자들이 내버려 둘 것 같아?"

"전 내버려 두고 싶어요."

"……."

"소리도 잘 지르시고, 계속 찡그리고 있고."

"그래도 잘생겼잖아."

"누가 그래요?"

"뭘 눈을 동그랗게 뜨고 물어봐? 그럼 내가 못생겼어?"

"못생긴 건 아니지만."

"잘생긴 것도 아니다?"

"그냥요."

"넌 뭔 놈의 그냥이 그렇게 많아? 하고 싶은 말 있으면 똑바로 좀 해."

"……그런데 여긴 왜 들어온 거예요? 전 모텔 밖에서 기다리고 있다가 나오는 거 찍으면 되는 줄 알았는데."

강한이 다시 드러누웠다.

"그럴 경우에는 빠져나갈 구멍이 많거든. 잠깐 쉬려고 들어왔던 거다, 엘리베이터에서 우연히 만나서 같이 나온 것뿐이다, 같은 방에 묵었지만 성관계는 가진 적 없다…… 뭐, 그런 식으로."

"그런 변명이 통해요?"

"법적으로는 통하지. 위자료 빵빵하게 챙기려면 제대로 된 인증 샷을 찍어 줘야 하거든."

"제대로 된…… 인증 샷이요?"

설마…….

"둘 다 발가벗고 하고 있는 걸 찍어 줘야, 일 잘한다고 소문이 나 지."

불안감이 적중했다.

가을은 되물을 생각도 하지 못하고, 강한이 누워 있는 침대만 멍하니 쳐다봤다.

강한이 갑자기 벌떡 일어났다.

"물론, 난 사내놈 엉덩이 보는 취미는 없어!"

"누, 누가 뭐래요!"

강한의 갑작스러운 움직임에 놀라는 바람에, 목소리가 높아졌 다.

강한이 자신에게 소리를 지른 가을을 물끄러미 응시했다.

기분을 상하게 한 걸까 봐 걱정스러웠는데, 강한은 어깨를 으쓱 하고는 말했다.

"말 잘하네. 그렇게 좀 말해 봐. 그냥, 그냥, 그러지 좀 말고."

착각인지는 모르겠지만, 오늘따라 강한이 유독 따뜻하다는 느낌 을 받았다.

물론 다른 사람들이랑 놓고 보면 결코 따뜻하지 않지만, 어제의 강한보다는 오늘의 강한이 다정했다. 묻는 말에도 다 대답해 주고.

사람이 갑자기 변하면 신상에 안 좋은 일이 생긴다는데.

가을의 의심스러운 눈초리에 강한이 오만상을 찌푸렸다.

늘 찌푸리고 있어서 더 찌푸릴 것도 없다고 생각했는데. 저 남자의 찌푸림의 끝은 어디일까?

"근데 그 남자, 정말 이 모텔로 올까요?"

"오겠지. 여러 번 이용한 곳이니까. 몇 번 왔는데 아무 문제없었으면 익숙한 곳을 찾기 마련이야."

"오늘따라 딴 데 가고 싶어서, 딴 데 갈 수도 있잖아요."

"그럼 하루 공치는 거지."

"그럴 땐 추가 비용도 받아요?"

"아니. 이쪽에서 판단을 잘못한 거니까."

강한이 시간을 확인했다.

"아직 시간이 좀 있으니까 와서 눕지 그래?"

"……진심이세요?"

"왜? 한 침대 눕는다고 임신하는 것도 아니잖아."

"……전 괜찮아요. 앉아 있는 게 편해요."

"그래, 그럼."

강한은 두 번 권하지 않고 침대에 편하게 누워 이불까지 덮었다.

저러다가 잠드는 게 아닐지 걱정이 됐다.

심부름센터의 일에 대해 묻고 싶은 게 많았는데, 계속 물어보면 화낼 것 같아서 이불 밖으로 삐져나온 강한의 발만 쳐다봤다.

그러다가 자신이 집요하게 그 발을 쳐다보고 있음을 깨닫고 시선을 돌렸다.

새근새근─

걱정한 대로, 강한은 잠이 들었는지 고른 숨소리를 냈다.

이런 상황에서 잘 수 있다는 게, 대단하다면 대단한 일이다.

"아닙니다, 고객님……."

강한은 꿈에서도 고객을 찾았다.

그게 웃겨서 잠깐 웃다가, 자신이 어제보다 오늘의 강한을 더 편하게 느끼고 있다는 것에 생각이 미쳤다.

여전히 찡그리고는 있지만, 어제의 강한과 오늘의 강한은 다른 사람 같았다.

가을은 살금살금 걸어가 침대 옆에 섰다.

이불을 턱까지 끌어올린 강한은 바른 자세로 누워서 자고 있었다.

자는 얼굴마저 찡그린 얼굴이었다.

만화 같은 데서 보면, '자는 모습만큼은 귀여워.'라는 말이 있는데, 강한은 그렇지 않았다.

자칫 잘못 건드렸다가는 누구 하나 칠 분위기다.

괜히 깨웠다가 욕을 먹고 싶지 않아서 다시 돌아가려는데, '덥석!' 강한이 가을의 손목을 붙잡았다.

가을은 소리도 지르지 못할 만큼 놀라 입을 뻐끔거리며 강한을 내려다봤다.

"일할 시간이다."

어느새 눈을 뜬 강한은, 가을의 손목을 아프도록 움켜쥔 채로 말했다.

가을은 그저 고개만 주억거렸다.

강한은 잠든 적 없다는 듯 침대에서 내려왔다.

그와 동시에 모텔에 구비되어 있는 전화기가 울렸다.

갑작스러운 소음에 가을은 작게 비명을 질렀다.

"약한 척하기는."

강한은 중얼거리며 전화를 받았다.

"네, 아아. 그렇습니까? 알겠습니다. 감사합니다."

"누구…… 예요?"

잠겨서 갈라진 목소리가 나왔다.

강한은 그 부분을 지적하지 않고 대답했다.

"모텔 주인."

"아…….."

"표적이 들어왔단다. 찍을 준비하자."

"표적이요?"

"응."

"모텔 주인이 그런 것도 알려 줘요?"

"응."

"손님의 사생활 보호, 그런 건요?"

"그런 게 어디 있어? 자기 약점 감추려면 남의 약점을 들출 수밖에 없지."

"자기 약점이요?"

"우리 형님이 남의 약점 찾는데 일가견이 있거든. 협박하는 재주도 있고. 법 쪽에서 일하던 사람이라서 어떤 걸 건드려야 하는지 잘 알지."

"아아……."

아마도 성희가 모텔 주인의 약점을 찾아내서 협조를 받아 낸 모양이다.

어쩐지 모텔에 들어올 때, 숙박비 계산을 안 하는 게 이상하다고 생각했었다.

그런 식으로 협박을 해도 되나, 라는 궁금증이 생겼지만 어제의 다툼이 생각나서 구태여 묻지는 않았다.

강한과 싸우고 싶지 않았다.

"벽 탈 줄 알아?"

강한이 이상한 것을 물었다.

가을은 고개를 갸우뚱했다.

자신이 잘못 들은 줄 알았기 때문이다.

바로 대답이 들려오지 않자, 강한은 기분이 상한 듯 미간을 모았다.

"벽 탈 줄 알아?"

다시 들려오는 목소리는 좀 전보다 낮았다.

"벽…… 이요?"

"귓구멍이 막혔어? 왜 몇 번씩 말을 하게 해?"

어제의 강한과 다르다는 거, 취소다.

다르긴 개뿔이 달라.

"벽 못 타요."

"할 줄 아는 게 뭐야?"

"사진 찍는 거요."

"사내놈 엉덩이로 작품 사진 찍을 일 있어? 사진 기술은 됐으니까 벽 탈 준비나 해."

"벽…… 타 본 적 없는데요."

"없어도 해. 하면 다 하게 돼 있어."

벽을 타야 하는 이유도 설명해 주지 않고, 강한은 창문을 열었다.

두 사람이 묵는 방은 2층에 있었다.

가을은 슬금슬금 강한의 옆으로 다가가 창밖을 내다봤다.

2층이긴 하지만 가을의 눈에는 몹시 높아 보였다.

"여기서 벽을 타야 돼요?"

"놈은 우리 옆방에 있을 거야. 주인 얘기로는 오자마자 일을 치르는 것 같다고 하니까, 슬슬 옷을 벗고 있겠지. 아니, 다 벗었으려나?"

몹시 부끄러운 말을, 강한은 아무렇지도 않게 했다.

가을은 강한을 똑바로 볼 수 없어서, 창밖을 내다보며 열심히 고개를 끄덕였다.

붉어진 얼굴을 강한에게 들킬까 봐 걱정이 됐다.

옷을 벗었네, 마네 하는 얘기로도 얼굴을 붉히는 숙맥처럼 보이고 싶진 않았기 때문이다.

"침대에서 뒹굴고 있을 때 정확히 찍어 줘야 돼. 홀딱 벗고 레슬

링을 하고 있었다고 우기진 못하겠지. 더 자세한 샷이면 좋고."

아무래도 좋으니, 설명 좀 그만했으면 좋겠다.

"내가 먼저 출발할 테니까 장비 가지고 따라와."

"혼자는…… 못 하세요……?"

"왜 못 해? 내가 그렇게 능력 없는 놈으로 보여?"

"그럼 제가 꼭 따라가지 않아도 되는 거 아니에요?"

창문 밖으로 옆방의 위치를 가늠하던 강한이 돌연 몸을 돌려 가을과 마주 섰다.

작은 창문으로 바짝 붙어서 서 있었기 때문에, 강한이 몸을 돌리자 그의 가슴과 가을의 어깨가 부딪쳤다.

바로 옆에 강한의 얼굴이 있다는 걸 아는데, 가을은 고개를 돌릴 수가 없었다. 심장이 옥죄어 왔다.

"우리 심부름센터에서 일할 거라며? 놀고먹을 생각이었나?"

"그, 그런 건 아니지만……."

턱에 따뜻한 손이 닿았다.

강한의 손이라는 것을 의식할 새도 없이, 그것이 가을의 턱을 잡고 살짝 당겨 자기 쪽을 돌아보게 만들었다.

가을은 어쩔 수 없이 눈을 들어 강한을 쳐다봤다.

아까도 느꼈지만, 강한의 눈동자는 정말로 까맣고 반짝거렸다.

"그럼 일을 배워. 거저먹을 생각하지 말고."

"네에……."

"연예계에서 예쁜 것들만 찍다 보니 이런 건 적응이 안 되는 모양인데, 세상에는 네가 생각하는 것보다 훨씬 더 더럽고 엿 같은 일들이 많이 있어. 지금부터 찍게 될 사내놈 엉덩이가 예뻐 보일 정도로 더러운 일들이 많지. 예쁜 것만 보다 보면 평범함을 흉함이라고 느끼게 돼. 느낌은 상대적인 거니까."

가을은 이를 악물었다.

강한이 왜 이런 이야기를 하는지 알 것 같았기 때문이다.

넌 연예계에서 일하면서 행복하게 사는 애들만 보니, 네 자신의 상황이 불쌍하고 안쓰럽다고 여기는 모양인데, 사실은 네 과거 따위 정말로 별거 아니야. 그걸 가지고 아프다고 힘들어하고 호흡 장애를 안고 살아가는 거, 멍청한 일이야.

아마도 그런 말을 하고 싶은 것이리라.

그래서 가을은 이를 악물고, 비명을 지르고 싶은 걸 참았다.

그런 거 아니야. 남들이랑 비교했을 때, 내가 불쌍하다고 여기는 그런 거 아니야. 당신이 뭘 알아? 가족을 잃은 슬픔을, 내 가족이 불타 죽은 슬픔을, 당신이 어떻게 알아!

아무리 소리를 쳐도, 저 바위 같은 남자에게는 통하지 않을 것이다.

울면서 절규를 해도, 저 남자는 별일 아니라고, 웃기지 말라고, 네가 과잉 반응하는 거라고 코웃음을 치며 넘기겠지.

손가락 끝이 차게 식었다.

아니, 몸이 차게 식어서 턱에 닿은 강한의 체온이 화상을 입을 듯 뜨겁게 느껴졌다.

가을은 그 손을 뿌리치고 싶었지만 움직일 수가 없었다.

그저 그렇게 주먹을 쥐고 서서, 강한을 노려봤다.

가을의 눈에 가득한 적개심을 느꼈는지, 강한이 알아서 손을 치웠다.

강한은 자신의 장비 가방을 어깨에서 허리로 가로질러 메고 가을에게 턱짓을 했다.

가을은 천천히 호흡하며 가방을 들었다.

4장

화가 나고 비참해서 벽을 타는 게 무섭다거나, 어렵다거나 하는 생각은 없었다.

오기로 이를 악물고 강한이 하는 대로 따라 했다.

창틀을 밟고 나가 난간에 발끝을 걸치고 조심해서 움직이기.

차라리 이대로 떨어져서 강한을 당황하게 만들어 주고 싶기도 했다.

너 때문에, 내가 다쳤어. 내가 죽을 뻔했어.

하지만 저 남자는 그런 일로 당황하지 않을 것이다.

자기 할 일을 다 끝내고 흘긋 쳐다본 후, "이런 일도 제대로 못 해?"라며 질책하겠지.

강한은 이런 일을 여러 번 해 본 듯 아주 능숙했다.

좁은 난간을 밟고 척척 움직여 옆 방 창문에 붙어 닫혀 있던 창문을 조용히 열었다.

한 손으로 카메라를 꺼내 쉽게 조작해 방 안을 여러 번 찍은 강한은, 카메라를 다시 가방에 집어넣고 더 옆으로 움직였다.

그리고 가을에게 고갯짓을 했다.

너도 한번 해 봐, 라는 뜻이었다.

가을은 강한을 한 번 노려본 후, 조심조심 움직였다.

옆방 창문까지 가는 건 성공했는데, 카메라를 한 손으로 조작할 수가 없었다.

한 손으로 잡기엔, 카메라가 너무 크고 무거웠다.

한참 동안 우물쭈물하는 가을을 지켜보던 강한이, 가을의 어깨를 살짝 두드렸다.

가을이 쳐다보자, 강한이 고개를 저었다.

'너 못 할 줄 알았다. 그냥 돌아가.'라는 뜻이었다.

한심하다는 듯한 표정을 보니 오기가 생겼다.

가을은 잘 빠지지 않는 카메라를 억지로 꺼내 들었다.

카메라 모서리 부분이 카메라 가방에 걸렸다.

무겁고 균형이 잡히지 않은 상태라서, '앗차' 하기 전에 카메라가 손을 벗어났다.

당황한 가을이 카메라로 손을 뻗으려 하는데, 강한이 그보다 먼저 가을의 등을 꽉 눌러 가을의 몸을 벽에 바짝 붙게 만들었다.

쿵—!

카메라와 땅이 부딪치는 둔탁한 소리가 가을의 고막을 울렸다.

'저게 얼마짜린데!'

실수를 한 건 자신인데도, 괜히 강한이 원망스러웠다.

가을이 노려보며 한마디 하려 하자, 강한은 검지를 세워 입술에 대며 창문을 눈짓했다.

'안에서 들을 수 있으니 입 닥치고 있어.'라는 눈빛이었다.

가을은 소리를 질러서 강한의 일을 망쳐 주고 싶었지만, 어쩔 수 없이 입을 다물고 원래의 방 쪽으로 향했다.

강한도 따라오는 소리가 들렸다.

비싼 카메라를 잃은 고통에 오기가 사라져서, 2층 벽에 달라붙어 있다는 공포가 찾아왔다.

중간쯤 왔을 때, 더는 움직일 수 없게 되었다.

"왜 안 가?"

강한이 작은 목소리로 물었다.

목소리가 거슬리게 느껴질 만큼 무서웠다.

떨어지면 어쩌지? 떨어지면 어떡해.

벽의 틈새를 잡고 있는 손가락과 난간을 밟고 있는 발이 자신의 것이 아닌 느낌이 들었다.

온몸의 신경과 근육이 제각기 따로 놀고 있는 느낌이었다.

"무서워하지 말고 움직여. 조금만 더 가면 돼."

강한이 달래듯 말했다.

강한의 음성에는 걱정스러움이 담겨 있었지만, 가을은 그것을 깨닫지 못할 정도로 공포에 질려 있었다.

강한은 어쩔 수 없다는 듯 한숨을 쉬었다.

"그대로 가만히 있어."

강한은 한 손으로 카메라 가방을 벗어 가을의 너머에 있는 방 창문 안으로 휙 던져 넣었다.

가방은 정확하게 안으로 들어갔다.

"기다리고 있다가 부르면 눕듯이 뛰어내려. 그냥 손만 놔두고 누우면 돼. 내가 받아 줄 테니까."

'못 해요.'라고 대답을 해야 하는데 목소리가 나오지 않았다.

"알겠지? 꼭 받아 줄 테니까 부르면 손을 놓고 눕는 거야. 절대로 안 놓칠게."

절대로 안 놓친다고? 당신은 날 싫어하잖아.

그 말 역시 나오지 않았다.

강한은 몸을 뒤로 휙 돌리더니 두려움도 없이 아래로 뛰어내렸다.

쿵, 하고 강한이 바닥에 떨어지는 소리가 들렸다.

다쳤는지 확인을 해야 하는데 몸이 안 움직였다.

"최가을."

강한의 목소리가 들려온 후에야, 무사하구나 하고 안심했다.

"손 놔."

손을 놓으라고?

"손 놓고 누워."

누우라고? 여기서?

강한을 믿을 수가 없었다.

가을은 벽에 바짝 붙은 채 움직이지 않았다.

아래서 강한이 뭐라 뭐라 얘기하는 소리를 들을 수도 없을 만큼 긴장했다.

시간이 흐를수록 손바닥에 땀이 고이고 힘이 빠져나갔다.

강한의 목소리는 계속해서 들려왔다.

그런 와중에도 이상하다는 생각이 들었다.

외진 곳에 있는 모텔이기는 하지만, 차도 다닐 거고 행인도 있을 텐데, 어째서인지 들려오는 건 강한의 목소리뿐이었다.

낮고 침착한 목소리. 달래는 듯 부드러운 목소리.

찡그린 얼굴과 부드러운 목소리의 갭이 떠올라 웃음이 나왔다.

그때, 강한의 음성이 가을의 고막을 파고들었다.

"가을아."

그가 불러 주는 이름은, 어린 날의 기억을 떠오르게 했다.

마치 총알이 박힌 것처럼, 그 이름을 부르던 한 남자가 뇌리에 떠올랐다.

'아빠……'

울컥, 눈물이 나옴과 동시에 다리가 풀려 버렸다.

가을은 그대로 2층에서 떨어졌다.

떨어지는 동안, 뿌연 시야로 진청빛 하늘이 들어왔다.

뚫어 놓은 구멍 뒤에서 빛이 새어 나오는 듯, 드문드문 별이 떠 있는 밤하늘이었다.

떨어지는 순간은 아주 짧았는데도, 어째서인지 그 밤하늘이 인상 깊었다.

그리고 등에 부딪히는 한 남자의 체온도.

강한은 떨어지는 가을을 부둥켜안은 채로 뒤로 쓰러졌다.

등과 다리, 팔꿈치가 아프기는 했지만, 강한이 쿠션 역할을 해 주어서 고통스러울 정도는 아니었다.

미안해요, 죄송해요, 그런 말을 하며 일어나려고 했는데 단단한 팔이 가을의 허리를 꽉 죄었다.

"봐 봐, 안 놓쳤잖아."

고맙다는 말 대신 울음이 터져 나왔다.

바보처럼, 강한의 목소리를 아빠의 목소리라고 착각했다.

봐 봐, 가을아. 내가 널 구했잖아.

지금은 곁에 없는 아빠가 그렇게 말해 주는 것 같은 느낌이 들었다.

강한이 이 사실을 안다면 바보 같다고 하겠지, 멍청한 생각이라고 하겠지.

그걸 알면서도 울음을 멈출 수가 없었다.

"하아. 울지 마. 카메라, 내가 한번 고쳐 볼게."

다행히도 강한은 가을이 카메라 때문에 우는 줄 알았는지 가을의 머리를 쓰다듬으며 말했다.

이런 순간에 강한이 다정하게 대한다는 사실이 신기하고 놀라웠다. 일을 망쳤다고 화를 내도 모자랄 텐데.

"여자 우는 거 안 좋아해. 카메라 하나 때문에 세상 끝난 듯 울 필요는 없잖아."

내용은 퉁명스럽지만 목소리는 따뜻했다.

가을은 언제까지고 강한의 위에 누워 있을 수 없다는 생각에, 코를 훌쩍거리며 일어났다.

"죄송해요……."

"됐어. 일은 끝났으니까 가자."

"대장 카메라는 괜찮아요?"

"응."

가을의 카메라는 부서져 있었다.

완전히 부서진 것은 아니지만, 고쳐서 사용하긴 힘들 것 같았다.

본체에서 떨어져 나온 잔재를 주워 봐야 소용없을 걸 알면서도, 강한의 앞에서 울었다는 민망함을 감추기 위해 쭈그리고 앉아 열심히 파편을 주웠다.

강한도 가을의 앞에 마주 쭈그리고 앉았다.

"카메라가 이거 하나야?"

"이게 제일 손에 익어서요. 딴 건 좀 싸구려이기도 하고……."

다행히도 강한은 가을이 운 것에 대해 지적하지 않았다.

"회사에서 지원 안 해 줘?"

"보통은 프리로 뛰는 일이라서 장비는 개인 부담이에요."

"흐음."

자기가 물어 놓고 관심 없다는 듯 파편을 줍던 강한이, 갑자기 가을의 손목을 잡아당겼다.

"피 나잖아."

아까부터 욱신거린다고 생각했는데, 팔꿈치 부분에 피가 배어나고 있었다.

남방이 흰색이라서 색이 더 선명했다.

"어디 봐."

"꽤, 괜찮아요."

화상 흉터가 남아 있는 쪽이었다.

"뭐가 괜찮아. 피가 많이 나는데."

"정말 괜찮아요!"

가을이 강하게 거부했지만, 강한은 아랑곳하지 않고 가을의 소매를 걷어 올렸다.

흉측하게 일그러진 피부 위로 피가 흘러, 더 처참해 보였다.

강한은 주머니에서 손수건을 꺼내더니, 더러워지는 것도 개의치 않고 흘러내린 피를 닦아 냈다.

"아까 말했잖아."

피를 닦으며, 강한이 말했다.

"예쁜 것들이랑 있으면 평범함을 추함이라고 생각하게 된다고."

가을은 고개를 들어 강한을 응시했다.

강한은 가을의 팔에 집중한 상태였다.

피를 다 닦아 낸 팔은 화상으로 우그러진 피부를 드러내고 있었다.

강한은 걷어 올렸던 소매를 내려 주며 말했다.

"이건 추함도 평범함도 아니야."

강한이 고개를 들었다.

진청빛 밤하늘보다 예쁜 검은색 눈동자가 가을을 똑바로 향하고 있었다.

조금도 흔들리지 않는 눈으로, 강한은 말했다.

"네 아버지가 지켜 낸 고귀함이지."

눈물이 흐르는 것을 자각하지 못한 이유는, 가슴에 찾아온 생소한 충격 때문이었다.

아프기도 하고 간지럽기도 한, 생전 처음 느끼는 통증이 가을의 심장을 점령했다.

심장 박동 소리가 유독 크게 들린다고 생각하며, 가을은 손등으로 눈물을 훔쳤다.

사무실에는 성희와 똘이만 있었다.

책을 읽고 있는 중이었는지, 성희의 무릎에는 두꺼운 책이 놓여 있었다.

〈살인의 현장〉이라는 제목이었다.

드디어 성희가 일을 치르려고 하는 모양이라고 생각하며, 가을은 맞은편 소파에 앉았다.

"찍었어?"

"응, 확실하게. 다른 애들은?"

"캡은 대학 과제 때문에 갔고, 구미호는 데이트 있대."

"그 계집애는 허구한 날 데이트네. 도대체 그런 거랑 만나는 놈들은 뭔 생각인 거야?"

"그러게. 사진 좀 보자."

성희가 일어났다.

"너도 참 사내놈 엉덩이 보는 거 좋아한다."

"찍은 걸 봐야 위자료를 얼마나 받을 수 있는지 확인하지."

컴퓨터가 있는 방으로 들어가는 두 사람의 뒷모습을 보며, 가을은 성희가 변호사였던 적이 있다는 것에 생각이 미쳤다.

아, 맞아. 저분은 생긴 것답지 않게 변호사였지.

그런 생각을 하면서 두 사람의 뒷모습을 쳐다보는데, 강한이 흘긋 가을을 쳐다봤다.

그와 눈이 마주치는 순간 심장에 콩, 작은 파문이 일었다.

아까 모텔 앞에서 느꼈던 것과 비슷한 감각이었다.

"뭐해, 안 들어오고?"

"저, 저도 봐야 돼요?"

"안 보면 어떻게 일하려고? 어디 어디를 찍어야 하는지 알아야 일을 할 거 아냐."

아까의 친절함이 거짓말이라고 생각될 만큼 강한의 말투는 퉁명스러웠다.

가을은 입술을 비쭉거리며 두 사람의 뒤를 따랐다.

사무실이라고 불리는 방으로 들어갔다.

일반 가정집 같은 거실과는 달리, 방 안은 꽤 그럴듯한 사무실로 꾸며져 있었다.

방 두 개 사이에 있던 벽을 튼 건지 거실보다 넓은 방. 거기엔 사무용 책상 네 개가 한 벽면에 두 개씩 서로를 등지고 놓여 있었다.

강한은 그의 것으로 보이는 컴퓨터를 켜고 카메라에서 메모리 카드를 꺼냈다.

성능이 좋은 컴퓨터는 빠르게 켜졌고 메모리의 사진을 순식간에 불러왔다.

일곱 장 남짓의 사진.

약간 어둑한 모텔 방에서 중년의 남자와 젊은 여자가 반라의 상태로 키스를 하고, 침대에 누우려고 하고, 부둥켜안고, 몸을 섞으려 하는 사진이었다.

구역질이 날 것 같은 사진의 내용물은 둘째치고, 사진의 선명함에 놀랐다.

강한이 사용한 카메라는 흔히들 '똑딱이'라고 부르는 작은 휴대용 디지털 카메라였다.

아무리 요새의 똑딱이 성능이 좋아졌다고는 하지만, 본격적인 렌즈를 사용하는 DSLR과는 차이가 있을 수밖에 없었다.

어두운 배경의 장면은 0.4 렌즈를 사용해서 찍어도 흔들리기 마련인데, 강한은 그 불편한 자세로, 똑딱이를 이용해, 한 손으로 완벽한 사진을 찍어 냈다.

흔들림이 전혀 없는 선명한 영상.

그것에서 눈을 뗄 수가 없었다.

어떻게 저런 사진을 찍은 거지?

"이 정도면 원하는 만큼 받을 수 있겠네. 의뢰인 쪽에 특별한 사유가 없는 이상. 의뢰인이 성관계 거부를 했다거나 다른 남자를 만났다거나 하는 일은 없는 건가? 아니면 집안일을 제대로 하지 않았다거나."

성희가 사진에서 눈을 떼고 강한에게 질문을 시작했지만, 그 말이 들리지 않을 만큼 가을은 사진에 집중해 있었다.

성희의 질문에 진지하게 대답하던 강한의 눈썹이 휘었다.

"뭘 그렇게 뚫어지게 봐? 이런 엉덩이가 취향이야?"

강한의 목소리에 정신을 차린 가을은, 자신이 낯선 남자의 엉덩이를 너무 열심히 쳐다보고 있었다는 사실을 깨닫고 얼굴을 붉혔다.

"아, 사진이 굉장히 잘 찍힌 것 같아서요."

"이 정도는 찍어 줘야 사진 좀 찍는다는 소리를 듣지."

강한은 전혀 자랑스러워하는 기색이 없는 표정으로 모니터를 채운 사진 프로그램을 껐다.

내일 의뢰인에게 자료를 전해 주는 자리에 성희도 함께하기로 했다.

"저도…… 같이 있으면 안 되나요?"

어째서 이런 질문을 한 건지는, 가을 자신도 알 수 없었다.

사진을 본 의뢰인이 어떻게 행동할지에 대한 호기심이 가장 큰 이유일 거라고 생각했다.

어쩌면 의뢰인이 남편에게 복수하는 모습을 보고 싶은 것인지도 모르겠다.

그저 흥미 때문에 같이 있고 싶다고 한 걸 눈치챈 듯, 강한은 말 없이 가을을 응시했다.

가을은 그의 검은 눈동자가 볼에 닿을 때마다 전에 느끼지 못했던 조릿조릿한 느낌이 들었다.

가만히 있기가 민망해서 한 손으로 볼을 쓸어내렸다.

"내일 일 있다고 하지 않았나?"

일? 무슨 일?

멍하니 그의 입술을 바라보다가 뒤늦게 자신에게는 '포토그래퍼'라는 직업이 있다는 것을 떠올렸다.

어째서인지 일에 대해 새카맣게 잊고 있었다.

그동안은 삶에서 중요하게 생각하고 있던 부분 중 하나였는데.

"꽤, 괜찮아요."

일이 있다는 것을 떠올렸으면서도 다급하게 대답했다.

"일…… 그거 취소돼서……."

"흐음, 그래?"

강한은 믿는 눈치가 아니었다.

또 거짓말쟁이라고 생각하겠지.

"그럼 상관없겠지. 오고 싶으면 와."

강한의 허락이 떨어지자 주위가 해사하게 밝아지는 기분이 들었다.

환하게 웃으며 "네!"라고 대답하는 가을을, 강한은 가만히 지켜봤다.

＊　　＊　　＊

"리성 오빠."

예은의 부름에 리성은 걸음을 멈췄다.

연예계에 들어오면서 만든 진리성이라는 이름.

익숙해지지 않을 줄 알았는데, 어느새 진리성이 본명처럼 느껴질 만큼 익숙해졌다.

간간이 그런 사실을 떠올릴 때마다 인간의 적응력에 대해 다시 한 번 생각해 보게 되었다.

"오늘 사회 진짜 잘 보셨어요. 너무 재미있었어요."

예은이 반달 눈웃음을 지으며 말했다.

은근슬쩍 팔을 만지는 손길에, 리성은 상대가 불쾌하지 않도록 뒤로 물러서며 웃었다.

"나도 이제 내 재능이 무섭기까지 하다. 너도 잘했어. 1위 축하해."

음악 프로그램에 멤버들과 함께 참가자로 나갔던 게 엊그제 같은데, 어느새 사회자의 위치에서 후배들의 성장을 지켜보게 되었다.

처음 연기를 시작했을 때만 해도 발연기네, 아이돌은 연기를 금지시켜야 하네 말이 많았는데, 지금은 진리성이라고 하면 당연히 '배우'라고 생각하는 사람들이 늘었다.

물론 아이돌이었던 것을 상기시키며 욕하는 사람들도 있지만.

"오빠, 오늘 밤에 뭐 하세요? 같이 놀아요."

"일이 있어서."

사람 만나는 걸 그다지 좋아하지 않지만, 싹싹하다는 소리를 들을 만큼 이미지 관리를 해 왔다.

부드럽게 웃으며 말했더니, 예은의 얼굴에 홍조가 떠올랐다.

'그래, 나 아직 안 죽었어.'

섬세하게 그린 듯한 외모와 달콤한 미소, 싹싹한 태도로 여자들의 사랑을 한 몸에 받고 있는데, 이상하게도 가을에게는 그게 통하지 않았다.

아무리 웃어 줘도, 다정하게 대해 줘도, 가을은 난공불락의 요새처럼 마음을 열지 않았다.

'왜지? 내가 가을이 스타일이 아닌가?'

예은을 떨쳐 내고 걸어가며, 창문에 얼굴을 비춰 봤다.

누가 이 얼굴을 스타일이 아니라고 말할 수 있겠는가.

어떻게 보면 나르시시즘적인 생각이라고 하겠지만, 사실이 그랬다.

가을에게 자꾸만 마음에 가는 이유를 알 수 없었다.

의찬이 자신의 후배라며 소개를 해 줬을 때부터, 그녀에게서 눈을 뗄 수가 없었다.

연예계 생활을 하면서 놀라울 정도로 예쁜 여자들을 많이 만나 봤는데, 유독 가을에게 시선을 빼앗긴 이유조차 알 수 없었다.

가을은 예쁘장하게 생기기는 했지만 특별한 외모를 가진 것도, 놀라운 몸매를 가진 것도, 눈을 뗄 수 없는 생기발랄함을 가진 것도 아니었다.

그런데도 그녀만 보면 심장이 뛰었다.

어쩌면 부서질 것처럼 약해 보이는데도 묵직한 카메라 가방을 누구의 도움도 없이 짊어지고 다니는 씩씩한 모습 때문인 것 같기도 하다.

여자라면 남자에게 기대고 싶고, 도움을 청하고 싶을 법도 한데, 가을은 전혀 그런 내색을 하지 않았다.

'아니면…… 날 무시하다니, 너 같은 여자 처음이야. 이런 생각 때문인가? 지금까지 나한테 반응 없는 여자는 없었으니까.'

그런 걸지도 모르겠다.

자꾸만 밀어내는 최가을이란 여자에 대한 호기심.

'아니, 그런 건 아닐 거야. 가을이만 생각하면 자꾸 웃음이 나오니까.'

창문에 비치는 얼굴은 부드러운 미소를 띠고 있었다.

동료나 후배들에게 보이는 만들어 낸 미소가 아니었다.

리성 자신도 놀라워할 만큼 행복하고 다정한 미소.

'보고 싶다.'

리성은 서둘러 걸음을 옮겼다.

주차장에선 매니저인 정훈이 휴대폰으로 게임을 하며 리성을 기다리고 있었다.

과거에 권투 선수였고 경호 업체에서 일한 적도 있다는 정훈은, 누가 봐도 운동하던 사람으로 보였다.

"수고했다."

리성이 차에 타자 정훈이 휴대폰을 끄며 말했다.

"응. 스튜디오로 가 줘."

"또 가을이 보러 가게?"

"응."

정훈은 가을에 대한 리성의 마음을 아는, 몇 안 되는 사람 중 하나였다. 또 한 사람은 가을의 선배는 김의찬.

"너무 들이대면 여자 쪽에서 오히려 질릴걸."

그러면서도 정훈은 차에 시동을 걸었다.

"설마 이 얼굴에 질리겠어?"

"잘생기고 예쁜 것도 3년을 못 간단다. 너랑 가을이랑 알게 된 지 3년은 되지 않았나?"

"그것도 사귀었을 때 얘기지. 가을이는 내가 자기 좋아하는 것도 모를 테니까."

"그렇게 들이대는데 어떻게 모르겠냐? 그냥 모르는 척하는 거지."

차는 스튜디오를 향해 달렸다.

가을의 스케줄은 꿰고 있었다.

가을과 만날 일이 거의 없으니, 가을이 스튜디오에서 촬영하는 날에는 어떻게 해서는 스튜디오에 들르는 것이 하루 일과가 되었다.

"형, 내 얼굴에 무슨 문제 있어? 왜 가을이가 나한테 마음을 안 열지?"

"모든 여자가 얼굴만 따지는 건 아니거든. 모든 남자가 얼굴만 따지는 게 아닌 것처럼. 너도 다른 예쁜 애들 다 모른 체하면서 가을이만 좋아하잖아."

"가을이는 예쁘잖아."

"예은이나 희라가 더 예쁘지."

"그거야 보는 사람에 따라 다르니까. 난 걔들보다 가을이가 훨씬 예쁘더라."

"그럼 그 말을 가을이한테도 적용해야지. 보는 사람에 따라 다르니까, 가을이 눈엔 네가 별로인 모양이지."

정훈이 아무렇지도 않게 던진 말에, 리성은 충격을 받았다.

그래, 그럴 수도 있구나.

모든 여자가 좋아할 거라고 생각했던 이 얼굴이, 어쩌면 가을에게는 별로일지도 모른다.

"그럼 안 되는데……."

장난으로 한 말에 리성이 심각하게 반응하자, 정훈이 피식 웃으며 리성의 머리를 부스스하게 만들었다.

"자신감이 그렇게 없어서 어떡할래?"

"형이 그렇게 만들었잖아."

"내가 뭐라고 한들, 너는 하고 싶은 대로 하는 거 아니었어?"

"그거야 그렇지만……."

"지성이면 감천이라잖냐. 네가 잘해 주면 가을이도 언젠가는 네 마음을 알아주겠지."

정훈의 말은 그다지 위로가 되지 않았다.

지성이면 감천.

그 지성을 몇 년이나 더 보여야 감천이 될까. 이제 충분하다고 생각하는데.

스튜디오 앞에 차가 서자 마자 리성은 서둘러 안으로 들어갔다.

지금쯤 촬영 준비를 하고 있을 것이다.

촬영 시작하고 나면 방해하면 안 되니까 얼른 만나 봐야지. 어쩌면 오늘 저녁에 술 한잔할 수 있을지도 몰라.

그런 생각을 하며 들어갔는데, 가을은 보이지 않고 오늘 올 예정이 없던 의찬만 있었다.

설마 하는 생각으로 의찬에게 다가갔다.

"가을이는요?"

"인사도 없이 가을이부터 찾냐? 그리고 가을이가 뭐냐, 아무리 한 살 차이라도 너보다 누나야."

의찬은 카메라를 점검하느라 리성을 쳐다보지도 않았다.

"오늘 가을이 촬영인 줄 알았는데."

"일이 있대."

"일이요? 어디 아픈 거 아니에요?"

가을이 자기 일을 다른 사람에게 미루는 경우는 없었다.

독감에 걸려서 고생할 때도 굳이 나와서 촬영을 했던 사람이 가을이다.

"아픈 것 같지는 않던데. 왜 그렇게 집착해? 가을이도 자기 일이 있는 게 당연하잖아."

오늘 들어 두 번째로 집착한다는 말을 들었다.

"그럼 오늘은 아예 안 오는 거예요?"

"늦게라도 올 수 있으면 오겠다는데…… 기다리게?"

"스케줄도 없으니까요."

리성은 한숨을 쉬며 구석에 있는 의자에 가서 앉았다.

메이크업을 받던 모델들이 흘긋흘긋 쳐다보는 시선이 느껴졌지만, 마주 웃어 줄 기분이 아니었다.

'일이 있다고?'

리성은 휴대폰을 꺼냈다.

몇 년째 알고 지냈지만, 가을에게 사적인 문자를 한 적은 단 한 번도 없었다.

하지만 오늘은 이상하게 마음이 불안해서, 고민 끝에 가을에게
문자를 보냈다.

[나 잠깐 스튜디오에 들렀는데 없더라. 왜 안 왔어?]

답장은 곧 도착했다.

[일이 있어서.]

심장이 쿵, 내려앉는 기분이 든 이유는 '일이 있다.'는 변명 때문
이었다.

리성은 가을을 만나고 싶을 때면 사람들에게 '일이 있다.'는 변명
을 했다.

'설마⋯⋯.'

자신의 일을 남에게 미루는 법이 없던 가을에게 무슨 일이 생긴
건지는 모르겠다.

그게 '일을 미룰 만큼 같이 있고 싶은 사람이 생겼어.'라는 말이
아니기를 바라며, 리성은 휴대폰을 꽉 움켜쥐었다.

*　　　*　　　*

'왜 문자를 보냈지?'

리성에게 문자를 받은 건 처음이었다.

가을은 고개를 갸우뚱하며 휴대폰을 주머니에 집어넣었다.

이제 곧 의뢰인이 도착할 시간이다.

강한은 뭔가에 흥분해서 우다다다 뛰어다니는 똘이를 진정시키느라 고생하고 있었다.

"이 똥 고양이 새끼! 묶어 버린다!"

이미 소파에 앉아 있는 성희의 무릎 위에는 서류가 수북이 쌓여 있었다.

아마 이혼 상담을 위한 자료일 것이다.

강한은 고양이 달래기, 성희는 이혼 상담.

다들 할 일이 하나씩 있는데 가을만 할 게 없었다.

왠지 무능하고 쓸모없는 사람이 된 기분이 들었다.

"뭐해? 앉지 않고."

힘들게 똘이를 붙잡은 강한이, 발버둥 치는 똘이를 꽉 끌어안고 말했다.

가을은 "네." 하고 성희의 옆에 앉았다.

"거긴 내 자리야. 대장은 무조건 가운데인 거 몰라?"

강한의 면박에 가을은 한숨을 쉬며 가장자리로 옮겼다.

"앞으론 주의하도록."

"알아 모시겠습니다."

가을의 대답에 만족한 듯, 강한은 덜 찌푸린 표정을 지었다.

달칵, 현관문 열리는 소리가 들렸다.

의뢰인이 직접 현관문을 열고 들어올 리도 없는데 바짝 긴장해서 허리를 세웠다.

"더워!"라는 외침과 함께 들어온 사람은 지영이었다.

"나란히 앉아서 뭐해? 연극이라도 해?"

지영이 손부채를 부치며 맞은편에 앉았다.

짧은 반바지를 입어서 훤히 드러난 고운 허벅지는, 가을마저도 군침을 삼키게 할 만큼 섹시했다.

강한이 옆에 있던 쿠션을 집어던졌다.

"넌 계집애가 뭘 그렇게 벗고 다녀? 아주 다 벗고 다니지 그래?"

"알겠어. 다 벗을게."

지영이 어깨를 으쓱하더니 말릴 새도 없이 상의를 벗으려 했다.

군살 없는 배가 드러났을 때, 성희가 말렸다.

"관둬라, 좀."

지영은 키득키득 웃으며 다시 옷을 내렸다.

"근데 왜 이러고 있는 거야? 뭐 재미있는 일 있어?"

"곧 의뢰인이 오시거든."

"아항. 그럼 난 안에 들어가 있을게. 아이템은 한쪽에 하나씩이니까."

지영이 한 손을 가볍게 흔들고 방으로 들어갔다.

성희에게 아이템이 뭐냐고 물었더니, 의뢰인이 올 때마다 강한을 양쪽에서 보좌해 줄 신하라는 답이 돌아왔다.

불쾌한 씨다운 일이라고 생각하며, 가을은 고개를 끄덕였다.

약속 시간이 되었는데도 김수진은 오지 않았다.

"무슨 일 생겼나 봐요. 연락해 봐야 하는 거 아니에요?"

20분쯤 흘렀을 때, 가을이 참지 못하고 입을 열었다.

강한은 무슨 생각을 하는지 천장을 보고 있었고, 성희는 계속 서류를 검토하는 중이었다.

"일은 무슨…… 원래 이런 의뢰인들 많아. 진실을 마주할 용기가 나지 않아서."

강한이 고개를 뒤로 젖힌 채로 대답했다.

"하지만 돈도 다 지불했잖아요."

"지불했지. 그 돈이 아깝다는 생각보다는 진실을 대하기가 더 무섭다고 생각하는 거겠지."

가을은 강한의 설명을 이해할 수가 없었다.

남편이 바람을 피운다는 것을 이미 알고 있는 상황인데, 어떤 진실을 마주하기 두려워하는 걸까?

설령 심증일 뿐이었다 하더라도, 확실하게 알아내서 남편과 이혼을 해야만 하는 것 아닐까?

가을의 의문을 눈치챈 듯, 성희가 말했다.

"부부 사이엔 원래 여러 가지 사정이 있는 법이거든."

남편이 바람을 피웠는데도 모르는 척할 만한 사정이 뭔지는 모르겠지만, 가을은 더 이상 묻지 않았다.

30분이 지났다.

이쯤 되면 의뢰인이 오지 않을 것이 분명해졌는데도 강한과 성희는 일어날 생각을 하지 않았다.

두 사람이 일어나지 않는데 혼자만 참을성 없이 일어나는 것도 뭣해서, 가을은 그냥 앉아 시간을 보냈다.

지영이라도 나와 주면 좋겠는데, 지영은 잠이라도 들었는지 한 번도 나오지 않았다.

주위는 고요했다.

성희가 서류를 넘기는 사락거리는 소리만이 존재했다.

마음을 편히 갖자 그 시간이 몹시도 고즈넉했다.

시원한 에어컨 바람, 등에 부딪히는 따스한 햇살.

딩동—

초인종이 울린 건, 가을이 꾸벅꾸벅 졸고 있을 때였다.

화들짝 놀라 일어났더니, 강한과 성희가 어이없다는 듯 돌아봤다.

가을은 민망함을 감추기 위해 어색하게 웃으며 인터폰을 들었다.

의뢰인이었다.

문을 열어 주고 시간을 확인했다.

약속 시간으로부터 거의 한 시간이 흘러 있었다.

가을은 현관문에 가서 김수진을 맞이했다.

김수진은 지난번 봤을 때와 비슷한 분위기였다.

생활에 찌든, 지친 눈빛.

"늦어서 죄송합니다. 어떻게 해야 좋을지 알 수 없어서……."

소파에 앉기 전, 김수진은 깊이 허리를 굽히며 사과했다.

오랫동안 기다려서 화가 난다기보다는, 안쓰럽다는 마음이 더 컸다.

"이해합니다. 편히 앉으시지요."

강한이 부드러운 목소리로 말했다.

김수진은 자리에 앉아 깊은 한숨을 쉬었다. 무의식적인 것 같았다.

아직 조사한 것을 말해 주지도 않았는데, 김수진은 금방이라도 울음을 터뜨릴 것 같은 표정이었다.

강한은 성희에게 조사 자료를 받아 테이블에 올려 두고, 김수진의 앞으로 밀었다.

김수진은 그것을 흘끗 쳐다봤을 뿐 집어 들지 않았다.

"조사를 했습니다. 결과를 들으시겠습니까?"

김수진은 한참 후에 대답했다.

"네, 들을게요."

"부군께선 세 명의 여성과 바람을 피우는 중입니다."

김수진의 어깨가 떨렸다.

강한은 마치 로봇처럼 감정 없는 목소리로 바람 상대에 대해 설명했다.

한 명은 20대 초반의 여대생, 두 명은 같은 회사의 여직원. 셋 중에 여대생과 가장 자주 만난다고 했다.

"제가…… 아는 사람인가요?"

김수진이 물었다.

"상대 여성의 정보까지 원하실 경우에는 추가금이 붙습니다."

강한이 딱 잘라 말했다.

김수진은 상처받은 표정으로 강한을 쳐다보다가 고개를 숙였다.

강한은 계속해서 설명했다.

준비한 자료가 어떤 건지 설명하는 동안, 김수진은 움직이지도, 대답을 하지도 않았다.

누런 서류 봉투 안의 내용물이 궁금할 법도 한데, 그쪽에 있는 것이 괴물이라도 되는 듯 눈길도 주지 않았다.

김수진의 시선은 아무것도 없는 바닥을 향하고 있었다.

"이혼 상담은 이쪽에 계신 주성희 씨가 해 주실 겁니다. 변호사로 일했던 경력이 있으니 부족함 없이 도와드릴 수 있습니다. 상담 비용은 무료이니 안심하고 이용하세요."

성희가 배턴을 넘겨받았다.

성희는 담담한 어조로, 그러나 강한보다는 감정이 담겨 있는 다정한 어조로 이혼 소송에 대해 설명을 시작했다.

이러이러한 자료가 준비되어 있으니 이러이러한 권리를 요구할 수 있다.

법률 용어를 알기 쉽게 풀어서 이야기했지만, 김수진은 듣는 둥 마는 둥 했다.

처음에는 성희의 말에 귀를 기울이던 가을도 어느 순간부터는 성희의 설명보다는 김수진의 숨소리에 집중하게 되었다.

김수진의 숨소리는 고르지 않았다.

자신이 호흡 장애에 빠지기 직전의 숨소리처럼.

가을은 걱정스러운 마음에 김수진을 주시하고 있었다.

김수진은 호흡 장애를 일으키는 대신, 고개를 들고 성희의 말을 끊었다.

"확실히 알게 되면 속이 시원할 줄 알았어요."

말을 하던 중에 방해를 받았지만, 성희는 불쾌한 기색 없이 입을 다물고 김수진을 바라봤다.

"바람을 피우고 있다는 거. 증거는 없어도 거의 확신하고 있었으니까. 증거를 찾게 된다고 해서 충격을 받는 일은 없을 줄 알았어요. 그냥 그랬구나, 속이 시원할 줄 알았죠."

김수진의 눈에는 눈물이 고여 있었다.

김수진은 싸구려 치맛자락을 두 손으로 꽉 쥐었다. 그것이 구명 밧줄이라도 된다는 듯이.

"그런데 아니네요. 알고 있던 걸 확인했을 뿐인데. 속이 시원하기는커녕……."

고여 있던 눈물이 툭 떨어졌다. 치맛자락으로, 손등으로.

"새삼…… 괴롭네요……."

절규를 참는 듯 떨리는 목소리였다.

가을은 그녀의 손을 잡고 위로해 주고 싶었다.

하지만 강한도, 성희도 움직이지 않아서 가을 역시 움직일 수가 없었다. 무엇이 옳은 행동인지 알 수 없었기 때문이다.

흘긋 두 사람의 표정을 살폈지만, 둘은 자주 겪는 일인지 담담했다.

안쓰럽다는 표정도, 불쌍하다는 표정도, 짜증 난다는 표정도 없이 무표정하게 김수진을 지켜보고 있었다.

"이혼을 하면 뭘 어쩔까요…… 위자료 받아서 이혼을 한들, 뭐가 더 나아질까요? 저는 이제 마흔이 다 되어 가고 볼품도 없어졌는데…… 재산이라 봐야 대출금 남은 집이 전부인데…… 몇 푼 안 되는 재산 받은들…… 앞으로 제 인생이 나아질까요?"

김수진은 답을 듣고 싶은 듯했지만, 아무도 대답해 주지 않았다.

가을은 무슨 말이든 해 주고 싶었지만, 꾹 참았다.

전에 성희가 했던 말이 떠올랐기 때문이다.

—우리는 판단을 하고 선택을 해야 돼.

두 사람이 위로의 말을 하지 않는다면, 그게 낫다는 판단을 했기 때문일 것이다.

"결혼을 하면서 일도 그만뒀어요. 인제 와서 일을 구하려고 해도 구할 수 없을 거예요. 애 둘을 키워야 하는데…… 그 사람이 양육비를 주지 않으면 애들은 어떻게 키우겠어요? 부모님 반대를 무릅쓰고 한 결혼이니…… 친정 도움을 받을 수도 없어요. 그런 상황에서…… 이혼이 답일까요?"

침묵이 흘렀다. 김수진은 이제 대답을 기대하지 않는 듯 쓰게 웃었다.

"앞으로 걸어가야겠다고 결심하기엔…… 제가 너무 늙었네요. 아무것도 갖지 못한 채로."

김수진이 백에서 흰 봉투를 꺼냈다.

"남은 비용입니다. 조사해 주셔서 감사합니다."

김수진은 잠시 망설이다가 조사 내용이 들어 있는 서류 봉투를 집어 들고 일어났다.

힘없이 돌아서는 김수진에게, 강한이 말했다.

"이혼 소송 상담은 언제든 무료입니다. 패키지에 포함된 서비스니까요."

김수진은 대답하지 않았다.

가을은 혼란스러웠다.

당연히 이혼을 할 거라고 생각했다.

스쳐 가는 한 번의 바람이 아닌 상습적인 바람이니까, 독하게 위자료를 받아 내고 이혼할 거라고 생각했다.

이혼한 후에 당당하게, 행복하게 살아가면 그것보다 더한 복수는 없을 테니까.

'괜찮을까?'

현관문이 닫히는 소리가 들렸다.

성희는 묵묵히 갖고 있던 서류를 내려놓았고, 강한은 "괜한 준비를 했구만." 하고 중얼거리며 남은 대금이 담긴 봉투에서 돈을 꺼내세었다.

아무런 성과 없이, 오히려 마음만 상해서 돌아간 의뢰인을 달래주지 않은 그들을 탓하는 마음은 들지 않았다.

아니, 오히려 두 사람은 아주 잘 해냈다고 생각한다.

강한의 로봇 같은 말투는 의뢰인을 침착하게 만들어 줬고, 성희는 의뢰인의 소송 상담을 위해 많은 것을 준비했다.

'그런데 난 뭘 했지?'

불쌍하다고 생각만 할 뿐, 해 준 것도 준비한 것도 없었다.

그저 의뢰인이 어떻게 할지 알고 싶다는 호기심 때문에 이 자리에 앉아 있었을 뿐이다.

"저, 뭔가…… 해 주고 싶어요……."

기어들어 가는 듯한 목소리였는데, 기가 막히게 알아들은 강한이 편잔을 줬다.

"뭘 해 주고 싶은데? 우리는 해 줄 수 있는 건 다 했어. 남편 뺨이라도 때려 주고 싶은 거야?"

"아뇨, 그런 게 아니라……."

이대로는 납득할 수가 없다.

이게 아무리 심부름센터의 방침이라고 해도, 가을은 다른 직원들처럼 자신이 할 수 있는 무언가가 있을 거라고 생각했다.

의뢰인을 위한다는 그것이, 아무리 자기 위안일 뿐이라고 해도.

"저, 그만 가 보겠습니다. 내일 봬요."

김수진을 위해 해 줄 수 있는 게 하나 떠올랐다.

가을은 김수진이 멀어지기 전에 잡아야 한다는 생각에, 서둘러 인사를 하고 심부름센터에서 나왔다.

다행히도 김수진은 멀리 가지 않았다.

힘이 없어서 느릿하게 걷고 있었나 보다.

"저기요. 저기, 김수진 님."

가을의 부름에 김수진이 걸음을 멈췄다.

"저기……."

김수진은 의아하다는 듯 가을을 쳐다봤다.

가을은 숨을 몰아쉬며 어떤 식으로 말해야 할지 고민했다.

뭐라고 말해야 이 사람이 화를 내지 않을까.

"저기…… 사진 찍어 드릴게요."

"네?"

"사진이요. 제가…… 포토그래퍼거든요. 사진을 찍어 드리고 싶어요."

"그게 무슨……."

"길거리 캐스팅이라고 생각해 주세요. 주부 모델 같은 거요."

"갑자기…… 그게 무슨 말이에요?"

김수진의 표정은 좋지 않았지만, 가을은 직업적인 자신감을 되찾았다.

가을은 상대가 화를 내지 못할 만큼 맑은 미소를 지으며 말했다.

"놀라실 거예요. 저, 사진 정말 잘 찍거든요."

"아뇨, 저는……."

"가요. 제 사진, 돈 주고 찍으려면 적어도 수십만 원 주셔야 돼요. 제가 캐스팅한 거니까 무료로 찍어 드릴게요."

가을은 김수진이 거부할 틈 없이 택시를 잡았다.

김수진은 힘없이 딸려 왔다.

택시에 탄 가을은 회사 스튜디오에 전화를 걸어 예약을 잡고, 친한 메이크업 아티스트에게 도움을 부탁하는 문자를 보냈다.

회사 스튜디오는 이후 일정이 없으니 마음껏 사용해도 된다는 대답이 돌아왔고, 메이크업 아티스트는 마침 스튜디오의 일이 끝났다며 기다리겠다고 했다.

스튜디오에 도착하자마자 보인 것은 리성이었다.

구석에 있는 소파에 불편하게 누워 있던 리성이 어떻게 알았는지 주섬주섬 일어나 가을을 쳐다봤다.

전에 없이 강렬한 눈빛이 얼굴이 닿자, 가을은 당황했다.

쟤가 왜 저렇게 쳐다보지?

"웬일이야…… 진리성이네."

김수진의 목소리에 정신을 차리고 돌아봤더니, 김수진은 심부름 센터의 일을 잊었는지 약간 들뜬 기색이었다.

"진리성 좋아하세요?"

"전에 드라마에서 봤는데…… 거기서 워낙 멋있어서……."

조카뻘의 연예인을 좋아한다는 게 부끄러웠는지, 김수진이 얼굴을 붉혔다.

"모델 촬영 아까 끝났어."

옆으로 온 리성이 왠지 속상하다는 말투로 말했다.

"응. 아까부터 계속 있었던 거야?"

"아니. 방금 왔어."

"그래……?"

"응."

리성의 시선이 김수진에게 향했다.

"누구서?"

"음…… 내 고객님."

"고객님? 모델이셔?"

"응, 내가 캐스팅한 주부 모델."

"아아. 안녕하세요."

리성이 부드럽게 웃으며 인사했다.

어쩔 줄 몰라 하는 김수진을 데리고 분장실로 향했다.

분장실에는 메이크업 아티스트인 윤소라가 헤어 디자이너와 함께 가을을 기다리고 있었다.

"잘 부탁할게요, 언니. 예쁘게요."

"맡겨 둬."

윤소라는 고맙게도 아무것도 묻지 않았다.

김수진을 두 사람에게 맡기고 밖으로 나왔다.

리성은 여전히 그곳에서 가을을 기다리고 있었다.

"주부 모델 캐스팅도 했었어?"

리성이 물었다.

"그럴 일이 있어."

"그럴 일이 어떤 일인데?"

평소에도 집요하다는 생각은 했지만, 오늘의 리성은 뭔가 이상했다.

강아지 같다고만 생각했던 눈빛이, 언제든 가을의 목을 물어뜯을 수 있는 표범처럼 보였다.

"내가 그런 걸 일일이 다 말해야 돼?"

리성이 평소답지 않아서 말투가 조금 차갑게 나갔다.

"그런 건 아니지만…… 걱정이 되니까."

"네가 왜?"

"응?"

"네가 왜 내 걱정을 해?"

가을의 말에 리성은 상처받은 표정을 지었다.

가을은 말이 너무 심했나 싶었지만, 생각해 보니 심할 것도 없었다.

리성과 가을은 서로를 걱정해 줄 만큼 친한 사이가 아니었다.

사적인 문자를 주고받은 것도 오늘이 처음인, 그런 관계일 뿐이다.

"나는 누나 걱정 좀 하면 안 돼?"

"안 되는 건 아니지만 이상하잖아. 지금 화를 내는 것도 이상하고."

"화 안 냈어."

"내가 오해한 거라면 미안하고."

리성은 할 말이 없는지 입을 다물었다.

리성의 눈빛이 다시 강아지 같은 눈빛으로 돌아왔다.

"내가 도와줄 건 없어?"

"응…… 아니, 저…… 내 모델이랑 사진 몇 장만 같이 찍어 줘."

남의 도움을 받는 건 좋아하지 않는다.

받은 만큼 무언가를 해 줘야 한다는 의식이 있기 때문이다.

그러나 아까 김수진이 리성을 보고 좋아했던 모습이 떠올라서, 평소의 생각을 접어 두기로 했다.

모르는 사람과 사진 찍고 싶지 않다고 말할 줄 알았는데, 리성은 의외로 순순히 허락했다.

오히려 즐거워 보이기까지 했다.

한 시간 반 정도 기다린 후에 메이크업과 헤어를 끝낸 김수진이 촬영장으로 나왔다.

옷까지 갈아입은 김수진은 자신에게 벌어지는 일을 믿을 수 없어서 어리둥절한 표정이었다.

"그럼 촬영 시작하겠습니다."

가을은 촬영을 시작했다.

처음에 김수진은 어색한 듯 웃지도 못했다.

간신히 웃는다 싶었을 때는 안면 근육이 경직되어 바르르 떨리기도 했다.

하지만 시간이 지나자 조금 자연스럽게 웃을 수 있게 되었다.

다양한 포즈로, 다양한 표정으로.

몇 벌의 옷을 갈아입으며 사진을 찍었다.

후반에는 리성이 투입되었다.

리성은 장난치듯이 김수진을 이끌었고, 리성의 매력에 홀린 김수진은 사진을 찍는다는 것도 잊고 환하게 웃었다.

두 시간가량의 촬영이 끝난 후, 가을은 디카 인화 기계로 잘 나온 사진을 몇 장 뽑아 왔다.

사진을 받아 든 김수진은 조금 울 것 같은 표정이었다.

그렁그렁 눈물이 맺힌 눈이, 자신이 찍힌 사진을 뚫을 듯 향하고 있었다.

김수진은 그 안에 담긴 것을 믿을 수 없다는 듯 몇 번이나 반복해서 확인했다.

"이게…… 정말 저예요?"

김수진이 떨리는 목소리로 물었다.

"이런 건…… 처음이에요. 웨딩 사진 이후로…… 애들 사진이나 찍었지, 내 사진은 찍어 본 적이 없는데…… 그것도 이렇게 곱게 화장하고……."

가을은 어떤 표정을 지을까 하다가, 조금 웃기로 했다.

보일 듯 말 듯 희미한 미소를 지으며, 가을은 말했다.

"이제…… 앞으로 걸어갈 수 있겠죠?"

김수진은 꿈에서 깬 것 같은 표정으로 가을을 쳐다보다가 곧 미소를 지었다.

가을이 지은 것만큼이나 옅은 미소였지만, 가을은 그걸로 충분했다.

* * *

김수진이 떠난 후, 가을은 고마움을 표현하기 위해 리성과 윤소라에게 밥을 샀다.

헤어 디자이너는 다음 일이 있어서 떠난 후였다.

예상외 지출이 있었지만 아깝지 않았다. 아까 김수진이 지은 그 미소가 돈 몇 푼보다 값졌다.

김수진이 이혼을 하든, 하지 않든, 지금까지와는 다른 마음으로 살아갈 수 있었으면 좋겠다고 생각했다.

식사를 끝낸 후, 오늘 하루 종일 일정이 있었던 윤소라가 피곤하다며 먼저 자리를 떴다.

"데려다줄게."

리성이 말했다.

"괜찮아. 너, 내일도 촬영 있잖아."

"누나 데려다준다고 더 피곤해지는 것도 아니야."

도움을 받았기 때문에 매몰차게 굴 수가 없었다.

가을은 어쩔 수 없이 고개를 끄덕였다.

리성이 김수진에 대해 물어볼 줄 알았는데, 다행히도 묻지 않았다.

집으로 가는 택시 안에서, 리성은 말이 없었다.

가을도 굳이 대화하고 싶진 않았기에 묵묵히 차창 밖을 응시했다.

집 근처에서 택시를 세웠다.

"이제 혼자 갈 수 있어."

집 앞까지 함께하고 싶진 않았다.

"집 앞까지 데려다줄게. 밤길이라 골목 위험하잖아."

"아냐, 괜찮아."

"데려다줄게."

아무리 도움을 받았더라도 계속 말릴 수는 없었다.

리성은 연예인이다.

그것도 최고의 인기를 누리고 있는 연예인. 모자를 푹 눌러쓰지 않으면 거리를 다닐 수 없는 연예인. 친하다는 소문만 나도 상대를 불같이 폄하할 팬들이 수두룩한 연예인.

그것을 자신의 삶으로 끌어들이고 싶지 않았다.

"오늘 도와준 건 고마워. 다음에 꼭 갚을게. 그만 가 봐."

"내가 싫어?"

"싫지 않아."

"그럼 좋아?"

"……갑자기 왜 그런 걸 물어?"

"왜냐하면……."

리성이 가을의 손목을 잡았다.

뿌리치려 했지만 손힘이 생각보다 강했다. 손목으로 전해지는 체온이 뜨거웠다.

하지만 그보다 가을을 향한 리성의 눈빛이 더 뜨거웠다. 모자의 챙 아래로 보이는 진하고 열렬한 눈빛.

가을은 숨을 삼켰다.

리성이 무슨 말을 하려는지 알 것 같았다.

"나는 누나를 좋아해."

그래, 이 말을 할 것 같았다.

"처음 봤을 때부터 좋아했어."

리성이 두 팔로 가을을 끌어안았다.

리성의 가슴은 단단하고 다정하고 뜨거웠다.

남자의 향기가 가득한 그 가슴에 파묻힌 채, 가을은 고백을 받은 사람답지 않게 다른 생각을 하고 있었다.

'얘랑 나랑 처음 본 게, 정확히 언제였지? 드라마 화보 촬영 때였 나? 얘가 아이돌 가수였을 땐가?'

리성의 손이 가을의 등을 쓸어내렸다.

척추를 타고 흐르는 감각에 가을은 소스라치게 놀랐다.

지금껏 이런 식으로 등을 쓰다듬은 남자는 없었다.

"놔줘……."

불쾌했다.

데이트하고 싶은 남자 1위라는 남자의 품에 안겨 있는데, 그 남자의 손길인데, 설렌다기보다는 얼른 집에 가고 싶다는 생각이 더 컸다.

이상하게도 이 순간 아무 상관이 없는 남자가 떠올랐다.

오만상을 구기고 있으면서도 놀라울 정도로 다정한 목소리를 내는 남자. 세상 불쾌한 일은 다 경험해 본 것 같은 남자.

"놔주기 싫어."

"진리성……."

"놔주기 싫어. 계속 이러고 싶었어. 누나를 정말로 좋아해. 아니, 사랑해. 정말로 사랑해."

"놔줘, 리성아."

"싫어, 가을아. 제발…… 제발 놔 달라고 하지 마."

"밤새도록 이러고 있을 수는 없잖아."

"이러고 있을 수 있어. 나는 널 안을 수 있으면 뭐든 할 수 있어. 그러니까 제발…… 날 거절하지 마."

리성의 음성은 듣는 가을마저 저릿할 정도로 슬픔이 담겨 있었다.

가을이 어떤 대답을 할지 예상한다는 듯.

필사적인 그의 목소리 때문에, 딱 잘라 거절할 수가 없었다. 그렇다고 받아 줄 수도 없지만.

바스락거리는 소리가 들렸다.

야옹—

고양이가 우는 소리도 들렸다.

어둠 속에서 들리는 고양이 울음소리 때문인지, 리성의 팔에서 잠깐 힘이 빠졌다.

그 사이를 놓치지 않고 가을은 리성의 품을 빠져나왔다.

우다다다다—

뭔가가 달려와 가을의 발치에 부딪혔다.

화들짝 놀라 내려다보니 어디서 많이 본 고양이가 몸을 비비고 있었다.

"똘…… 이……?"

똘이가 여기에 있을 리 없는데, 털 색깔이 똘이와 똑같았다.

"아, 이 똥 고양이 새……! 어? 너 여기서 뭐 하냐?"

거친 외침과 함께 등장한 남자는 강한이었다.

아까 떠올렸던 남자를 이런 곳에서, 이런 때에 만나게 될 줄은 몰랐기에, 가을은 꿈이 아닌가 싶어 눈을 꿈뻑거렸다.

"아, 여긴 왜……?"

"그건 내가 묻고 싶은 말이야. 너, 여기서 뭐 해? 지금 시간이 몇 시야? 계집애가 이런 시간에 어딜 그렇게 칠렐레팔렐레 돌아다녀? 요새 세상 위험해진 것도 몰라?"

강한이 잔소리를 퍼부었다.

가을은 입술을 비쭉거리며 똘이를 안으려다가, 바로 옆에 있는 운동화를 보고서야 리성과 함께였다는 걸 떠올렸다.

웃기게도, 강한을 보는 순간 리성의 존재를 깨끗이 잊고 있었다.

심부름센터에서 일하는 것이 비밀은 아니지만, 여기저기 알리고 싶은 일도 아니었다.

심부름센터에서 일한다고 하면 "왜?"라는 질문이 돌아올 테고, 맡기고 싶은 일이 있다고 설명하면 "어떤 일?"이라는 질문이 돌아올 터였다.

그 일이 어떤 일인지는 아무에게도 말하고 싶지 않다.

"누구야?"

리성은 강한을 향해 적대적인 시선을 보내고 있었다.

강한은 그런 리성이 재미있다는 듯 내려다봤다.

"아, 그러니까……."

가을의 머릿속에 약간은 바보 같은 묘수가 하나 떠올랐다.

"내…… 애인."

"뭐?"

"무어라!"

리성과 강한, 동시에 놀라 비명처럼 외치고는 서로를 쳐다봤다가, 다시 가을을 노려봤다.

가을은 어색하게 웃으며 강한의 팔에 팔짱을 끼었다.

뿌리칠까 봐 걱정했는데, 다행히 강한은 뿌리치진 않았다.

"내 애인이야. 강한 씨, 똘이랑 산책 나온 거예요?"

"어…… 똘이…… 가…… 너…… 보고……."

망가진 라디오처럼 더듬더듬 말하는 강한의 귀에, 작게 속삭였다.

"연인 노릇 5만 원."

"응, 밤길이라 위험한 것 같아서 너 마중 나왔어. 내 사랑."

강한이 달콤한 목소리로 대답하며 가을의 머리를 쓰다듬었다.

돈 5만 원에 사랑까지 팔다니.

어이가 없었지만 덕분에 위기를 모면했다.

리성은 미심쩍은 표정으로 두 사람을 쳐다보고 있었다.

"저녁은 드셨어요?"

"자기 없는데 무슨 저녁이야. 자기 오면 같이 먹으려고 기다렸지."

"어떡하죠? 나 저녁 먹고 왔는데……."

"그럼 그냥 같이 있어 주기만 해 줘. 자기 얼굴 보면서 먹으면 더 맛있으니까."

가을은 리성을 돌아봤다.

리성은 이제 상처를 받은 표정이었다.

어쩌면 이런 게 매몰차게 거절하는 것보다 더 상처가 될 수도 있다는 생각이 들었지만, 차라리 그편이 나았다.

그래야 앞으로 다시는 접근하지 않을 테니까. 이런 시도조차 하지 않을 테니까.

리성에게는 미안하지만, 가을은 연예인과 가까워져서 사람들의 화두에 오르고 싶지 않았다.

"그럼 갈까? 이부자리도 펴 놨어."

강한은 조금 오버를 했다.

"목욕은 같이할까?"

"……그, 그래요."

"내가 마사지도 해 줄게."

"……네에……."

리성은 더는 못 듣겠다는 듯 돌아섰다.

리성이 멀어지는 걸 확인한 후, 가을은 끼고 있던 팔짱을 풀었다.

강한이 가을의 앞에 손을 내밀었다.

가을이 올려다보자, "5만 원 되겠습니다, 고객님."이란 답이 돌아왔다.

가을은 지갑에서 5만 원을 꺼내 강한의 손에 올려뒀다.

"도와줘서 고마워요."

"저 친구, 진리성 아냐?"

강한이 5만 원을 주머니에 넣으며 물었다.

"맞아요."

"그 친구가 너 좋대?"

"네, 좋대요."

"넌?"

"전 그냥…… 아무 느낌 없어요."

"왜? 요새 최고 인기잖아. 네 가슴엔 사랑도, 눈물도 없는 거야?"

"사랑도, 눈물도 있지만 진리성은…… 모르겠어요. 연예인이랑 엮이고 싶지 않아요."

"왜? 연예인도 사람이야. 저들은 감정도 없는 줄 알아?"

"……뭘 그렇게 오버하세요?"

"저런 멋진 놈이 좋다는 데도 거부하니까, 네가 여자인지 짐승인지 모르겠어서 그런다."

"멋진 놈이라고 다들 좋아해야 한다는 법은 없잖아요. 진리성을 싫어하는 건 아니에요. 그냥…… 사실 연애를 하는 것도 무섭고."

"왜 무서워? 난 네가 더 무서워. 도대체 어떤 여자가 진리성 같은 놈을 거부하는지 궁금했는데, 내 눈앞에 있었구만."

"……그건 됐고요. 여긴 어쩐 일이세요?"

"똘이가 도망쳤어. 이 똥 고양이 놈은 밤만 되면 야단이야."

"발정기인 거 아닐까요?"

"수술했대."

"그럼 왜 그러지? 왜 그랬어, 똘이야? 아저씨가 괴롭혀?"

"대장이라고 하랬지! 그리고 두 번 다시 강한 씨라고 부르지 마!"

"대장은 '내 사랑'이라고 했잖아요."

"고객님의 요청에는 언제나 최고의 서비스로 보답합니다."

"……."

가을은 안고 있던 똘이를 강한에게 건넸다.

"아무튼 전 들어가 볼게요."

"늦게 좀 다니지 마!"

"알겠어요."

의외로 걱정을 해 주는 강한에게 조금 고마웠다.

돌아서서 집으로 걸어가다가 돌아보니, 강한은 똘이를 안고 휘적휘적 반대편으로 걷고 있었다.

'그런데…… 똘이가 여기까지 도망을 쳤단 말이야? 똘이가 오기에는 좀 먼데…….'

막 이상하다는 생각이 들었을 때, 강한이 갑자기 걸음을 멈추더니 하늘을 올려다보며 외쳤다.

"이 사랑도, 눈물도 없는 세상!"

"……."

*   *   *

거실의 큰 창문 앞.

강한은 배를 드러내 놓고 골골거리는 똘이를 물끄러미 응시했다.

처음에는 주인이 살던 집으로 허구한 날 도망치더니, 요새는 이 집에 익숙해졌는지 도망치는 일이 없어졌다.

"넌 좋겠다, 인마. 아무 생각 없어서."

최근 가장 골치가 아픈 건, 역시 최가을이다.

이런저런 일들 많이 맡아 봤고 그중에는 나쁜 놈들도, 불쌍한 놈들도 많았다.

그런데도 유독 가을이 신경 쓰이는 이유는, 아마도 부서질 듯 위태로운 모습 때문일 것이다.

어떻게 보면 씩씩하고 강해 보이는데, 때때로 가만히 앉아 있는 모습을 볼 때면 저러다 바람에 무너져 부서지는 게 아닐지 걱정스러울 때가 있었다.

의도한 것도 아닌데 부서질 것 같은 모습을 보이는 사람은, 자살 위험성이 높다.

"어떻게 해야 될까, 똘이야."

가을이 타인에게 해를 끼치지 않을 사람이라는 건, 첫눈에 알았다.

가을은 분노와 슬픔을 밖으로 돌리는 타입이 아니라, 안으로 끌어안는 타입이었다.

그런 사람들은 여차할 경우에 자기 자신을 죽이는 경우가 많다.

이 일을 처음 시작했을 땐, 뭣도 모르고 곧이곧대로 알아낸 것을 상대에게 알려 줬다.

일을 시작하고 1년쯤 지난 후, 한 남자가 자살을 했다.

심한 왕따로 아들을 잃은 남자였는데, 그 자신도 아들의 뒤를 따라간 것이다.

그제야 강한은 자신이 하는 일이 어쩌면 위험한 일일지도 모른다는 생각을 하게 되었고, 의뢰인의 성향에 따라 '선택'과 '판단'을 해야 한다는 것을 깨달았다.

"최가을은 나쁜 애가 아니란 말이지. 그래서 더 문제야."

가을이 찾고 싶어 하는 소년 A.

이제는 청년이 된 그를 찾아내는 건 어렵지 않았다.

다만 그에 대해 알려 줬을 때, 가을의 반응이 걱정스러웠을 뿐이다.

차라리 가을이 남을 해칠만한 사람이면 대충 둘러대고 돌려보냈을 텐데, 자기 자신을 해칠 것 같아서 그럴 수가 없었다.

독한 말로 채찍질하고 네 인생이나 잘 살아라, 그런 말을 한다고 납득하고 돌아가진 않겠지만 그러기를 바랐다.

하지만 가을은 돌아가는 대신 심부름센터에서 일하는 것을 택했다.

자신이 남을 해할 만한 사람이 아니라는 것을 증명하기 위해.

강한은 가을과 함께 하는 동안, 가을이 남을 해하기는커녕, 자기 자신을 죽이려고 한다는 걸 더 똑똑히 깨달았다.

호흡 장애가 그 증거였다.

자신에게 육체적인 고통을 주는 것으로 심적인 고통에서 벗어나려고 하니까.

"차라리 나쁜 놈이었으면 이런 고민도 안 할 텐데…… 그냥 쫓아내면 되니까. 그치? 인마, 네가 최가을을 좋아하니까 내가 걔를 더 못 쫓아내겠잖아!"

똘이는 강한의 마음도 모르고 기분 좋은 듯 골골거리기만 했다.

"아, 진짜 미치겠네. 왜 나쁜 놈이 아닌 거야! 엉? 최가을은 왜 나쁜 놈이 아닌 거냐고!"

이럴 수도 저럴 수도 없는 상황이 화가 나서 부르짖고 있는데, 마침 방에서 나온 연진이 어이없다는 듯 강한을 쳐다봤다.

"대장, 더위 잡쉈어요?"

"대장은 분노 중이니까 건드리지 말고 가서 게임이나 해라."

"목적을 달성해서 당분간은 안 해도 될 것 같습니다. 가을이 누나가 왜요?"

연진이 모자를 눌러쓰며 강한의 앞에 앉았다.

"뭐가? 너 묘하게 최가을한테 관심이 많더라. 최가을 좋아하냐? 걔랑 사귈래?"

"얘기가 왜 거기로 튀어요? 궁금하면 다 사귀어야 돼요? 그냥 같은 직원이니까 궁금한 거지."

"그래, 잘 됐다. 그러지 말고 그냥 사귀는 게 어떠냐? 난 사내 커플 반대 안 한다. 오히려 아주 긍정적으로 생각하고 있어!"

"긍정적이고 뭐고, 그럴 생각 없다니까요!"

"결혼할 생각이 있다면 내가 냉장고는 하나 사 주마. 얼음 나오는 거로. 어때?"

"……대장. 더위 잡순 거 맞죠?"

"걔가 인마, 진리성한테도 프러포즈를 받는 놈이야. 진리성. 데이트하고 싶은 남자 1위! 진리성! 네가 그런 애랑 언제 사귀어 보겠냐? 그러니까 행복하게 해 줘라."

"……."

연진은 황당함을 금치 못하고, 이미 사귀기로 결정이 난 듯 행복을 빌어 주는 강한을 쳐다봤다.

강한은 연진의 시선을 무시한 채 상상의 나래를 펼쳤다.

"집은 이 근처로 사는 게 좋겠다. 남자가 집은 한 채 해 가야지. 가오가 있는데. 뭐, 돈 없으면 빌려줄게. 이자는 좀 비싸겠지만. 애 낳기 전에는 방 두 칸짜리도 괜찮을 것 같고, 결혼해서 잘 모으면 애 낳기 전에 세 칸짜리로 옮길 수 있을 거다. 애는 둘이 좋겠다. 하나는 외로우니까."

"그냥 대장이 결혼하지 그래요?"

"……그럴까?"

"진심이에요, 대장?"

"그래, 오히려 너보다는 내가 나을지도 모르지. 하지만 내가 최가을이랑 결혼하면 여성 고객이 뚝 떨어질 텐데…… 여성 고객을 놓칠 수는 없는 일이고……."

농담으로 던진 말에 진지하게 반응하는 강한이, 연진의 눈에는 '미친놈'으로만 보였다.

저 인간, 정말 왜 저러는 걸까?

연진의 생각이야 어떻든 강한은 고민을 떨쳐 낼 수가 없었다.

가을에게 연인이 생기고 사랑을 받으면, 그래서 새로운 가정이 생긴다면, 부서질 듯 위태로운 분위기에서 벗어날지도 모른다는 생각이 들었다.

"아, 그래. 성희가 있었지. 성희 그놈은 능력도 많고 남을 챙겨 주는 걸 좋아하니까, 최가을이랑 결혼하면 딱 좋겠어! 그래, 형님이랑 가을이랑 결혼시키자! 식은 언제가 좋겠냐? 역시 여자는 5월의 신부가 꿈이겠지?"

"……그런 건 당사자가 있는 데서 결정해야 하는 거 아닐까요?"

연진은 강한의 기행이 쉽게 끝나지 않을 거라는 것을 짐작하고는, 자포자기한 심정으로 물었다.

"그래, 역시 당사자들이 있어야겠지. 형님이랑 최가을한테 연락해. 지금 당장 여기로 오라고."

"대장……."

진심인가 싶어 강한을 쳐다보던 연진은, 강한의 등쌀에 밀려 어쩔 수 없이 성희와 가을에게 연락을 취했다.

급한 일이 있으니까 얼른 오라고. 성희는 곧 오겠다고 했고, 가을은 촬영이 끝나는 대로 들르겠다고 했다.

"만족스러우십니까?"

전화를 끊은 연진이 묻자, 강한이 고개를 끄덕였다.

"내 예리하고 탁월한 진행 능력에 놀라울 따름이다."

"……."

연진은 이러다가 진짜로 강한이 두 사람을 결혼시킬 것 같아서 걱정이 됐다.

상대의 의사를 무시하고 밀어붙이는 데는 천부적인 재능이 있는 사람이니까.

다행히 이 상황을 말려 줄 만한 사람이 왔다.

지영이었다.

지영이 소파에 앉기도 전에 대장이 미친 것 같다, 형님과 가을이 누나를 결혼시키려고 한다, 라고 일러바쳤다.

이 상황을 말려 줄 줄 알았던 지영은 한 수 더 떴다.

"잘됐네. 안 그래도 가을이한테 남자가 소개시켜 줄까 생각하고 있었는데. 의외로 가까운 데 괜찮은 남자가 있었잖아! 형님 정도면 배려심도 많고, 힘도 세고, 머리도 좋고…… 여하튼 내 여자 지켜 줄 만한 남자니까."

"그렇지?"

강한이 반색을 했다.

"아, 진짜. 누나까지 왜 이러세요?"

"왜? 가을이한테 좋은 사람이 생기면 걔가 좀 더 편하게 살지 않겠어? 아니면…… 네가 가을이랑 결혼하고 싶은 거야?"

심부름센터 인간들, 남의 사정 생각도 않고 일을 진행시키는 무자비한 인간들이라는 건 알았지만, 남의 결혼까지 손을 댈 철면피인 줄은 몰랐다.

연진이 혀를 차고 있을 때, 초인종이 울렸다.

연진은 가을이 온 줄 알고 피신시키려는 생각에 얼른 밖으로 나갔다.

가을이 아니었다.

"안녕하세요, 고객님."

연진은 현관문 앞에 서 있는 김수진을 향해, 얼떨떨한 기분으로 인사했다.

김수진의 의뢰가 종료된 건, 3주 전의 일이다.

이혼할 생각은 없는 것 같다고 들었다. 그래서 다시 보게 될 줄은 몰랐는데.

강한은 연진과 함께 들어오는 김수진을 보고 자리에서 일어났다.

"어서 오십시오, 고객님."

"안녕하세요. 오랜만에 뵙습니다. 너무…… 갑자기 찾아온 것 같아서 죄송해요."

"아닙니다, 고객님. 저희 가을 심부름센터의 문은 언제나 고객님을 향해 활짝 열려 있습니다."

강한은 맞은편 소파에 앉는 김수진을 빤히 응시했다.

의뢰를 종료하고 이틀이 지났을 때, 김수진이 성희에게 연락을 해서 이혼 소송에 대해 이런저런 것들을 물어봤다는 얘기는 들었다.

그 후에 아무 연락도 없어서 그걸로 끝인 줄 알았는데, 이렇게 찾아온 이유가 궁금했다.

"가을 씨는 없나요?"

김수진이 강한의 양옆에 앉은 연진과 지영을 한 번씩 쳐다보고 물었다.

"네, 오늘은 좀 늦는다고 합니다. 우리 직원과 무슨 문제라도 있으신가요?"

김수진은 마지막으로 봤을 때와 분위기가 달랐다.

싸구려 옷과 가방은 여전했지만, 화장도 하고 머리도 세련되게 꾸몄다.

"문제가 아니라…… 가을 씨한테 감사 인사를 하고 싶어서 왔어요. 가을 씨가 아니었으면…… 전 아마 지금도 집에 틀어박혀서 다른 여자랑 뒹굴고 있을 남편을 기다리고만 있었을 테니까요."

"그러십니까……?"

김수진은 차분한 목소리로, 3주 전 이곳에서 나갔을 때, 뒤를 따라온 가을이 자신에게 무엇을 해 주었는지 이야기했다.

"예쁘게 꾸미고 사진을 찍는 거, 결혼한 후에는 생각도 못 했던 일이었거든요. 게다가 진리성도 같이……."

"아아……."

강한은 그날 밤을 떠올렸다.

갑자기 뛰쳐나간 가을이 걱정이 돼서 그 집 주위를 배회하며 가을이 오길 기다리던 중에, 진리성과 가을이 함께 있는 걸 목격했었다.

"저한테 물어보시더라고요. 이제 앞으로 걸어갈 수 있겠냐고. 사실…… 그 질문을 받았을 때만 해도 뭐라고 대답하면 좋을지 알 수가 없었어요. 그래서 대답도 못 하고…… 그냥 집으로 돌아왔거든요. 집에 와서 옷을 걸어 두려고 옷장을 열었는데…… 옷장 대부분을 차지한 남편의 고급 옷이 보이고, 구석에 몇 벌 쌓여 있는 제 싸구려 옷들이 보였어요. 그런 생각이 들더라고요. 아, 헤어져도 이보다는 낫겠다. 적어도 이 옷장을 내 옷으로 채울 수는 있겠다."

김수진이 웃었다.

서글픈 미소이긴 했지만 지난번처럼 어둡진 않았다.

"무서웠어요. 할 줄 아는 것도 없고, 모아 둔 돈도 없고, 애는 둘이고, 헤어지면 애들이 날 미워할 것 같고…… 이제 너무 나이가 들었으니까, 남편이랑 헤어지면 그걸로 끝일 거라고 생각했어요. 주위에서 손가락질을 할 것 같아서 무서웠고요. 그런데 그런 생각이 들었어요. 나, 비싼 메이크업 받고 진리성이랑 사진 찍은 여자야."

이번에 짓는 미소는 좀 더 밝았다.

"걸어갈 수 있겠더라고요. 손이 두 개니까, 아이들을 양손에 잡고 걸어가면 되겠더라고요. 그래서 아이들에게 미안하다고 말하고 사정을 설명하고 이혼 소송 중에 있어요. 조언해 주신 것들이랑 조사해 주신 것들이 도움이 많이 돼요."

김수진은 몇 번이고 고맙다고 말했다.

강한은 그 감사 인사가 불편했다.

결국 강한이 해 준 것은 아무것도 없었다.

자신감 없고 자존감 낮았던 이 여자가 정신을 차린 이유는, 오로지 가을 덕분이었다.

김수진은 가을에게도 감사하다는 말을 전해 달라고 하고 돌아갔다.

연진과 지영은 가을이 한 놀라운 일에 대해 떠들어댔다.

"이건 기적이야, 기적. 딴 게 기적이야? 사람 마음 바꾸면, 그게 기적이지."

그동안 강한은 김수진이 앉아 있던 그 자리를 물끄러미 응시했다.

기적이라…….

지영의 말대로, 사람의 마음을 바꾸는 건 기적이다.

하지만 그 기적은 가을 본인에게는 벌어지지 않았다.

그날 밤에 본 가을은 여전히 위태로웠고, 어제 저녁에 본 가을도 부서질 것 같아 보였다.

가을에게는 기적을 일으켜 줄 사람이 필요한 걸까, 라는 생각이 드는 동시에, 왜 내가 걔를 이렇게까지 신경 써야 하는 거지, 라는 생각이 들었다.

천성이 오지랖이 넓어서 이 사람, 저 사람 신경 써 주면서 살기는 하지만 한 사람에게 오랫동안 신경을 써야만 하는 건 싫었다.

성희는 김수진이 떠나고 1시간쯤 후에 도착했고, 가을은 성희보다 1시간 늦게 심부름센터에 왔다.

거실에 들어서는 가을에게, 연진과 지영이 김수진에 대한 이야기를 떠들어댔다.

그 이야기를 들은 가을은 환하게 웃었는데, 강한은 그 미소를 보고서야 처음으로 지영이 말했던 '웃으면 귀여운 얼굴'이 무슨 뜻인지 알 수 있었다.

가을이 웃는 얼굴은 놀라울 만큼 귀여워서 반짝반짝 빛나는 것처럼 보이기까지 했다.

'그래, 계속 저렇게 웃는 게 낫겠어. 저렇게 웃어야지.'

그런 생각을 하며, 강한은 성희와 가을에게 기습적으로 말했다.

"야, 니들. 둘이 결혼해라."

5장

드디어 더위가 가셨다.

이러다가 우리나라가 열대 지방이 되는 게 아닐까 싶을 정도로 더웠는데, 어느 날 자고 일어나니 순식간에 시원해져 있었다.

"가을이다."

"네, 가을이네요."

"자기 이름은 정말 예쁜 것 같아."

"감사합니다. 언니는 이름도, 얼굴도 예쁘세요."

"들었어? 나 이름도, 얼굴도 예쁘대잖아!"

최하라가 옆에 앉아 있던 남자 배우의 팔을 퍽, 소리가 나게 때렸다.

아프게도 맞았는지, 남자 배우는 팔을 슬슬 문지르며, "접대성 멘

트지, 뭐."라고 중얼거렸다.

최하라는 얌체 같은 인상인 데 반해, 놀랍도록 털털한 성격이었다.

배우라도 콧대를 세우는 일이 없는 데다가 어떻게 찍어도 사진이 잘 나왔기 때문에, 가을은 최하라와 일하는 걸 좋아했다.

"정말 가을이구나…… 시간 진짜 빠르다."

최하라가 새파란 하늘을 올려다보며 중얼거렸다.

구름 한 점 없는 하늘은 눈이 시리도록 파랗고 잔잔했다.

손을 뻗으면 찰방, 하는 소리가 날 것 같은 하늘이 최하라의 눈동자를 물들였다.

가을은 어째서인지 최하라가 슬퍼 보인다고 생각했다.

하지만 그건 가을의 착각이었는지 최하라는 곧 시원스럽게 웃으며 밤 타령을 했다.

"얼마 전에 조린 밤을 먹어 봤는데, 그게 되게 맛있더라고."

"조린 밤이요? 그게 뭐예요?"

"자기도 처음 들어 보지? 간장이랑 설탕 넣고 조리는 건데 달콤하고 짭쪼름하고…… 맛있더라. 또 먹고 싶다."

미소를 짓는 최하라가 여느 때보다 예뻐서, 가을은 저도 모르게 셔터를 눌렀다.

찰칵—

셔터 소리를 들은 최하라가 가을을 보며 짓궂은 표정을 지었다.

"시도 때도 없이 찍고 싶을 만큼 내가 예뻐 죽겠어? 나랑 사귈까?"

"관둬, 순진한 애 괴롭히지 말고."

음료를 마시던 남자 배우가 핀잔을 줬다.

내가 괴롭히긴 뭘 괴롭혔냐며, 귀여워서 그런다고 투덜거리는 최하라를 보며, 가을은 심부름센터 생각을 했다.

괴롭히지 말라는 말은 강한에게 해 주고 싶었다.

'대장은 대체 뭔 생각일까?'

그 일은 지난달부터 시작되었다.

심부름센터로 오라는 연진의 다급한 연락에 서둘러 일을 끝내고 갔더니, 김수진의 이혼 소송 소식이 기다리고 있었다.

자신이 찍어 준 사진 때문에 그녀가 마음을 바꿨을 리는 없겠지만, 조금쯤은 일조했을 거란 생각이 들었다.

그래서 기뻐하고 있는데, 강한이 말도 안 되는 명령을 내렸다.

—야, 니들. 둘이 결혼해라.

'니들'은 누구고, '둘'은 누군지 알 수 없어서 두리번거리는데, 강한이 답답한 듯 콕 집어 말했다.

—거기 두리번거리는 인간들. 당신이랑 당신. 형님이랑 최가을.

드디어 더위를 먹었구나 싶었다.

더위를 먹어도 너무 먹어서 뇌가 녹아 버린 게 아닐까 걱정이 될 정도였다.

강한의 기행에 익숙한 성희는 깨끗이 무시했고, 가을도 그게 나을 것 같아서 무시하기로 했다.

그렇게 무시하면 더는 건드리지 않을 줄 알았는데, 그건 강한이라는 남자의 집요함을 무시한 판단이었다.

그 후로 강한은 눈에 훤히 보이는 '커플 맺어 주기' 공략을 감행했다.

황당할 정도로 유치한 공략이었다.

강한의 급한 연락을 받고 커피숍으로 가 보면 성희가 나와 있었고, 서둘러 심부름센터로 오라는 말에 가 보면 성희만 있었다.

놀이공원에서 의뢰가 들어왔으니 오라는 말에 가 보니 성희가 있었고, 아이스크림 좀 사 오라는 말에 마트에 가 보면 성희가 있었다.

집에 갈 때는 꼭 성희의 등을 떠밀어서 가을을 데려다주게 했다.

'오늘도 그런 거겠지.'

촬영을 끝내고 심부름센터로 향하며, 가을은 오늘 아침에 받은 문자를 떠올렸다.

[똘이가 아픈 것 같다. 일 끝나는 대로 와 봐!]

성희만 있을 게 뻔하다고 생각하면서도 심부름센터에 가는 이유는, '어쩌면'이라는 생각 때문이었다.

어쩌면 진짜로 의뢰인이 있을지도 모르니까. 어쩌면 진짜로 똘이가 아플지도 모르니까.

하지만 이번에도 '어쩌면'은 통하지 않았다.

심부름센터에 있는 건 성희와 성희의 배 위에서 건강하게 장난치고 있는 똘이뿐이었다.

"왔어?"

성희는 이제 자포자기한 듯했다.

"네. 이번에도예요?"

"응. 이번에도야."

"대장은 무슨 생각일까요?"

"걘 원래 생각이 없어."

성희는 이제 한숨도 쉬지 않았다.

"용케도 그런 사람이랑 친구로 지내시네요."

"사람들이 오해하는 게 있는데, 난 그놈을 친구라고 생각하지 않아."

"그럼 뭐라고 생각하세요?"

"업보."

"아아."

성희의 말을 이해할 수 있었다.

가을은 카메라 가방을 내려놓고 소파에 앉았다.

기회를 노리고 있던 똘이가 후다닥 달려와 가을의 무릎에 올라섰다.

장난을 치고 싶은 기분인지, 가을이 만져 주려고만 하면 앞발로 가을의 손을 톡톡 쳤다.

그게 귀여워서 까르르 웃었더니, 똘이가 고개를 갸우뚱했다가 가을의 입술 근처를 살짝 핥았다.

"원래 동물을 좋아해?"

성희가 누운 채로 가을을 올려다보며 물었다.

"똘이가 유독 귀여워요."

"그런가?"

"동물 안 좋아하세요?"

"보통."

성희는 필요한 말만 하는 타입이기 때문에, 둘만 있을 땐 대화가 길게 이어지지 않았다.

하지만 그 침묵이 어색하지 않은 건, 아마도 성희가 나무같은 남자이기 때문일 것이다.

크고 높아서 옆에 있으면 마음이 안정되는, 든든한 나무.

"그러고 보니 변호사셨다고 들었어요."

"아아, 그랬지."

"그만두신 거예요?"

"음…… 그만뒀다기보다는 쫓겨났지."

쫓겨났다고 하니 자세한 사정을 물어볼 수가 없었다.

가을의 생각을 짐작한 듯 성희가 피식 웃으며 일어나 앉았다.

"로펌에 들어가게 됐어. 운이 좋았지."

성희가 몸담고 있던 로펌은 단순히 '운'으로 들어갈 수 있는 곳이 아니었다.

우리나라에서 세 손가락 안에 드는 로펌이었고, 법에는 무관한 가을조차도 그 이름을 들어봤을 정도였다.

새삼 눈앞의 남자가 얼마나 대단한 남자인지 실감했다.

성희는 남의 일을 말하듯 담담하게 이야기했다.

"말단이니까 자질구레한 사건들만 맡았었어. 그러다가 큰 게 하나가 떨어졌지. 지방의 어느 부호를 변호하는 거였는데…… 처음부터 이상하다고는 생각했어. 나 같은 말단한테 맡기다니 왜일까."

"왜였어요?"

"상습적인 아동 성폭행범이었어."

"아……!"

"지방의 주지였고, 그 근방의 사업은 다 그 인간이 손을 대고 있으니 자기 자식이 그런 짓을 당했어도 다들 입을 다물었던 거지. 주위에서도 쉬쉬하고. 그러던 와중에 한 부모가 용기를 낸 거야. 고소를 당했고 조사가 들어갔고 몇 가지 사실이 밝혀졌지. 그래서 법정까지 가게 된 거고. 나는 하고 싶지 않았어. 하지만 해야만 했지. 소속되어 있으니까. 먹고살아야 하니까. 그래서 역겨워도 참고 변호를 준비했어. 그런데 그거 알아?"

그때의 일이 떠오르는 듯 성희의 눈동자가 어둡게 가라앉았다.

"변호사는 경찰보다, 가족보다 더 많은 걸 알게 돼. 난 내 허용 범위 이상의 것을 알게 됐어."

"그래서…… 그만두신 거예요?"

"아니, 쫓겨난 거라니까."

성희가 웃었는데, 그다지 유쾌한 웃음이 아니었다.

마치 쇠를 긁는 듯한, 차라리 안 웃는 게 나을 것 같은 괴상한 웃음소리가 흘러나왔다.

"법정까지 갔어. 의뢰인에게는 확실하게 말했지. 내가 알아서 할 테니까 입을 다물고 있으라고. 법정에서 쓸데없는 말을 하지 말라고. 판사 앞에서, 피해자 앞에서, 그 어린아이 앞에서…… 나는 그놈을 변호해야 했어. 상처를 입은 어린아이와 그 아이의 부모들을 눈앞에 두고도, 나는 그놈이 그렇게 나쁜 놈이 아니라고 설명을 해야 했지. 그런 느낌 알아? 주위에 사람들이 많이 있는데도 어느 순간 진공 상태 속에 홀로 남겨진 기분이 드는 느낌. 법정에서, 난 어두운 우주 속에 혼자 떠 있는 느낌이었어. 그곳이 법정이라는 것도 잊고, 나도 내가 무슨 말을 하는지 모르는 채로 외우고 준비한 것들을 주절주절 읊었어. 그런데 그때, 내 귀에 그놈의 목소리가 들리더라."

"목소리요……?"

"입을 다물고 있으라고 했는데도…… 그놈은 기어코 한마디 했어. 내 귀에만 들리게 작은 목소리였지만."

"뭐라고요?"

성희는 인상을 찌푸렸다가 작게 한숨을 쉬고 고개를 저었다.

"듣기 좋은 말은 아냐. 내 입에 담고 싶지도 않고. 아무튼 그 아이를 향한, 저렴하고 저질스러운 말이었어. 그래서…… 때렸어."

"때렸어요?"

"응. 말했잖아. 거기가 어딘지도 잊었었다고. 그래서 아무 생각 없이 주먹을 날렸지."

"아……."

"사람들은 소리를 지르고 판사는 그만하라고 악을 쓰고 아이는 울고…… 아무튼 난리가 났는데, 그 순간에는 하나도 모르겠더라. 그냥 내 옆에 앉아 있던, 그 더러운 놈을 어떻게든 없애야 한다는 생각뿐이었어. 그래서 때렸어. 때리고, 또 때리고…… 법정 경찰들이 와서 끌고 나갈 때까지 때렸어."

"그래서…… 쫓겨나신 거예요?"

"어떻게 붙어 있을 수 있겠어? 의뢰인을 그 지경으로 만들었는데…… 그런데 속은 시원하더라. 후회는 안 해. 만약 그때로 돌아간대도 난 똑같을 거야. 아마 법정에 가기 전에 의뢰인을 때리겠지."

성희는 속이 답답한지 담배를 피우겠다고 하고 마당으로 나갔다.

가을은 소파에 앉아, 커다란 창문 너머로 보이는 성희를 바라봤다.

단지 떠올리는 것만으로도 괴로운 듯, 담배를 한 모금 빨고 고개를 들어 연기를 내뿜는 모습이 쓸쓸해 보였다.

그런 일도 있구나.

그 아이를 떠올렸다.

할아버지뻘의 사내에게, 아무런 힘도 없이 당했을 아이를.

그런 일도 있는 거구나.

신문이나 뉴스로 접할 때와는 또 다른 느낌이었다.

좀 더 현실적으로 와 닿았다.

평생 잊지 못할 상처를 받아도, 힘이 없어서 아프지 않은 척, 괜찮은 척해야 하는 인생은 어떤 건지 짐작도 가지 않았다.

강한이 유독 가을에게 냉정한 이유를 알 것도 같았다.

강한은 분명 성희의 일을 알 테니까, 비단 성희의 일이 아니더라도 그런 이유 때문에 찾아오는 의뢰인들이 있었을 테니까, 가을의 일이 별일 아닌 것처럼 보였을지도 모르겠다.

'하지만…… 나는 가족을 잃었어…….'

누구의 아픔이 더 크다, 누구의 아픔이 덜하다는 판단할 수 있는 문제가 아니다.

하지만 그런 생각이 드는 것까지 막을 수는 없었다.

'그런데 난 왜 이런 와중에도 대장 생각을 하는 거지?'

요새는 무슨 일이 생기든 강한과 연결을 짓는 버릇이 생겼다.

'하긴…… 대장이 좀 이상하긴 하니까.'

강한의 기행을 떠올리면 그럴 만도 하다고 납득하는데, 마당으로 강한이 들어오는 모습이 보였다.

언제나 그렇듯 세상 다 잃은 표정으로 인상을 구기고 들어오던 강한은, 마당 중간에 있는 성희를 발견하고는 성큼성큼 다가갔다.

"너, 인마! 왜 여기서 담배 피우고 있어? 담배 피우려고 최가을 놔두고 나온 거야? 여자가 담배 피우는 남자 싫어하는 거 몰라? 이제 금연해, 금연!"

강한의 목소리가 어찌나 큰지, 안에 있는 가을의 귀에도 또렷하게 들렸다.

심드렁한 성희의 반응을 보니, 강한이 이런 식으로 닦달하는 게 한두 번 있는 일이 아닌 모양이다.

적어도 가을에게는 대놓고 닦달을 하지 않기 때문에, 성희가 저런 고생을 하고 있을 줄은 몰랐다.

"너, 인마. 그러다가 진짜로 결혼 못 해! 형님 생김새로 여자 잡기 얼마나 힘든 줄 알아!"

댁이 더 힘들 거예요, 라고 말해 주고 싶다.

강한은 기어코 성희의 손에 들려 있던 담배를 뺏더니 성희를 끌고 안으로 들어왔다.

"최가을, 자기 남자 건강은 자기가 챙겨야 하는 거야. 그런 말 못 들어봤어?"

가을을 발견하자마자, 강한은 인사도 없이 가을에게 면박을 줬다.

"형님이 제 남자인 적이 없는데요."

"아직도 그 소리야?"

강한이 어쩔 수 없다는 듯 고개를 저었다. 지금 고개를 저을 사람이 누군데 그래!

"니들은 운명이다."

강한이 짐짓 심각하게 말했다.

"도대체 어느 면이요?"

"그러게, 도대체 어느 면이?"

성희가 가을을 거들었다. 강한은 두 사람을 번갈아 보다가 답했다.

"지금 이거. 마음이 아주 잘 통하잖아. 궁금한 것도 똑같고. 이게 바로 운명 아니냐?"

"……."

"딴 게 운명이 아니야. 정 운명을 느끼고 싶으면, 최가을이 형님 뺨 좀 때려 주고 형님은 내 뺨 때린 여자 네가 처음이야, 한마디 해 주고 눈 마주치고 키스하고. 그러면 만사 오케이지."

"요샌 그거 드라마 소재로도 안 쓰여요."

"그래? 벌써 트렌드가 바뀌었어? 이놈의 세상은 왜 이렇게 휙휙 지나가? 도대체가 유행을 따라잡을 수가 없잖아!"

유행은 둘째치고 당신의 이상한 정신 상태를 점검하는 게 우선이라는 말을 해 주고 싶었지만, 가을은 말을 꾹 눌러 참았다.

"그런 건 됐고. 여긴 왜 왔냐? 밖에서 일 있다고 하지 않았어?"

주제를 바꾸기 위해 던진 성희의 질문에, 강한이 눈을 가늘게 떴다.

그러더니 곧 음흉한 표정을 지으며 말했다.

"호오. 나 안 오면 단둘이 뭘 할 생각이었지?"

"……와 줘서 고맙다. 진심으로."

"아니, 형님. 그럴 거 없어. 의뢰인이랑 약속이 있어서 오긴 했지만, 난 형님과 최가을의 결혼이 우선이니까 자리를 옮길 수 있어. 의뢰인이 문제야? 고객이 무슨 소용이야? 형님이랑 최가을이 결혼만 한다면, 심부름센터를 접어도 좋아!"

"……정말?"

"그래, 정말!"

"진짜로? 농담 아니고."

"그래, 진짜로! 내가 오버하는 걸로 보여? 진심이야! 그래서 내일 심부름센터 접을까? 그럼 결혼할래?"

"흐음."

이번에는 성희의 눈이 가늘어졌다.

성희는 강한의 속마음을 읽으려는 듯, 강한을 물끄러미 응시했다.

그러다가 갑자기 뭔가 깨달은 것처럼 눈을 크게 뜨더니, 못 볼 걸 본 사람마냥 숨을 흡, 들이켰다.

하지만 그건 아주 잠깐의 일.

금방 무표정으로 돌아왔기 때문에, 아무도 성희의 표정 변화를 알아채지 못했다.

"의뢰인은 언제 오신대요?"

가을은 똘이를 내려놓고 일어났다.

"한 시간쯤 후에."

"구미호랑 캡은요?"

"구미호는 데이트, 캡은 학교. 넌 걔들한테 왜 그렇게 관심이 많아? 형님한테나 관심을 보여!"

강한이 성희의 등을 떠밀었다.

강한은 어떤 말을 꺼내도 성희에 대한 이야기로 화제를 바꿨다.

"형님에 대해 궁금한 거 없어? 다 물어봐. 이놈 엉덩이에 있는 점 개수까지 아는 사람이야, 난."

"······대장은 유독 남자 엉덩이를 좋아하시네요."

"그럴 리가 있냐! 난 세상에서 사내놈 엉덩이가 제일 싫어!"

"그런데 형님 엉덩이 점 개수는 어떻게 아세요? 그거 일일이 하나하나 세어 봐야 하는 건데."

"······캡이 없으니까 최가을이 어깃장을 놓는군. 캡한테 이상한 거 배우지 마. 그놈, 명문대 다니는 거 보면 정신이 이상한 게 분명하니까."

캡보다는 당신 정신에 이상이 있어 보인다고 말해 주고 싶었지만, 이번에도 참았다.

이렇게 참으면서 참을 인(忍)을 자꾸 그리다 보면, 언젠가는 성인이라는 소리를 들을 수 있을지도 모르겠다.

"난 일 때문에 나가 봐야 돼."

"또 무슨 일?"

"아는 사람이 조언을 구해서 만나기로 했거든."

"그럼 내 왼쪽엔 누가 앉아?"

"똘이라도 앉혀."

성희는 개인적으로 아는 사람들에게 법적 조언을 해 주면서 약간의 사례금을 받는 모양이었다.

성희가 나가자 정적이 찾아왔다.

가을은 어색해서 입술을 비죽거리다가 볼을 부풀렸다가를 반복했다.

강한은 가을의 맞은편에 앉아, 그 모습을 물끄러미 지켜보고 있었다.

"왜 그렇게 보세요?"

강한의 시선이 집요할 정도라서 참다못해 물었다.

"이제 살 만하겠다 싶어서."

"네?"

"시원해졌잖아."

무슨 뜻이지, 싶어서 고개를 갸우뚱했다.

강한이 손짓으로 가을의 긴소매 옷을 가리켰다.

그제야 강한이 가을의 긴소매 옷에 신경을 쓰고 있었단 사실을 깨달았다.

강한은 가끔 이렇게 의외의 다정함을 보였다.

그럴 때마다 가슴 부근이 간질거려서 강한을 똑바로 쳐다볼 수가 없었다.

신경 써 줘서 고마워요, 라고 솔직하게 말하면 되는데 상대가 강한이라 그런지 솔직한 말이 나오질 않았다.

"그런 걸 신경 쓰고 계실 줄은 몰랐어요."

"왜 이래? 나 원래 그런 소소한 거 하나까지 챙기는 남자야."

"그걸 오지랖이 넓다고 하지 않나요?"

"그런 거, 캡한테 배우지 말랬지? 뭐야? 캡의 어깃장을 따라 하고 싶을 만큼 캡이 좋은 거야? 형님 말고 캡을 소개시켜 줄까?"

"제발 관두세요."

"왜? 캡 좋은 녀석이야. 너, 그 녀석 모자 벗은 거 본 적 없지? 얼마나 예쁘게 생겼는지 알아?"

"정말 괜찮아요."

"성희에 대한 의리를 지키겠다는 건가?"

"⋯⋯."

가을은 그냥 입을 다물고 있는 게 가장 편하다는 것을 깨달았다. 뭐라고 대꾸하던 얘기는 그쪽 방향으로 튈 테니까.

강한이 왜 이러는 건지 모르겠다.

요새는 여자 나이 서른에 결혼을 해도 일찍 결혼한다는 소리를 듣는데, 왜 저렇게까지 결혼을 시키려고 드는 걸까? 같은 나이인 지영에게는 안 그러면서.

성희처럼 눈을 가늘게 뜨고 강한의 속마음을 짐작해 보려 했지만, 이 남자가 무슨 생각을 하는지는 조금도 알아낼 수가 없었다.

딩동—

의뢰인이 온 것 같다.

초인종 소리가 들리자마자 강한은 똘이를 데려다가 자신의 왼쪽에 앉히려 했다.

똘이는 몹시 싫어했고, 급기야 자기 등을 누르고 있는 강한의 손등을 할퀴고 도망쳐 버렸다.

"아프잖아! 이 똥 고양이!"

강한이 비명을 질렀다.

가을은 혀를 쯧쯧 차며 인터폰을 들었다.

"네, 가을 심부름센터입니다."라고 말하며, 새삼 자신이 이 일에 익숙해졌음을 깨달았다.

[오늘 4시에 약속을 잡았는데요.]

인터폰 너머로 들려오는 목소리는 기계에 섞여 뭉그러졌기는 했지만, 어딘가에서 들어 본 목소리 같았다.

'아는 사람인가? 아니, 난 아는 사람이 그렇게 많지 않은데.'

고개를 갸우뚱하며 오픈 버튼을 눌렀다.

현관문을 열어 주는 지영이 없으니, 가을이 문을 열어줘야 했다.

신발장 근처에 서서 고객이 오기를 기다렸다.

똑똑—

노크 소리가 들리고 가을은 활짝 웃으려고 애쓰며 현관문을 열었다.

"어서 오세요, 가을 심부름센터입……."

고개를 숙이고 인사의 말을 하며 다시 허리를 펴던 가을의 눈앞에 생각지도 못한 인물이 서 있었다.

상대도 가을을 보고 당황한 눈치였다.

휘둥그레 뜬 눈으로, 할 말을 찾지 못하고 서로를 바라보는 동안, 기다림을 참지 못하고 강한이 밖으로 나왔다.

"어서 오세요, 고객님. 가을 심부름센터입니다. 어서 안으로 들어오시죠."

가을과 의뢰인이 서로를 뜨겁게 쳐다보고 있으면 이상하다고 생각할 법도 한데, 강한은 그런 내색 없이 의뢰인을 향해 친절하게 말했다.

놀란 눈으로 가을을 쳐다보던 의뢰인이 먼저 정신을 차리고 가볍게 고개를 끄덕였다.

"네, 반가워요."

의뢰인이 안으로 들어오기에, 가을도 정신을 차리고 옆으로 비켜섰다.

강한은 다정하게 의뢰인을 에스코트해서 안으로 들어갔다.

가을은 여전히 자기 눈을 믿을 수가 없어서, 의뢰인이 벗어놓은 고급 힐을 빤히 쳐다보다가 고개를 세차게 젓고 안으로 들어갔다.

의뢰인은 벌써 강한의 맞은편에 앉아 있었고, 강한은 어떻게 잡아 왔는지 똘이를 자기 옆자리에 앉혀 놓았다.

강한이 눈짓으로 '얼른 와서 내 오른쪽을 지켜!'라는 명령을 내렸다.

가을은 슬금슬금 걸어가 강한의 오른쪽에 앉았고, 조심스럽게 고개를 들어 자신을 쳐다보는 의뢰인을 마주 봤다.

최하라였다.

아는 척을 해야 하는지, 아니면 모르는 척해야 하는지 알 수 없었다.

이런 곳에 일부러 예약을 잡고 찾아올 정도라면 좋은 일로 찾아온 것은 아닐 것이다.

최하라처럼 유명한 배우가 그런 걸 지인에게 보이고 싶을 리가 없다.

가을은 최하라가 보이고 싶지 않은 모습을 보고 있다는 죄책감 때문에 어찌해야 할지 몰라 안절부절못하고 있었다.

최하라는 가을을 모르는 척하기로 결정한 듯 강한에게로 시선을 옮겼다.

"고양이는 여기서 키우는 건가요?"

"네, 고객님. 종종 이곳을 어려워하는 분들이 계셔서, 이 아이를 보며 마음의 위안을 받으시라고 키우고 있습니다."

강한이 똘이의 존재에 의미를 부여했다.

저 사기꾼.

"그래요? 만져 봐도 돼요?"

"그럼요, 고객님. 고객님을 위해 준비된 아이입니다."

강한은 싫어하는 똘이를 안아서 최하라에게 건넸다.

최하라는 고양이를 키워 본 적이 있는지 능숙하게 똘이를 안고 쓰다듬었다.

강한 때문에 마음이 상했던 똘이지만 최하라의 손길에 기분이 좋아진 듯 자세를 편하게 풀었고, 강한은 얄밉다는 듯 똘이를 노려봤다.

"귀엽네요. 전 고양이를 좋아하니까 확실히 마음의 위안이 돼요. 그런데 고양이를 싫어하는 사람들은 뭐로 위안을 받죠?"

최하라가 정곡을 찌르고 들어왔다.

강한은 당황한 듯 최하라를 쳐다봤다.

강한이 당황하는 일은 좀처럼 없는 일이기에, 가을은 속으로 외쳤다.

'하라 언니, 나이스!'

"그건 말입니다, 고객님……."

생각할 시간을 벌기 위해 말을 느리게 끌던 강한이, 가을의 어깨에 손을 턱 얹으며 말했다.

"그런 분들을 위해 준비된 것이 바로 이 녀석입니다."

최하라의 시선이 다시 가을을 향했다.

가을은 최하라를 똑바로 쳐다볼 수가 없어서 고개를 숙였다.

"잘 보세요. 귀엽지 않습니까? 게다가 웃으면 반짝반짝 빛이 날 정도로 귀엽죠. 마음의 위안이 될 겁니다."

"흐응……."

최하라는 재미있다는 듯 가을을 빤히 쳐다보다가 다리를 꼬았다.

"확실히 그렇긴 하겠네요."

"그렇죠? 우리 가을 심부름센터의 마스코트입니다. 그래서 심부름센터 이름도 가을이라고 지었죠! 이 녀석 이름이 가을이거든요. 최가을."

이 거짓말쟁이!

입술에 침도 안 바르고 능수능란하게 거짓말을 하는 강한을 보니, 심부름센터 직원보다는 사기꾼을 하는 게 더 어울리지 않을까 싶었다.

"그럼 고객님, 이 녀석으로 갈아타시겠습니까?"

강한이 가을의 어깨를 앞쪽으로 살짝 밀었다.

언제든 넘겨줄 수 있다는 행동이었다.

최하라는 얼굴을 옆으로 살짝 기울였다가 곧 고개를 끄덕였다.

"좋아요, 그 녀석으로 갈아탈게요."

왜 이러세요, 언니!

"뭐 하고 있어? 얼른 가서 고객님 손을 잡아 드리지 않고!"

강한의 닦달에 못 이겨, 가을은 어쩔 수 없이 최하라의 옆으로 자리를 옮겼다.

최하라는 무릎 위에 두 손을 포개어 놓고 있었다.

어떻게 할까 하다가 조심스럽게 손을 뻗었다.

가을의 손이 손등에 닿기 전, 최하라가 손을 움직여 가을의 손을 잡았다.

차갑지만 땀으로 젖어 있는 손이었다. 의연하고 당당한 모습과는 달리, 최하라가 긴장하고 있다는 걸 깨달았다.

최하라는 가을의 손을 꽉 잡고 강한에게 말했다.

"돈 떼먹은 사람을 찾아주세요."

* * *

최하라와의 면담은 김수진 때처럼 길지 않았다.

최하라는 몇 년 전 자기에게 1억을 빌려 간 남자가 돈을 갚지 않고 숨어 버렸다는 것을 간략하게 설명했다.

그다음에는 강한의 의뢰비에 대한 설명이 있었고, 최하라는 조사 비용으로 얼마가 들던 상관없다며 준비해 온 선금을 건네고 일어났다.

가을은 배웅을 한다는 핑계로 최하라를 따라 나갔다.

뒤에서 강한이 '이제 좀 쓸 만한 직원이 됐군.'하는 흐뭇한 시선을 보냈다.

"언니."

대문 앞에서 최하라를 따라잡았다.

문을 열던 최하라가 손잡이를 잡은 채 뒤를 돌아봤다.

화났을 줄 알았는데 평소와 다름없는 표정이었다.

"응?"

"저…… 괜찮으세요?"

"응, 너 괜찮아."라며 최하라가 웃었다.

"아뇨, 제가 여기 있는 거……."

"아무한테도 안 말할게, 걱정 마."

"아뇨, 그런 게 아니라……."

"깜짝 놀랐지, 여기서 볼 줄은 몰랐거든. 그런데 기분이 나쁜 건 아냐. 걱정 마. 그런데 우강한이라는 사람, 어때? 좋은 사람이야? 엄청 찡그리고 있던데."

최하라가 생각지 못한 질문을 던졌다.

"음…… 너무 화난 표정이고, 그런 주제에 목소리는 다정하고……."

"맞아, 맞아. 얼굴이랑 안 어울리게."

"네, 그래서 사이코인 줄 알았어요."

"확실히 그렇게 보이더라. 여기가 약간 이상한 것 같던데?"

최하라가 자신의 머리를 톡톡 두드렸다.

"그죠? 저도 처음엔 그런 줄 알았어요."

"그런데 아니야?"

"아닌 건 아닌데…… 적어도 남을 해치지 않을 사람이라는 걸 알게 됐어요. 은근히 챙겨 주는 부분도 있고요."

"흐응. 그래?"

최하라는 가을을 향해 의미심장한 눈빛을 던졌지만 가을은 깨닫지 못했다.

"네, 게다가 생긴 거랑 다르게 다정하기도 해요."

"네가 즐거우면 된 거지, 뭐. 그럼 가 볼게. 의뢰, 잘 부탁해."

다행히도 최하라는 '왜 이런 곳에서 일을 하느냐.'라는 질문을 하지 않았다.

최하라를 배웅하고 돌아오니, 강한이 안 보였다.

"대장?"

하고 부르자 방에서 "어, 들어와."라는 대답이 돌아왔다.

강한은 사무실로 꾸며 놓은 방에서 노트를 펴들고 뭔가를 적는 중이었다.

"뭐 하세요?"

"어떤 식으로 조사할지 정하는 중."

"이름이랑 나이밖에 모르는데도 찾을 수 있어요?"

"해 봐야지. 고객님이 자기 신상을 조사하지 말라는 말은 안 했으니까, 거기부터 시작해야 될 거야."

"최하라 씨, 신상 조사까지 하시게요?"

그래도 호의를 갖고 있는 사람인데 조사를 하겠다고 하니 걱정스러웠다.

하지만 강한은 그게 당연하다는 태도였다.

"알려 준 건, 상대가 남자라는 거, 이름, 나이, 옛날에 사용했던 휴대폰 번호뿐이야. 어디에 살았었는지, 어떻게 만났는지도 알려 주지 않았어. 그렇다는 건, 우리한테 직접 조사해 보라는 거니까 어쩔 수 없어. 고객님의 신상을 알아봐야 그 남자와의 접점도 알게 되지."

"아아."

그러고 보니 강한은 최하라에 대해 한 마디도 하지 않았다.

여러 영화에 출연한 배우니까 모를 리가 없는데. 이상하게 생각되어, "혹시 최하라 씨가 배우라는 거 모르세요?"라고 물었더니, "알지. 팬이야. 팬카페 가입도 되어 있어."라는 대답이 돌아왔다.

"정말요? 그런 것치고는 아예 최하라 씨가 누군지도 모르는 것 같아 보이셨는데."

"여기 찾아온 이상은 고객님일 뿐이야. 고객님에게 사인해 달라고 요청할 수는 없잖아."

강한의 말에 내심 이 남자, 배려 깊다, 라는 생각을 했다.

하지만 그 말을 음미하며 감동하기 전, 강한이 덧붙였다.

"그 핑계로 요금이라도 깎으려고 들면 어떡해?"

"……그러시겠죠."

하마터면 괜한 감동으로 에너지 낭비를 할 뻔했다.

저녁쯤에 돌아온 지영까지 셋이서 저녁 식사를 했다.

후식으로 녹차를 마시며 도란도란 수다를 떠는데, "비 오는데 우산 좀 가져다줘요."라는 의뢰가 들어왔다. 가을의 집 근처 의뢰였다.

"제가 가져다줄게요. 어차피 집에 가야 하니까."

가을의 말에 강한이 고개를 저었다.

"아니, 이번 일은 구미호가 해. 너 요새 데이트하느라 의뢰 한 번 해결한 적 없잖아."

"의뢰인은 남자야?"

"여자! 여자야, 여자! 그놈의 남자 타령 좀 그만해!"

"그냥 물어본 거거든? 그게 소리 지를 일이니? 나 좋아해? 질투하는 거야, 지금?"

"내가 질투를 왜 해? 너한테 낚인 남자들이 불쌍해서 그러지!"

"어이구. 아주 박애주의자 나셨네."

지영은 구시렁거리면서도 나갈 채비를 했다.

"너도 쟤랑 같이 가 버려!"

강한이 가을에게 말했다.

"알겠으니까 화 좀 내지 마세요."

"내가 언제 화를 냈다고 그래!"

"지금이요."

"이건 원래 내 목소리야! 내 목소리 큰 거 몰라?"

한껏 짜증을 내는 강한을 뒤로 하고, 지영과 함께 심부름센터에서 나왔다.

좀 전까지만 해도 맑았는데 소록소록 비가 내리고 있었다.

굵은 비는 아니었지만 바람 때문에 빗방울이 흩날려서, 우산을 썼는데도 옷이 젖었다.

"하여간 우리 대장은 왜 저러나 모르겠어. 성격 개조 좀 해야 돼."

지영이 투덜거렸다.

"그러게 말이야."

"남이 데이트를 하든 말든, 남자를 밝히든 말든, 자기랑은 상관없잖아. 안 그래?"

"맞아, 맞아. 게다가 요새는 계속 나랑 형님을 엮어 주려고 하고. 금방 지쳐서 관둘 줄 알았는데, 계속 이럴 줄은 몰랐어. 오늘도 자꾸 몰아붙이더라니까. 혹시 대장이 왜 그러는 건지 알아?"

"나도 모르겠어. 뭐, 형님 결혼을 걱정하는 걸지도 모르지. 형님이 좀 험상궂게 생겼잖아."

"하지만 그런 걸로 따지면, 자기 걱정을 먼저 해야 할 것 같은데?"

"대장은 싸가지는 없어도 얼굴은 그럴듯하게 생겼으니까. 저렇게 인상 찌푸리고 있는 데도 좋다고 하는 여자들이 있더라고."

"눈 나쁜 여자들 아냐?"

"그러고 보니 다들 안경을 썼던 것 같긴 해."

서로를 마주 보고 까르르 웃었다.

그다지 웃긴 얘기도 아닌데 왜 웃음이 나오는 건지 모르겠다.

중간에 의뢰인을 만나 우산을 건넸다.

의뢰인은 가을이 있는 동안에도 종종 소소한 의뢰를 해 오던 서른 살 정도의 여자였다.

익숙하게 건네는 사례금을 받았다.

"여기까지 온 김에 너네 집 근처까지 데려다줄게."

"어? 그럼 너 돌아갈 때 혼자 가야 되잖아."

"응. 소화도 시킬 겸."

가을은 굳이 사양하지 않았다.

지영과 수다를 떠는 게 좋았기 때문이다.

"근데 우리 형님, 정말 괜찮은 사람이야. 다정하고 생각도 깊고 배려심도 많고."

"응, 그런 것 같아."

"전혀 생각 없어?"

"어떤 생각?"

"결혼 생각."

"에이. 너까지 그 소리야?"

"뭐, 형님 정도면 나쁘지 않잖아. 소일거리로 하는 법률 상담도 꽤 돈벌이가 되는 것 같고…… 아마 자기 명의로 아파트 하나 있는 것 같던데. 그래 봬도 집안일도 잘하거든. 결혼하면 돈도 잘 벌어오고 집안일도 잘 도와주고 배려도 넘치는 남편이 될걸?"

"그렇긴 하겠다."

"그치?"

"그렇게 좋으면 네가 결혼해."

가을의 말에 지영이 그보다 더 웃긴 소리는 못 들어 봤다는 듯 배를 잡고 웃었다.

"친오빠랑 결혼할 순 없잖아."

이건 몰랐던 사실이다.

"정말로? 둘이 남매였어?"

"아니, 바보야. 말이 그렇다는 거지. 워낙 어릴 적부터 봐 왔으니까 친오빠나 마찬가지지. 형님이든 대장이든. 결혼이라니…… 상상만 해도 소름이 돋는다. 이것 봐, 닭살 돋은 거."

말뿐만이 아니라, 지영의 팔뚝에는 닭살이 오소소 돋아나 있었다.

"그 정도야?"

"어. 볼 꼴, 못 볼 꼴 다 본 사이거든. 그 인간들도 나에 대해서 그렇게 생각할걸."

"하지만 대장은 네가 남자들 만나는 거 질투하잖아."

아까의 일을 되새겨 줬더니, 지영이 "아아, 그거."라며 웃었다.

"그건 대장이 말했잖아. 나랑 만나는 남자들 불쌍해서 그런다고. 거짓말하는 사람이 아니니까, 정말로 그렇게 생각하는 걸걸."

"……진짜 오지랖이 넓다니까. 모르는 남자들까지 불쌍해하고."

"응. 넓고 깊은 오지랖의 소유자지."

애기를 하면서 걷다 보니, 어느새 집 근처에 도착했다.

그 무렵엔 비가 거의 그쳐가고 있어서, 가을과 지영은 우산을 접었다.

가을이 집에 들어가기 전, 지영이 말했다.

"아무튼 형님에 대해서는 잘 생각해 봐. 좀 마음을 열어 두면 다른 감정도 생기지 않겠어?"

*　　*　　*

왜일까?

최근에 가장 많이 하는 질문이다.

왜일까?

강한은 똘이의 부드러운 털을 매만지며 생각에 잠겼다.

도대체 왜일까?

가을과 성희에게 각각, 중요한 고객님과의 만남이 있으니 A 호텔 레스토랑에서 만나자고 문자를 보냈다.

중요한 자리니까 잘 차려입고 오라는 말도 잊지 않았다.

호텔 레스토랑에는 두 사람이 도착하면 고급 코스를 준비해서, 서로에 대한 애정이 물씬 생기도록 서비스를 해 주라고 말해 놨다.

그러는 데에 큰돈이 들었지만, 가을의 행복을 위해서라고 생각하니 그다지 아깝지 않았다.

돈이 아깝지 않은 건 태어나서 처음 겪는 일이었지만, 그런 건 아무래도 좋았다.

중요한 건 '그런데 왜일까?'였다.

가을이 사랑에 빠져서 행복해지고 주위를 살필 겨를이 없어지면, 소년 A에 대한 생각도 접을 거라고 생각했다.

사랑에 빠지기에는 성희만 한 남자가 없었다.

험상궂은 외모만 빼면 모든 여자들이 바라는 타입이니까.

아니, 그 험상궂다는 외모도 가만히 뜯어 보면 매력이 있다.

담배를 피우는 게 마음에 걸리기는 하지만, 그만큼 운동을 많이 하니 폐암에 걸리지 않는 이상은 오래 살 거다. 담배야 끊게 하면 되는 거고.

가을은 얼마나 대단한 여성인지는 아직 모르겠지만, 어쨌든 고객의 마음을 바꾸는 기적을 부릴 줄 아는 여자였다. 게다가 웃으면 반짝반짝 빛나고.

그 정도면 성희의 배필로 문제없었다.

"그런데 똘이야. 도대체 왜일 것 같냐? 응? 이 심란한 마음은 왜인 것 같아?"

둘을 연결시켜 주자는 건 강한이 먼저 시작한 일이고, 두 사람의 등을 떠미는 것도 강한이었다.

그런데 이상하게도 둘이 만나서 알콩달콩 놀고 있을 것을 생각하면 심란해졌다.

지난번에 놀이공원에 보냈을 때가 가장 심했다.

그때는 하루 종일 일이 손에 잡히지 않아서, 계속 두 사람의 생각만 했다.

지금쯤 만났을까, 놀이기구는 뭘 먼저 탔을까, 아이스크림을 먹고 있을까, 최가을은 덥지 않을까…….

머릿속을 거품기로 휘젓는 것 같은 상태는, 두 사람이 심부름센터에 와서, "이상한 짓 좀 하지 마!", "이런 짓 좀 하지 마세요!"라고 외칠 때까지 계속되었다.

놀이공원에서 재미나게 놀기는커녕, 씩씩거리며 돌아온 두 사람의 모습에 '작전 실패'라는 실망감보다는 '다행이다.'라는 안도감이 먼저 들었다.

"질투인가? 응, 똘이야? 내가 친구를 잃는 기분 때문에 질투를 하고 있는 걸까? 설마 내가…… 성희를 내 거라고 생각하고 있었던 걸까? 최가을한테 뺏기는 기분이 들어서 이렇게 울적한 거겠지?"

강한의 간절한 질문을 들은 똘이가 늘어지게 하품을 했다.

강한은 그런 똘이가 얄미워서 주둥이를 잡아 보려 했지만, 똘이는 재빠르게 도망쳤다.

"넌 좋겠다, 인마! 이런 고민 안 해도 밥도 먹고 똥도 쌀 수 있어서!"

똘이는 강한을 흘끗 쳐다보더니 관심 없다는 듯 소파 밑으로 들어갔다.

강한은 그 안에 들어간 똘이를 바라보며 계속해서 말했다.

"그런데 똘이야. 내가 친구 뺏기는 기분에 울적해도 이상한 건 아니지? 내가 성희를 덮치고 싶다거나, 그런 의미로 좋아하는 건 아니거든. 그 녀석은 그냥 친구야, 친구. 우리 관계는 딱 우정, 거기까지라고."

똘이는 잠든 것 같았다.

"한 번도 그놈을 덮치고 싶은 적이 없었어. 덮치기는커녕…… 시도라도 했다가는 뼈도 못 추릴 텐데, 뭐. 그놈이 나보다 세거든. 당연하잖아. 허구한 날 운동하는 운동 바보인데. 그런 놈이 변호사가 된 게 신기하다니까. 그 의외의 면을 사랑했던 걸까? 응? 똘이야. 이게 우정이 아니라 사랑이었던 걸까? 그런 거면 어쩌지? 난 사내 놈 엉덩이는 진짜 싫은데. 징그럽잖아. 내 엉덩이야 적당히 솟아 있어서 매력적이지만."

벌컥―!

"그만 좀 해요, 대장!"

안에서 일을 하다가 참다못해 뛰쳐나온 연진이 소리를 버럭 질렀다.

"뭐야, 있었냐?"

"있었습니다. 아까 인사하고 들어왔잖아요. 대체 왜 그러십니까? 이 날씨에도 더위 잡순 거예요?"

"친구 하나 없는 명문대 오타쿠는 내 마음 모르겠지."

"명문대 다닌다고 친구 하나 없는 건 아니에요. 대장도 좋은 대학 나왔으면서 왜 그렇게 열등감이 심한 척하세요? 그렇게 따지면 형님은요! 형님은 사법 고시까지 성공한 사람이잖아요!"

"성희는…… 내가 사랑하는 남자인 것 같거든. 공부를 잘한다고 욕할 수가 없지."

"……괜찮으세요, 대장?"

뜬금없는 '성희를 사랑해.' 고백에 연진이 오만상을 찌푸리며 뒷걸음질을 쳤다.

"걱정 마라, 나라고 아무 남자나 사랑하는 건 아닌 것 같으니까."

"그렇다면 다행이지만……."

"성희랑 최가을이 결혼해도 웃는 낯으로 축복해 줄 수 있을까?"

"대장은 원래 찡그린 낯이잖아요. 거기서 화를 내고 욕설을 내뱉어도 이상하게 생각하지 않을걸요."

"역시 그렇겠지? 이 표정도 쓸모가 있군. 그건 그렇고……!"

강한이 갑자기 손을 마주치며 일어났다.

"조사는 끝났어?"

"휴대폰 쪽은 끝났어요. 그 번호 주인이 두 번 바뀌었더라고요. 10년 전에 한 번, 4년 전에 한 번. 강윤석이 그 번호를 사용하다가 마지막에 몇 개월 동안 사용 요금을 납부하지 않아서 전화가 끊긴 것 같아요."

"무슨 일을 하던 놈이기에 1억이나 가져가고도 휴대폰 요금을 내지 못했을까?"

"그러게 말이에요."

"은행 쪽은?"

"거긴 알아내기 힘들죠."

"어떻게든 알아내 봐. 어디서 카드를 긁고 다니는지는 알아야 할거 아냐."

"외국으로 떴으면 힘들 텐데……."

"뭐가 됐든 알아내."

강한이 손을 휘휘 젓자, 연진은, "나한테만 일 시키고 그러더라. 자기는 안 하면서."라고 투덜거리며 다시 안으로 들어갔다.

연진이 들어가고 혼자 남겨진 강한은, 여전히 소파 아래서 나오지 않는 똘이를 보며 진지하게 물었다.

"지금쯤 두 사람, 스테이크 썰고 있겠지?"

가을은 스테이크를 썰며 성희의 접시를 쳐다봤다.

이런 자리가 익숙한 듯, 성희의 커다란 손은 능숙하게 움직였다.

가을은 스테이크가 잘 안 썰려서 애를 먹고 있는데, 성희는 슥슥 잘도 썰었다.

혹시 나이프의 재질이 문제가 있나 싶어 썰던 것을 멈추고 나이프 날을 살펴봤다.

"자, 이걸로 먹어."

성희가 먹기 좋은 크기로 스테이크를 썰어 놓은 접시를 가을 쪽으로 밀었다.

"아, 괜찮은데……."

"썰기 힘들잖아."

성희는 부드럽게 웃으며 가을의 접시와 자신의 접시를 바꾸었다.

"감사합니다."

"일일이 고마워하지 않아도 돼. 이런 건 당연한 건데."

"그런가요?"

"응."

"전 이런 데가 처음이라서요."

"그래? 강한이가 웬일로 괜찮은 일을 했네. 이런 데도 한 번쯤은 와 볼 만하지."

"그런 것 같아요. 내 돈 나가는 거 아니면 와 볼 만한 것 같아요."

"응. 내 돈 나가는 거 아니면."

둘은 마주 보고 웃었다.

강한이 둘을 엮어 주기 위해 속여서 부르는 것도, 이제는 익숙해졌다.

피할 수 없다면 즐기기로 했다.

즐기다 보면, 언젠가는 강한이 제풀에 지쳐 떨어져 나가겠지.

A 호텔은 외국에서도 알아 주는 고급 호텔이었다.

이런 호텔의 레스토랑에서 A급 코스 요리는 어마어마한 가격일 것이다.

무슨 속셈인지는 모르겠지만 수전노인 강한이 어마어마한 돈을 쓰면서 치는 '장난'이니, 성심성의껏 휘둘러 줘야겠다.

"입에는 맞아?"

성희가 물었다.

"네, 맛있어요."

'잘 차려입고 나와!'라는 문자 때문에 성희와 가을, 둘 다 정장 차림이었다.

진회색 슈트를 입은 성희는 평소보다 근사했다.

큰 키와 운동으로 다져진 넓은 어깨 덕분에 멀리서 보면 모델처럼 보이기까지 했다.

"옷 잘 어울리세요."

"응. 그런데 불편해서 잘 안 입어."

"저도 정장은 불편하더라고요."

"그렇지? 매일 정장 입고 출근하는 사람들 보면 존경스러울 지경이야."

"변호사일 때는 매일 정장 입지 않으셨어요?"

"매일 입었지. 그 사건 아니었어도 정장 때문에 때려치웠을 거야, 아마."

성희가 가볍게 말하며 웃었다.

지영은 마음을 열어 두라고 했다. 그럼 다른 감정이 생길지도 모른다고.

가을은 마음을 열어 보려고 노력하며 성희를 응시했다.

가볍지만 저렴하지 않은 농담을 하고, 정장이 잘 어울리고, 고기를 썰어 주고, 집안일도 잘하는 남자.

게다가 싸움도 잘할 것 같으니 내 여자만큼은 확실히 지켜줄 것이다.

'다른 감정이라는 게 어떤 건지 모르겠어.'

사랑이라는 것을 해 본 적이 없었다.

어릴 적에는 부모님을 잃은 슬픔에 잠겨서, 조금 지난 후에는 친척들의 눈칫밥과 공공연한 괴롭힘을 견디느라, 독립을 한 후에는 호흡 장애 때문에 고민하느라, 최근에는 소년 A가 뭘 하고 사는지 궁금해서.

그래서 사랑을 할 겨를이 없었다.

사실 사랑이라는 걸 하고 싶지도 않았다.

또래의 친구들이 누구누구를 좋아해, 사귀기로 했어, 라며 알콩달콩한 모습을 보여도 부러운 적이 없었다.

그저 아아, 저런 식으로 사귀는구나, 라고 보이는 것을 받아들였을 뿐이다.

"너무 고민할 거 없어."

가을의 생각을 읽기라도 한 것처럼, 성희가 포크를 내려놓고 말했다.

성희의 깊은 눈이 가을을 똑바로 향하고 있었다.

"강한이는 조만간 이 짓을 그만둘 거야."

예언이라도 하는 듯, 확신에 찬 어조였다.

"그럴까요?"

"응. 아마 한 달 안에 관둘걸."

"대장은 이런 짓을 발작적으로 하고 그래요?"

"아니. 이번이 처음이야."

"아…… 그럼 어떻게 아세요? 그만둘 거라는 거."

"오랫동안 봐 왔으니 무슨 생각을 하는지는 뻔하지."

"무슨 생각인데요?"

"글쎄."

뻔하다고 했으면서, 성희는 어깨를 으쓱할 뿐 대답해 주지 않았다.

말 못 할 사정인가 싶었지만, 자신이 피해를 당하고 있으니 그 사정을 알고 싶었다.

"알려 주세요. 무슨 사정이에요?"

"음…… 표현하기 애매한데…… 걔도 좀…… 아무튼 그러네."

성희가 난감한 듯 말끝을 흐렸다.

성희가 난처해하니 더 이상 물어볼 수가 없었다.

강한에게는 비아냥거릴 정도의 용기가 생겼지만, 성희에게는 왠지 함부로 대할 수 없는 아우라가 풍겼기 때문이다.

"아무튼 맛있게 먹고 재미있게 놀다가 들어가자."

성희가 지금까지와는 다르게 의욕적인 모습을 보였다.

"재미있게 놀아요?"

"응. 지난번에 속아서 놀이공원에 갔다가 놀지도 않고 돌아왔잖아. 거기, 오늘 갈까?"

"괜찮으시겠어요?"

"나야 괜찮지. 넌 어때?"

"저도요, 뭐…… 괜찮죠."

남자와 단둘이 놀이공원에 놀러 가는 건 처음이지만, 성희랑 같이 가면 어색하지 않게 놀 수 있을 것 같았다.

"놀이공원에 파는 머리띠도 사서 하나씩 끼고, 사진도 찍고 그러자. 거기서 놀다 온 티를 실컷 내는 거야."

성희는 의욕적이다 못해 진취적이기까지 했다.

"머리띠…… 요? 호랑이 귀 같은?"

"응. 호랑이 귀."

190cm가 넘는 키의 성희가 귀여운 백호 머리띠를 하고 놀이공원을 누비는 모습을 떠올리자 웃음이 나왔다.

"거기서 장갑 같은 것도 팔지? 그것도 끼우고."

"정말요? 가서 마음 바뀌기 없기예요?"

"응. 너나 마음 바뀌지 마."

"형님이 머리띠 한 거, 인증 샷 찍어서 여기저기 뿌려도 돼요?"

재미있는 모습을 볼 생각에 신나 있는 가을을 바라보며, 성희가 씩 웃었다.

"응. 바라던 바야. 뿌리는 목록에 강한이도 꼭 넣고."

                    *   *   *

멀티 메일 문자를 받았다.

아무 생각 없이 열어 본 강한은 첨부된 사진을 보고 눈을 부릅떴다.

"이게 뭐야!"

버럭 외치는 소리에, 소파 아래에서 자던 똘이가 캬악거리며 도망쳤다.

"이게 뭐냐고! 이 흉한 몰골은 뭐야!"

"대장도 문자 받았어요?"

연진이 휴대폰을 들고 뛰쳐나왔다.

"너도 받았냐?"

"네, 대장! 저도 받았어요! 형님도 더위를 잡순 모양이에요! 이 가을에 왜 다들 더위를 잡숫고 그런대요? 역시 연세 때문인가요? 연세는 못 속이는 거예요?"

퍽—!

강한은 연진의 뒤통수를 세게 후려치면서도 사진에서 눈을 떼지 않았다.

사진 속엔 호랑이 귀 머리띠를 한 성희과 토끼 귀 머리띠를 한 가을이 볼을 붙이고 웃고 있었다.

호랑이에게 인질로 사로잡힌 토끼치고는 즐거운 모습이었다.

"그런데 가을이 누나, 토끼 귀 하니까 진짜 귀엽네요."

연진이 맞은 머리를 문지르며 중얼거렸다.

"그래, 귀엽지! 귀여우니까 호랑이를 사로잡았겠지! 귀엽지 않으면 벌써 갈기갈기 찢겼을 테니까!"

"……아무리. 형님이 더위를 잡쉈다고 가을이 누나를 찢겠어요?"

"모를 일이지! 더위를 잡수셨는데 뭔 짓인들 못 해?"

"대장처럼 말이죠?"

"넌 인마, 닥치고 안에 들어가서 일이나 해!"

"하지만 이 사진을 받고 어떻게 일을 해요! 형님이 호랑이 머리띠를 했잖아요! 이게 말이 돼요?"

쾅—!

"사진 봤어?"

현관문이 부서질 듯 열리며 지영이 뛰어 들어왔다.

지영도 한 손에 휴대폰을 들고 있었다.

"사진 봤어? 아, 다들 봤구나? 가을이 진짜 귀엽지? 형님도 저렇게 하고 있으니까 완전 사랑스러워. 둘이 너무너무 잘 어울린다! 저러고 있으니까 진짜 부부 같아, 부부!"

강한은 지영이 외친 말에 짜증이 확 치솟았다.

아까 느낀 심란함과는 차원이 다른 짜증이었다.

원하는 대로 됐는데도 짜증이 치솟는 이유를 알 수 없었다.

"아, 둘이 진짜 잘 되고 있나 봐. 이러다가 결혼하면 정말 좋겠다. 형님은 진짜 좋은 남자니까, 가을이도 행복해질 거야."

아, 그래. 맞아.

강한은 정신을 차렸다.

최가을이 행복해지라고 한 일이었지.

사진 속의 가을은 행복해 보였다.

환하게 웃는 얼굴 뒤로 반짝반짝 빛이 흩뿌려지고 있어서, 옆에 있는 성희의 얼굴조차도 조명을 받은 것처럼 밝아 보였다.

"잘됐군. 내가 의도한 대로 흘러가고 있어. 역시 나란 남자는."

"그러게, 이번엔 대장이 잘했어. 가을이가 형님이랑 결혼하면 전부 대장의 노력 덕분인 거야. 다들 몰라 줘도 나는 알아줄게."

"모르긴 뭘 몰라! 형님도 최가을도 내 노력을 알아줘야지! 내가 이 두 사람한테는 사례금을 꼭 뜯어낼 거야!"

"그러던가."

지영은 호호 웃으며 소파에 앉았다.

"아, 두 사람 정말 귀엽다."

정신을 차린 줄 알았는데, 둘의 모습에 감탄하는 지영을 보니 다시 속이 부글부글 끓었다.

"귀엽긴 뭐가 귀여워? 벌써 노안이 왔냐?"

"귀엽잖아. 분명히 가을이가 머리띠 하자고 했을 텐데, 이 덩치에 머리띠를 한 형님도 귀엽고, 좋다고 옆에서 웃고 있는 가을이도 귀엽고. 부케는 내가 받아야지."

가을과 성희의 결혼이 기정사실이 되었다.

"결혼은 당사자들이 알아서 할 문제야. 옆에서 부추기다가 잘못되는 경우도 있으니까 괜히 닦달들 하지 마."

연진과 지영은 어이가 없다는 표정으로 강한을 돌아봤다.

"대장이 할 소리는 아닌데요? 지금까지 대장이 한 일을 잊으셨어요? 아, 역시 연세 탓입니까? 기억력 감퇴가 진행된 거예요?"

"넌 들어가서 일하랬지?"

"왜 대장은 만날 저한테만 그러세요? 지영이 누나도 저러고 있는데."

"쟤는 남자밖에 몰라서 할 줄 아는 게 없잖아! 네 능력을 인정하니까 너한테 일을 시키는 거야. 들어가서 일해!"

"그런 사기, 저한테는 안 통해요. 차라리 시급을 올려 준다고 하세요."

투덜거리던 연진이 안으로 들어갔다.

남은 건 지영뿐이었다.

지영만 사라지면 원인 모를 짜증에 대해 똘이와 심도 높은 토론을 나눌 수 있을 것이다.

지영은 눈을 가늘게 뜨고 강한을 쳐다보고 있었다.

지영이 눈을 가늘게 뜨는 건, 꿍꿍이가 있다는 뜻이다.

강한은 똘이와의 심도 높은 토론의 시간을 방해받을지도 모른다는 불길한 예감이 들었다.

그 예감은 들어맞았다.

"뭔 생각이야?"

"뭐가?"

"왜 이랬다저랬다 해? 나이 탓이야?"

"그놈의 나이 얘기 좀 그만해! 같이 늙어 가는 처지에!"

"난 아직 20대거든. 20대까지는 나이 얘기 좀 해도 돼. 서른 넘으면 그만둘게."

"그러던가. 난 똘이랑 공원에 좀 다녀오마."

"가긴 어딜 가."

지영이 강한의 팔을 덥석 붙잡았지만 강한의 힘을 이기진 못했다.

강한은 지영을 뿌리치고 똘이를 붙잡은 후 도망치듯 밖으로 나왔다.

공원에 앉아 똘이와 아까 끝내지 못한 이야기를 계속했다.

똘이는 귀찮은 듯 귀를 팔락거렸다.

공원에 마실 나온 아주머니들이 강한에게 아는 체를 했다.

"불쾌한 씨, 놀러 나왔어?"

"요새 일 잘돼? 우리 집 양반은 불경기라고 야단이던데."

"불쾌한 씨, 애인 없지? 우리 딸 소개시켜 줄까?"

강한은 똘이 이외의 누구와도 얘기하고 싶은 기분이 아니었지만, 모두가 잠정적인 고객이기에 습관적으로 친절하게 대답했다.

"네, 놀러 나왔습니다. 심부름센터에 어찌나 일이 없는지…… 일 좀 맡겨 주세요, 누님."

"일이 잘되긴요. 불경기에 제일 영향을 많이 받는 직업인데요. 일 좀 시켜 주세요, 누님."

"애인 없습니다. 하지만 따님을 소개받기엔 제가 너무 부족하죠.

심부름센터가 잘되어야 누구라도 만날 텐데."

주머니 속에 있던 휴대폰이 진동했다.

연진에게 걸려 온 전화였다. 강한은 연진의 비아냥거림을 받아 주고 싶은 기분이 아니었지만, 일 때문일 수도 있기에 어쩔 수 없이 전화를 받았다.

연진은 방금 알아낸 사실을 전달했다.

연진과 통화를 끝낸 강한은 굳은 표정으로 똘이를 내려다봤다.

"똘이야. 출동이다."

최하라는 자신의 앞에 앉아 있는 남자를 물끄러미 응시했다.

최하라를 앞에 두고도 하늘 무너진 것처럼 인상을 찌푸리고 있는 남자는 처음이었다.

짙은 눈썹과 갸름한 눈, 오뚝한 코와 선이 고운 입술. 찡그리고 있어도 매력적인 남자라는 걸 알 수 있을 만한 외모였다.

날카로운 턱선에서 쭉 이어진 목은 섹시했고, 브이넥 티셔츠 안쪽으로 살짝 보이는 쇄골이 예뻤다.

어깨를 넓고 허리는 잘록했다.

여자라면 한 번쯤 안겨 보고 싶은 타입의 남자였다.

"제가 의뢰를 하기는 했지만 이렇게 아무 때나 불러내면 곤란해요."

바로 만나자는 강한의 연락을 받은 건, 막 촬영을 끝냈을 때였다.

화장을 지우려고 하는데 강한에게 전화가 걸려 왔다.

휴대폰 너머의 목소리는 묵직하고 단호해서, 만나자는 말이 명령처럼 들리기까지 했다. 도저히 거부할 수 없는 명령.

"죄송합니다, 고객님. 고객님 입장을 먼저 생각했어야 하는데."

죄송하다고 말하는 강한은, 조금도 죄송한 표정이 아니었다.

촬영장 근처의 바는 연예인들이 일을 끝내고 종종 들르는 곳이었다.

아는 사람이 있을지도 모르는 이런 곳에서 만나자고 한 이유는, 차라리 이곳에서 눈에 띄는 편이 나았기 때문이다.

이곳에서 만나면 '일' 때문에 만났다고 변명할 수 있으니까.

은밀한 곳에서 만났다가 남들 눈에 띄면 스캔들이 날 게 뻔했다.

"고양이를 정말 좋아하시나 봐요. 이런 데까지 데려오시고."

"고객님의 마음에 안정을 드리기 위해서입니다."

라며, 강한은 최하라에게 똘이를 내밀었다.

최하라는 작게 웃으며 똘이를 받아 들었다.

동물을 아주 좋아하지는 않지만, 얌전한 고양이는 좋아한다.

그리고 눈앞의 남자는, 어째서인지 조금 어렵게 느껴졌다.

심부름센터라고 하는 그 주택에서 만났을 때와는 분위기가 달랐다.

어쩌면 바의 어두운 조명 때문인지도 모르겠다.

"심부름센터에 찾아오는 손님 중 90퍼센트가 거짓말을 합니다."

"그런가요?"

최하라는 강한이 무슨 말을 하려는지 짐작했지만 모르는 척 앞에 놓인 잔을 손가락으로 쓸었다.

잘하는 곳이라고 소개를 받고 간 곳이니, 언젠가는 알아낼 줄을 알았다.

하지만 이렇게 빠를 줄은 몰랐다.

"심부름센터는 고객님의 거짓말을 파헤치는 곳이 아닙니다만, 그런 것을 일일이 따지면 일거리가 사라지니까 어지간한 거짓말이 아니면 저희 선에서 적당히 처리를 합니다."

"그래서요?"

눈만 살짝 치켜뜨고, 조금은 도발적으로 물었다.

강한은 최하라의 행동에 전혀 영향을 받지 않은 듯 보였다.

"하지만 고객님 같은 거짓말은 곤란합니다. 찾는 분이 친오빠라면 그렇게 말씀을 해 주셨어야지요."

"그게 왜 곤란하죠? 그런 걸 알아내는 것도 심부름센터의 일 아닌가요?"

"저희는 형사나 탐정이 아닙니다. 기본적인 정보는 제대로 주셔야 일을 진행할 수가 있습니다. 돈을 훔쳐 갔다, 폭행을 했다 따위의 거짓말은 모르는 척해 드릴 수 있지만, 이런 기본적인 정보를 속이시는 건 문제가 됩니다."

"어떤 문제가 되나요?"

"저희가 판단을 할 수 없게 되죠. 이 일을 맡아도 되는지, 안 되는지."

"뭐가 그렇게 문제가 되죠? 전 그저 말을 하지 않은 것뿐인데."

"말씀하시는 걸 잊었다면 저희로서도 할 말이 없습니다. 잊으신 겁니까?"

"그렇다면요?"

"지금은 기억하셨으니 다시 말씀을 해 주시죠. 왜 찾으시는 건지."

"그런 개인적인 이야기까지 해야 하나요?"

"네. 고객님께서 상대에게 어느 정도의 해를 끼칠지를 알아야겠습니다."

고객이 무슨 짓을 해도 상냥할 것 같은 남자였는데, 그렇지 않다는 걸 알게 되었다.

거짓말을 한 상대에게는 이렇게 변하는 모양이다.

저 찌푸린 얼굴이 유독 서늘하게, 저 낮은 음성이 유독 차갑게.

"어느 정도의 해를 끼치는 게 용납이 되나요?"

"뺨 한 대, 혹은 주먹질로 치아 몇 개 빠지는 정도는 용납이 됩니다."

"그 사람 인생을 완전히 엉망으로 만들어 버리는 건요?"

"그건 생각해 볼 문제겠네요. 그럴 때는 직원들과의 회의를 통해서 결정합니다."

"그래요."

최하라는 한숨을 쉬며 똘이의 털을 쓰다듬었다.

'마음의 안정'을 위한다는 말이 거짓은 아니었는지, 똘이를 쓰다듬자 수선스럽게 일렁이던 마음이 조금은 가라앉았다.

최하라는 누구에게도 하지 않은 이야기를 꺼내기 전, 한 번 더 강한을 떠보기로 했다.

"그쪽에서 안 해 주신다면 다른 흥신소를 찾아갈 수도 있어요."

"서비스가 마음에 안 들어 떠나시는 고객님을 붙잡지는 않습니다. 하지만 고객님이 우리 심부름센터를 선택한 건, 고객님의 비밀을 가지고 고객님을 협박할 곳이 아니라는 걸 알았기 때문이겠죠."

우리 아니면 너 갈 곳 없잖아, 라는 말을 돌려 말한 것이다. 만만치 않은 남자다.

"그래요. 맞아요. 아는 사람이 그러더라고요. 가을 심부름센터라면 절대로 의뢰인을 배신하는 일이 없을 거라고. 그래서 찾아갔어요. 10년 동안 생각만 하던 것을 부탁하려고."

최하라는 작게 한숨을 쉬었다.

"부모님이 이혼을 한 건 제가 중학교 때였어요. 그전까지만 해도 오빠랑 저는 정말 친했죠. 친구들이 다 부러워할 정도로요. 그게 당연한 거라고 생각했어요. 남매니까, 핏줄이니까. 나름대로 화목한 집안이었어요. 아버지는 다정하고 가정적이었고 어머니는 예쁘고 활발했죠. 친구 같은 어머니였어요. 그래서 어머니가 열 살이나 어린 남자랑 바람이 났을 때는, 그만큼 충격이 컸어요. 상대는 어머니가 취미 삼아 다니던 노래 학원의 강사였죠."

최하라는 강한이 놀랄 거라고 생각하고 잠시 말을 멈췄다.

하지만 강한의 표정은 똑같았다.

생각해 보니, 이런 쪽 일을 하는 강한이 열 살 어린 남자랑 바람난 주부 따위로 놀랄 일은 없을 것 같았다. 이런 의뢰는 비일비재할 테니까.

"아버지는 어머니를 믿은 만큼 배신감이 컸던 것 같아요. 어머니를 용서해 주지 않았어요. 이혼을 한다고 하셨고, 어머니 잘못이긴 하지만 약간의 위자료는 주겠다고 했나 봐요. 대신에 양육권은 전부 아버지가 가지시겠다고. 두 번 다시 자식 얼굴 볼 생각하지 말라고 했어요. 오빠는 아버지를 배신한 어머니를 증오하다시피 했어요. 어머니 앞에서 서슴지 않고 욕을 하고 비난을 했죠."

　—당신 같은 여자의 아들인 게 창피해!
　—내 앞에 얼굴도 보이지 마!
　—끔찍해!
　—징그러워!

"어머니는 울었어요. 같은 여자이기 때문인지, 아니면 딸이기 때문인지는 모르겠지만…… 난 어머니가 미우면서도 불쌍했어요. 저대로 혼자 쫓겨날 어머니가 안쓰러웠고요. 그래서…… 선택했어요. 어머니랑 같이 살고 싶다고. 아마 아버지는 충격을 받으셨을 거예요. 가족들에게 잘하고 돈도 잘 벌어왔는데, 피곤한 중에도 우리와 시간을 보내려고 노력하셨는데, 제가 바람을 피운 어머니를 선택했으니까요."

최하라는 말을 멈추고 의미 없이 머리를 쓸어 넘겼다.

그때의 일이 떠올라 가슴이 북받쳤기 때문이다.

"저는 아버지에게 그런 게 아니라고, 아버지가 싫은 게 아니라고 설명했지만 충격을 받은 아버지는 절 보려고 하지 않았어요. 그리고 오빠도. 오빠는 정말 심했죠. 마치 제가 바람이라도 피운 것처럼, 제가 가정을 망친 것처럼 저를 비난했어요. 그렇게 저와 어머니는, 그 집을 떠났어요. 그리고 제 성은 어머니 성으로 바뀌었죠. 어머니는 할 줄 아는 게 없는 사람이었어요. 신부 수업을 받은 후에 바로 아버지와 결혼을 해서 평생을 가정주부로 살아왔으니까요. 세상 물정을 모르는 사람이었죠. 그래서 우리 생활은 어려웠어요. 어머니는 근근이 청소 아르바이트를 했고, 아버지가 주신 위자료는 혹시 모를 상황을 위해 모아 둔 채였죠. 저는 가끔 아버지에게, 오빠에게 연락을 취했지만 만날 수는 없었어요. 둘 다 저를 보고 싶어 하지 않았으니까요. 그런데 3년쯤 지났을 때, 그러니까 제가 고등학교 3학년이 됐을 때, 오빠가 찾아왔어요. 그때 오빠는 대학을 막 졸업한 상태였어요. 어머니는 기뻐했죠. 아들을 그리워하셨거든요. 그때 일은 미안하다고, 앞으로 가끔이라도 얼굴을 보여 달라고 애원했어요. 오빠는 어머니랑 눈도 마주치지 않으려고 했지만 건성으로 대답을 하긴 했어요."

―돈 좀 빌려주세요, 어머니. 사업을 하고 싶은데, 아버지는 허락해 주질 않아요.

6장

"사업 자금을 빌리는 게 오빠가 찾아온 목적이었어요. 어머니를 용서한 게 아니었죠. 그래도 어머니는 오빠가 찾아온 게 기뻤나 봐요. 그리고 오빠의 미움을 받고 싶지 않았겠죠. 그래서 생각할 것도 없이 아버지에게 받은 위자료와 그동안 모은 돈을 탈탈 털어 오빠에게 빌려줬어요. 오빠를 만난 건, 그때가 마지막이었어요."

"돈을 갚지 않은 겁니까?"

"네. 복수를 하려고 일부러 와서 돈을 빌려 간 거겠죠. 할 줄 아는 거 없는 40대 후반의 여자와 고등학생 딸. 두 사람에게 있는 돈을 다 뺏어 가면 살아날 구멍이 없을 테니까. 어머니가 자기 부탁을 거절하지 못하리라는 걸 알고, 그렇게 돈을 빌린 거겠죠. 잔인한 사람이에요. 그걸 눈치채지 못한 우리 엄마랑 나도 바보지만."

최하라가 자조적으로 웃었다.

"그 후에 어머니는 아들이랑 연락이 되지 않아서 심란했는지, 계단 청소를 하다가 굴러떨어져서 허리를 다쳤어요. 도저히 일할 수가 없게 되었죠. 모아 둔 돈도 남지 않았는데 말이에요. 저는 대학을 포기하고 일을 할 수밖에 없었어요. 카페 알바며, 청소 알바며…… 고등학생이 할 수 있는 일이라면 뭐든 했어요. 그러다가 운 좋게 기획사 눈에 띄어서 연예계에 발을 들여놓을 수 있었던 거고요. 그 후에도 오빠랑 연락을 해 보려고 했지만, 어느 순간 없는 번호라고 하더니 다른 사람이 그 번호를 사용하고 있더군요."

"아버지를 찾아가 보시진 않았습니까?"

"찾아가 봤죠. 하지만 아버지는 오빠의 행적을 알려 주지 않았어요. 나중에, 한참 나중이 되어서야 알려 주더라고요. 아버지랑도 연락이 되지 않는다고. 사업하겠다고 뛰쳐나가서는 연락도 없다고."

"인제 와서 오빠를 찾으려는 이유는 뭡니까? 예전이라면 모를까, 지금은 돈 1억이 안 아쉬울 텐데."

"제가 이 자리에 오기까지 얼마나 더러운 짓을 많이 했는지 아세요? 여자로서의 자존심도, 인간으로서의 존엄성도 없이 부르는 곳마다 다 불려 가고 하라는 걸 다 하면서 이 자리에 올라오게 된 거예요. 돈 1억, 제게는 아직도 소중하고 아쉬워요. 그 남자를 찾아서 이자까지 받아 낼 거예요. 어떤 상황에 있든지 간에."

강한은 말없이 최하라를 응시했다.

검고 깊은 눈동자는 송곳처럼 날카로웠다.

마치 최하라를 후벼 파서 그 안의 생각을 읽어 내려는 것처럼 보였다.

'그런 이유 때문이 아니라는 걸 알고 있어.'라는 강한의 눈빛을, 더는 견디기 힘들었다.

최하라는 깊은 한숨을 쉬며 담배를 꺼냈다.

"피울래요?" 하고 담배를 내밀었더니, "몸에 나쁜 건 안 합니다." 라는 대답이 돌아왔다.

왠지 이 남자답다고 생각하며 담배를 입에 물었다.

한 대를 다 피울 때까지, 강한은 재촉하지 않았다.

거의 필터까지 피운 담배를 재떨이에 비벼 끄고 나서야, 최하라는 솔직하게 말했다.

"어머니가 암에 걸리셨어요. 아마 다음 달을 넘기지 못하실 거예요."

이번에도 강한은 놀란 눈치를 보이지 않았다.

"어머니가 오빠를 찾아요. 자면서도, 깨어서도. 어머니 돌아가시기 전에, 오빠 얼굴 한 번 보여 드리고 싶어요. 그래서 찾는 거예요."

"그럼 그렇다고 솔직하게 말씀하셨으면 됐을 텐데요."

"아뇨, 말하고 싶지 않았어요. 버림받은 내 어머니가 자길 매몰차게 버리고 복수한 아들을, 죽어 가면서도 찾는다는 게 창피하고 싫어요. 더한 짓들도 하면서 이 자리까지 올라온 주제에, 고작 그런 걸 부끄러워하는 제가 우스운가요?"

"우습지 않습니다."

위로하기 위해 하는 말이 아니라는 걸, 최하라는 알 수 있었다.

강한의 눈빛은 진지하고 정직했다.

"그럼 맡아 주실 건가요?"

"네, 그런 사정이라면 맡아 드려야지요. 최대한 빠르게 찾아내도록 하겠습니다. 먹살 잡고 끌고 와 드릴까요?"

"그것도 나쁘지 않겠네요. 아, 이 이야기는 가을이한테는 하지 말아 주세요. 같이 일하는 아이에게는, 이런 사정을 알리고 싶지 않으니까요."

"그러죠."

"털어놓으니까 속이 시원하네요."

"가끔은 모조리 털어놓는 게 나을 때도 있습니다."

강한의 목소리가 다시 다정해졌다.

"애인 있어요?"

"없습니다."

"왜요? 멋있는데."

"멋있다고 해서 반드시 애인이 있어야 하는 건 아니죠."

"그럼 난 어때요?"

농담처럼 물어본 말에 진지한 대답이 돌아왔다.

"죄송합니다만 사랑은 하지 않는 주의라서요."

"그래요? 상처받은 적이라도 있어요?"

"그런 건 아닙니다. 그저 쓸데없는 일에 감정 소모와 돈 낭비를 하고 싶지 않을 뿐이죠. 연애를 하는 데는 돈이 필요하니까요."

"수전노네요."

"그런 소리 자주 듣습니다."

칭찬으로 한 말도 아닌데, 강한은 은근히 자부심 넘치는 표정을 지었다.

리성이 매니저와 함께 나타난 것은, 강한이 그만 가 보겠다고 말했을 때였다.

매니저와 이야기를 하며 들어오던 리성은 이쪽을 보더니 놀란 듯 눈을 크게 떴다.

리성의 시선이 최하라에게 닿았다가 강한에게로 옮겨졌다.

그리고 움직일 생각을 하지 않았다.

한참 동안 멈춘 상태로 강한을 노려보던 리성은 매니저의 손에 이끌려 테이블로 향했다.

움직이는 중에도 강한을 향한 시선을 거두지 않았다.

'왜 저러지?'

리성은 강한이 원수라도 되는 것처럼 노려봤다.

강한이 테이블 사이를 걸어 문밖으로 나갈 때까지, 그 시선은 계속되었다.

'아는 사인가?'

이상하게 생각되었지만, 최하라가 상관할 일은 아니었다.

리성에게 사적인 질문을 할 정도로 친한 사이는 아니니까.

최하라는 칵테일을 한 잔 더 시켜서 마시고 일어났다.

나가려는데, 리성이 따라와서 최하라를 불렀다.

"선배님."

"응?"

"저, 실례지만…… 아까 함께 계신 남성분과 어떤 사이인지 여쭤도 될까요?"

리성의 질문에 기분이 나쁘기보다는 의아하다는 생각이 먼저 들었다.

리성은 어린 나이에 쉽게 성공한 아이답지 않게 예의 발랐기에, 선배를 붙잡고 이런 개인적인 질문을 던지는 건 리성답지 않았다.

심지어 리성은 인사도 하지 않았다!

"안 되겠는데?"

"네?"

"안 되겠다고. 내가 너한테 대답해야 할 이유는 없잖니? 우리, 친한 것도 아닌데."

"아…… 죄송합니다."

리성이 얼굴을 붉혔다.

"하지만 선배님. 저기……."

"할 말 없으면 가 볼게."

"저, 정말로 죄송합니다. 그런데 선배님. 아까 그분은…… 만나지 말아 주세요."

"응? 왜? 내가 내 만남에도 일일이 코치를 받아야 돼?"

"아뇨, 그런 게 아니라…… 아까 그분…… 저기…… 가을이 누나 애인이거든요."

"가을이?"

"네. DM의 포토그래퍼…… 아시죠?"

"알지."

"그러니까…… 그래서요."

강한과 가을은 사귀는 사이가 아니었다.

적어도 얼마 전에 심부름센터에 방문했을 때만 해도, 가을이 강한에게 호감을 갖고 있을지언정 사귀는 사이는 아니었다.

게다가 방금 강한은 '연애에 쓸 돈 없다!'라고 자신에게 선포를 했다.

"가을이 누나가 상처받는 거, 보고 싶지 않아요."

우물쭈물하던 리성이 고개를 들고 최하라와 눈을 맞췄다.

"그래서 부탁드립니다."

최하라는 리성이 왜 이런 부탁을 하는지 알 것 같았다.

리성이 가을을 좋아한다는 건, 알 만한 사람은 다 아는 사실이었다.

"내가 계속 만나는 게 낫지 않겠어?"

"네?"

"그래야 네가 가을이를 꼬실 거 아냐."

"아…… 알고…… 계셨어요?"

"그럼 모르니? 가을이만 있으면 일 없어도 DM 스튜디오를 들락거리는데."

"하아."

리성은 어울리지 않게 깊은 한숨을 쉬더니, 어딘가를 향해 아련한 시선을 던졌다.

"좋아해요. 좋아하는데……."

"그런데?"

"무서워요. 미움받을까 봐."

하라는 그런 리성을 보며 요새 애들답지 않게 순정파구나, 라는 생각이 들었다.

어렵사리 속마음을 털어놓는 모습을 보니 조금 안쓰럽다는 생각이 들었다.

리성이 왜 강한과 가을의 사이를 오해하는 건지는 모르겠지만, 두 사람이 사귀는 사이가 아니라면 리성을 도와줘도 괜찮겠다는 생각이 들었다.

리성은 집안도 괜찮다고 들었고, 사람 자체도 싹싹하고 귀여우니까.

'돈 아까워서 사랑 같은 거 하지 않는다는 남자보다는 낫겠지.'

그렇게 생각한 최하라는 잠깐 기다리라고 하고 가을에게 전화를 걸었다.

몇 번의 신호가 가고 가을이 전화를 받았다.

언니, 하고 반갑게 인사하는 가을에게, 최하라는 단도직입적으로 물었다.

"가을아. 너 혹시 우강한 씨하고 사귀니?"

잠깐의 침묵. 그리고 강력한 부정이 돌아왔다.

[에이! 절대 아니에요!]

"그럼 사귀는 남자는?"

[그런 건 없죠. 그런데 갑자기 왜요?]

"아무것도 아냐. 나중에 봐."

전화를 끊은 최하라는, 스마트폰을 손가락으로 톡톡 두드리며 말했다.

"들었지? 가을이, 그 남자랑 사귀는 사이 아니래. 게다가 지금은 솔로고."

*   *   *

대기실 앞에서 가을의 이름을 들었다.

"화보? 누가 찍어?"

"최가을."

대기실 문을 열려던 손을 거두었다.

오늘 출연자들이랑 인사라도 할 생각으로 찾은 건데, 가을의 이름을 듣게 될 줄은 몰랐다.

그저께 밤에 만난 최하라는 가을에게 사귀는 사람이 없다고 했다.

휴대폰 너머로 들리는 가을의 목소리를, 리성도 똑똑히 들었다.

가을은 사귀는 사람이 있다고 해서 일에 타격을 받는 연예인이 아니니까, 굳이 연인이 없다고 거짓말할 이유가 없을 것이다.

그렇다면 가을이 리성에게 거짓말을 했다는 거다. 있지도 않은 연인이 있다고.

'그렇게까지 하면서 떨어뜨리고 싶었나.'

연인이 있다는 말이 거짓이었다는 걸 알게 되자, 기쁘다기보다는 더 슬펐다.

가을이 자신에게 관심이 없는 줄은 알았지만, 거짓말까지 하면서 멀리하고 싶어 할 만큼 싫어하는 줄은 몰랐다.

'어째서?'

아직은 잘 모르겠어, 생각해 볼게, 아직은 혼자가 좋아 따위의 말로 거부를 했다면, 적어도 접근할 여지는 남겨 주는 것이다.

하지만 연인이 있어, 라는 방패는, 어지간한 남자는 건드리지도 못할 만큼 견고했다.

"난 걔 싫어."

또 다른 목소리가 끼어들어서, 리성은 정신을 차렸다.

이 자리에 있지도 않은 상대에게 잔뜩 날을 세운 목소리는, 최예은의 것이었다.

"왜? 최가을 사진 잘 찍잖아. 되게 예쁘게 나와서 좋던데."

"맞아. 그 언니가 이쪽 업계에서는 나름 천재라고 알려졌대. 경력도 얼마 안 되는데 사진 잘 찍어서 찾는 사람 많다고."

"실력이 있으면 뭐해? 사람이 덜됐는데."

"왜? 무슨 일 있었어?"

"걔 완전 싸가지야. 저번에 리성 오빠가 엄청 친절하게 말을 거는데, 싹 무시를 하더라고. 대체 뭘 믿고 그러는 건지."

"부담스러웠나 보지. 리성 선배님은 인기 많으니까 괜히 가까워졌다가 말 나오면, 좀 그렇잖아."

거리를 두고 행동하기는 해도, 가을이 진짜로 리성을 무시한 적은 없었다.

리성은 최예은이 왜 저렇게 가을이 싫어하는 건지 이해할 수가 없었다. 나이도 한참 위인 사람에게 반말을 써 가면서.

마음 같아서는 달려 들어가 한마디 해 주고 싶은데, 정말로 그랬다가는 일이 더 커질 것 같아서 꾹 참았다.

대기실에 들어가는 건 포기하고 돌아서는 리성의 귀에, 도저히 참고 들을 수 없는 얘기가 들려왔다.

"최가을, 걔 팔 봤어? 완전 징그러워. 화상 입은 것 같던데."

"아, 진짜?"

"장난 아냐. 불긋불긋하고 보면 막 토할 것 같다니까? 그런데도 팔 걷고 일한다? 그런 팔 보면서 어떻게 웃으면서 사진을 찍어? 진짜 배려 없다니까."

벌컥—

생각하기도 전에 몸이 먼저 움직였다.

대기실에 있던 후배들이 깜짝 놀라 리성을 쳐다봤다.

리성은 굳은 표정으로 최예은을 노려봤다. 최예은은 방긋 웃으며 리성에게 인사했다.

"오빠, 오늘 비 완전 많이 오죠? 비 안 맞으셨어요?"

어떻게 해야 할까?

리성은 고민했다.

뺨을 한 대 때려 줄까? 남에 대해 알지도 못하면서 그런 말 하지 말라고 꾸짖을까? 그것도 아니면 가을이 내 연인이 될 사람이니까 가타부타 얘깃거리 만들지 말라고 경고할까?

짧은 순간 오만가지 생각이 들었다.

하지만 입을 열었을 땐, 간신히 이성을 되찾을 수 있었다.

리성은 부드럽게 웃으며 형식적인 인사를 했다.

"오늘도 열심히들 해. 실수하지 말고."

"네, 오빠. 오빠도요."

"선배님, 잘 부탁드립니다!"

도망치듯 대기실을 나오며, 리성은 생각했다.

'최가을을 지켜 주고 싶어. 저런 소리 안 듣도록. 아무도 욕하지 못하도록.'

"에이, 이런 젠장!"

가을은 욕을 먹고 있었다.

"뭔 놈의 비가 이렇게 많이 와! 엉? 최가을, 왜 이렇게 비가 많이 오냐고!"

아침부터 심기가 불편해 보이던 강한은 결국 폭발했다.

"그걸 왜 저한테 물어요?"

"너도 가을이잖아! 가을비가 내리는 이유 정도는 알아야 할 거 아냐!"

"하아."

"한숨은 왜 쉬어? 네가 한숨 쉬니까 비가 오는 거 아냐!"

"그거참 죄송하게 됐네요."

가을이 순순히 사과를 하자 할 말이 없어졌는지, 강한은 애꿎은 성희에게 욕을 해댔다.

"야, 거기서 담배 피우지 마! 집 안에 연기 들어오잖아! 내 허파가 비명을 지르는 소리가 안 들리냐? 엉?"

하여간 자기 몸은 되게 아끼는 사람이다.

그런 사람이 돈을 벌기 위해 2층 창문을 넘나들었다는 걸 생각하니, 역시 돈은 사람을 바꾸는구나, 라는 걸 새삼 깨닫게 된다.

불쌍하게 처마 밑에서 웅크리고 담배를 피우던 성희가 한 손을 흔들어 미안하다는 표시를 했다.

그래도 강한은 분이 안 풀리는지 마당으로 향하는 창문의 걸쇠를 잠가 버렸다.

그 모습을 본 성희가 인상을 찌푸렸다가, 가을과 눈이 마주치자 어쩔 수 없다는 듯 고개를 저어 보였다.

"너넨 왜 눈빛 교환을 하고 앉아 있어? 사랑에 빠지니까 아주 때와 장소를 못 가리겠냐?"

"사랑에 빠지긴 누가 빠졌다고 그러세요?"

"어? 최가을, 이거 몰랐는데 바람둥이였네? 서방이 바로 앞에 있는데, 벌써 애인 없는 척하는 거야?"

"누가 서방이고, 누가 애인이라는 거예요, 지금?"

"니들!"

강한이 가을과 성희를 손가락으로 번갈아 가리켰다.

그저께 강한이 원하는 대로 해 주자고 놀이공원을 다녀온 후로, 강한은 두 사람의 사이를 '연인'이라고 결정지어 버렸다.

놀이공원 한 번 다녀온 걸로 연인이 되고, 서방이 되면 이 세상에 커플 아닌 사람이 어디 있겠는가.

그렇게 반박했더니 강한은 딱 잘라 대답했었다.

―난 여자랑 놀이공원 가 본 적 없어! 깨끗한 남자라고, 난.

하지만 나랑 단둘이 모텔은 갔었잖아요, 라는 말을 할까 하다가 관뒀다.

더는 강한을 자극하고 싶지 않았기 때문이다.

가을과 성희가 이렇다 한 변명을 하지 않아서 그런지, 강한은 도가 심해졌다.

강한의 머릿속에선 가을과 성희가 이미 결혼식까지 치른 부부인 모양이다.

"하여간 이래서 요즘 커플들은 안 돼. 때와 장소를 못 가린다니까? 저번에는 전철에서 키스까지 하고 있더라고!"

"우리가 그런 것도 아니잖아요."

"우리? 우리이? 이제 통틀어서 '우리'라고 할 사이까지 된 거야?"

"작작 좀 해!"

참다못한 지영이 뛰어나왔다.

얼굴에 하얀 진흙 팩을 붙인 채였다.

"정말 왜 이렇게 야단이야? 남들이 보면 가을이랑 형님이랑 대역죄라도 저지른 줄 알겠다!"

"그러게 말이에요."

뒤따라 나온 연진도 팩을 붙이고 있었다.

강한은 두 사람에게 한 소리 하고 싶은 듯 입술을 달싹였지만, 둘의 기세에 밀려 아무 말도 못 하고 시선을 피했다.

성희는 담배를 다 피우고 현관문으로 들어왔다.

친구의 만행에도 짜증 내는 기색이 전혀 없었다.

정말 생긴 것답지 않게 너그러운 사람이라는 생각이 들었다.

"김 형사님한테 연락받았다. 같이 갈래?"

김 형사는 용돈 벌이 삼아 심부름센터에 소소한 도움을 주는 사람이었다.

심하게 법을 기만하는 내용이 아닌 이상, 저렴한 금액으로 도와주고 있다고 했다.

"왜? 네 마누라랑 다녀오지 그러냐?"

강한이 어깃장을 놓자 성희가 강한을 노려봤다.

"우강한."

"간다, 가. 지옥까지 따라가 주마!"

성희의 나직한 목소리에 강한이 투덜거리면서도 일어나는 걸 보니, 가을 심부름센터의 실질적인 대장은 성희가 아닐까 싶었다.

성희와 강한이 나간 후, 연진과 지영이 가을에게도 팩을 해 주겠다며 달려들었다.

깔깔 웃으면서 도망 다니다가 보니 스튜디오에 갈 시간이 됐다.

카메라 가방을 드는 가을에게, 똘이와 지영이 '가지 마'라는 눈빛을 보냈다.

"일찍 끝나면 한 번 더 들를게."

가을도 좀 더 놀고 싶어서 아쉽기는 했지만 어쩔 수 없었다.

심부름센터를 나서며, '차라리 다 관두고 여기서 일할까?'라고 생각하다가 얼른 지워 버렸다.

심부름센터에서 일하면 얼마나 받을 수 있는지는 모르겠지만, 지금 가을이 버는 것보다는 못 받을 것이다.

몸을 의탁할 가족도 없고, 결혼할 생각도 없는데 수입이 적어지면 안 된다.

그리고 강한이 가을을 직원으로 받아 줄 거란 보장도 없었다.

어쨌든 가을은 '타인에게 해를 끼치지 않을 만한 사람'으로 보이기 위해, 임시로 다니고 있는 거니까.

스튜디오는 회사 스튜디오가 아닌 오늘 찍을 가수의 소속사가 지정한 곳이었다.

메이크업 아티스트도, 헤어 아티스트도 소속사가 지정한 사람들.

가을의 실력을 못 믿는 건지, 일일이 다 지정을 해 준 덕분에 일이 피곤하게 됐다.

싹싹한 것과는 거리가 멀어서 낯선 사람들과 일하는 게 어색했기 때문이다.

스튜디오에 도착해 카메라 정리를 하다가, 문득 얼마 전 떨어뜨린 카메라가 떠올랐다.

도저히 고칠 수 없다고 해서 방 한구석에 가만히 모셔 뒀다. 그 비싼 것을 매몰차게 버릴 수가 없었다.

'카메라도 하나 사야 하는데.'

일하다가 부서진 거니 심부름센터에서 보험 처리를 해 주면 좋을 텐데.

하지만 그런 얘기를 꺼내면 강한은 분명, "넌 임시직이잖아!"라며 일언지하에 거절할 것이 분명했다.

그런 거로 감정이 상하느니, 적금 만기 될 때까지 기다렸다가 하나 구입하는 게 나을 것이다.

'아무튼 우리 대장은 너무 수전노야.'

가을이 이런저런 생각을 하는 사이 곧 오늘의 가수가 도착했다.

얼마 후에 데뷔할 신인인데 리성의 소속사에서 꽤나 밀어주는 것 같다.

가정 교육을 잘 받은 건지, 어린 나이인데도 예의가 발랐다.

가을의 앞까지 달려와, "잘 부탁합니다."라며 꾸벅 인사하는 걸 보며, 잘 찍어 줘야겠다고 생각했다.

조명 스텝이 다가와 오늘의 콘셉트를 물었다.

소속사 쪽에서 요구한, 생기발랄하지만 어딘지 모르게 비밀스러운 분위기를 이야기했더니, "그게 뭐야?"라며 웃었다.

가을도 따라 웃으면서, "그러게 말이에요. 말로는 다 쉬울 줄 아나 봐요."라고 대꾸했다.

그러다 보니 다시 강한이 떠올랐다.

어두운 공간에서 움직이는 두 사람의 모습을, 정확하게 포착해 낸 사진 실력.

강한은, '이 정도도 못 찍어서 어떻게 일해?'라고 했지만, 가을이 보기에는 그저 '이 정도'라고 표현할 만한 실력이 아닌 것처럼 보였다.

강한이 찍은 몇 장의 사진 중, 버릴 것이 하나도 없었다.

빛이 밝은 곳에서, 가장 좋은 카메라를 가지고 찍어도 한두 장은 망치기 마련이다.

그런데 강한이 찍은 사진은 초점도, 피사체도 분명했다.

'의찬 선배랑도 아는 사이인 걸 보면, 사진 쪽으로 공부를 했던

것 같은데⋯⋯.'

강한과 사진의 관계를 생각하고 있었는데, 불현듯 그날 강한이
했던 말이 떠올랐다.

—네 아버지가 지켜 낸 고귀함이지.

그 말을 할 때의 나직하지만 분명한 음성과 가을을 똑바로 응시
하던 새까만 흑진주 같은 눈동자가 동시에 그려졌다.

바로 그 순간에 있는 것처럼 심장이 쿵 내려앉았다.

그날 이후 때때로, 너무도 갑작스럽게 그 일이 떠오르는 이유를
알 수 없었다. 함께 찾아오는 기묘한 통증의 이유도.

'왜 이래?'

가을은 가슴 위에 살포시 손을 얹었다.

'이상하네, 진짜.'

가슴을 지그시 누르고 있었더니 통증이 가라앉았다.

가을은 한숨을 쉬며 카메라를 들고 일어나, 준비를 끝낸 신인 가
수에게 다가갔다.

어떤 식으로 콘셉트를 잡을 건지, 어떤 포즈를 취하는 게 좋을지
에 대해 설명했다.

신인 가수는 한 마디도 놓치지 않으려는 듯 눈을 초롱초롱 빛내
며 열심히 고개를 끄덕였다.

"오늘 잘 해 봐요. 피부도 하얗고 눈도 커서 예쁘게 나올 거예
요."

가을의 칭찬에 신인 가수가 발그레 얼굴을 붉혔다.

세상이 아무리 변했다고 한들, 어린 소년은 여전히 사랑스럽다.

"그럼 촬영 들어가겠습니다."라고 말했을 때, 바지 주머니 속의 휴대폰이 진동했다.

가을은 실례합니다, 하고 전화를 받았다.

강한이었다.

[어디야?]

"일해요."

[언제 끝나?]

"이제 막 시작했어요. 몇 시간 걸리겠죠. 오시게요?"

[내가 거길 왜 가? 성희 보낼게.]

웬일로 전화했나 싶었는데 또 이 소리다.

성희와 가을 맺어 주기 프로젝트가 아직도 진행 중인 모양이다.

"형님은 왜요? 됐어요."

[보낼게. 살 것도 있고. 끊어.]

"여기가 어딘지는 아세요?"

[내가 괜히 흥신소를 하는 줄 알아? 끊어!]

자기가 전화한 주제에, 강한은 가을이 보이스피싱이라도 되는 듯 매몰차게 전화를 끊어버렸다.

가을은 끊긴 휴대폰을 노려보다가 도로 주머니에 넣고 촬영에 들어갔다.

신인 가수는 경험이 많지 않아서 그런지 포즈와 표정이 어색했다.

몇 번이나 수정하면서 다시 찍어야 했고, 그럴 때마다 신인가수가 주눅이 들어서 달래 줘야만 했다.

어린 소년들은 사랑스럽다는 생각이 점점 가실 무렵, 가을의 뒤에서 활기찬 목소리가 들려왔다.

"에이, 거기서 눈 아래로 깔지 말고 눈동자를 위로 살짝 올려. 그래야 새초롬해 보이지."

놀란 것은 가을뿐만이 아니었다.

신인 가수도, 촬영 스텝들도 리성의 등장에 화들짝 놀라 가을의 뒤를 응시했다.

언제 왔는지도 모르게, 가을의 바로 뒤에 서 있던 리성이, 가을과 눈이 마주치자 예쁘게 눈웃음을 지었다.

리성의 전매특허라고 하는 반달 눈웃음이었다.

"어…… 여긴 어떻게……?"

고백을 들은 후, 리성을 만나는 건 처음이다.

어색한 사이가 될 것 같아서, 앞으로 어떻게 리성을 볼지가 걱정이었다.

하지만 가을의 걱정이 무색하게도, 리성은 아무 일도 없었다는 듯 가을을 대했다.

"지나가는 길에 잠깐 들렀어."

"지나가는 길?"

"응. 신인 촬영한다는 얘기 듣고 누군가 싶어서 잠깐 들어와 봤지. 안녕, 후배!"

리성의 쾌활한 인사에, 눈만 멀뚱멀뚱 뜨고 있던 신인 가수가 황급히 달려와 꾸벅 인사를 했다.

하늘 같은 선배를 대하는 듯한 태도에 리성이 작게 웃었다.

"그렇게까지 정중하게 인사하진 않아도 되는데. 촬영 방해했다고 가을이 누나한테 혼나겠다. 무서운 누나거든."

"내가 뭘 어쨌다고."

"자, 얼른 촬영해. 난 조용히 구경할게."

"너 여기에 있으면 더 긴장하지."

"에이, 그 정도로 긴장할 정신 상태면 생방송 무대에는 어떻게 서? 안 그래, 후배? 관객들이랑 팬들이라고 생각하고 확실하게 해. 주눅 들지 말고. 실력 있고, 외모도 되고…… 소속사에서도 잘될 것 같으니까 팍팍 밀어주는 거잖아. 우리 가을이 누나 같은 포토그래퍼까지 섭외해서 화보 촬영도 하고. 인정받은 거야, 너."

신인 가수도 격려해 주고 가을도 띄워 주는 말이었다.

아마도 가을을 우습게 보지 말라는 무언의 경고이리라.

그 정도의 눈치는 있는 가을인지라, 리성에게 고맙다는 눈빛을 보냈다.

리성은 다정하게 웃으며 자연스럽게 가을의 어깨를 주물렀다.

보는 사람도 많은데 친근한 태도가 신경에 거슬렸다.

마음 같아서는 '이러지 마.'라며 뿌리치고 싶지만, 보는 눈이 많은 곳에서 매몰차게 대할 수는 없었다. 리성을 여자에게 치근덕거리다가 거절당하는 남자로 만들면 안 되니까.

"그럼 우리 후배, 예쁘게 찍어 줘."

마지막까지 잊지 않는 리성의 오지랖.

가을은 응, 응, 건성으로 대꾸하고 다시 촬영에 들어갔다.

선배의 시선 때문에 신인 가수는 처음보다 얼어 있었지만, 리성의 유머 넘치는 격려 덕분에 조금씩 표정을 풀기 시작했다.

리성이 신인 가수를 잘 이끌어 준 덕분에 촬영이 예상보다 일찍 끝났다.

"촬영 끝났습니다. 정말 고생했어요."

가을은 신인 가수와 스텝들에게 한 명, 한 명씩 인사를 돌리고 장비를 챙겼다.

신인 가수는 부리나케 리성에게 달려가 평소 팬이었다, 존경한다, 선배님 때문에 가수가 되고 싶었다, 라며 열심히 떠들었다.

리성은 가을과 있을 때와는 달리 어른스러운 표정으로 신인 가수의 이야기를 들었다.

그런 리성의 모습이 생소해서, 가을은 잠시 움직임을 멈추고 리성을 지켜봤다.

가을의 앞에서는 늘 어린 동생처럼 행동하는데, 다른 사람들 앞에서는 저런 모습도 보이나 보다.

옅은 미소를 지은 모습은 남자다웠고, 그래서인지 조금은 설레었다.

리성을 따라다니는 팬들의 심정을 알 것 같았다.

시선을 느낀 리성이 가을 쪽으로 고개를 돌리기에, 가을은 쳐다보지 않은 척하며 은근슬쩍 시선을 옮겼다.

그리고 그 시선의 끝에서 강한을 발견했다.

생각지도 못한 강한의 모습에 놀라움보다는 강한 충격을 받았다.

수많은 나비 떼가 가슴 안으로 날아드는 것 같은 충격.

그 충격의 원인을 알지 못한 채, 혹시 눈앞에 보이는 게 환상이 아닐까 싶어 하염없이 그의 모습을 바라봤다.

강한은 가을의 시선을 아는 건지 모르는 건지, 바지 주머니에 한 손을 찔러 넣은 채 벽에 비스듬히 기대어 서서 이쪽을 쳐다보고 있었다.

눈이 마주친 걸까? 아니면 가을 너머의 다른 것을 보고 있는 걸까?

가을은 그것조차 생각할 겨를이 없었다.

어째서 이 가슴에 이렇게나 강렬한 타격을 받은 걸까? 올 줄 알았던 성희가 아닌 강한이 서 있어서? 그래서 이렇게나 충격을 받은 걸까? 그래서 이 심장이 이렇게나 파드닥파드닥 아프도록 움직이는 걸까?

손을 움직여 가슴 위를 꾹 누르면 원인 모를 통증이 가라앉을 것도 같은데, 그랬다가 저 남자가 사라져 버리면 어쩌나 하는 생각에, 이러지도 저러지도 못하고 강한을 바라봤다.

눈을 깜빡이는 것조차, 크게 숨을 쉬는 것조차 하지 못했다.

심부름센터에 가면 언제든 볼 수 있는 사람인데, 지금 이 순간의 모습을 놓치고 싶지 않았다.

그는 마치 작품 사진 속에 들어 있는 완벽한 피사체처럼 보였다.

"누나, 잠깐 시간 괜찮아?"

피사체와 가을의 사이로 방해물이 끼어들었다.

짜증스럽게 고개를 들어 방해물의 정체를 확인한 가을은, 그제야 이곳이 아직 스튜디오라는 것을 깨닫고 표정을 풀었다.

"응, 왜?"

사실 당장이라도 강한에게 달려가고 싶은 기분이었다.

하지만 촬영할 때 리성에게 도움을 받았으니 모르는 척할 수 없었다.

이래서 남의 도움받는 걸 싫어하는데.

가을은 싫은 기색을 감추려고 노력했지만, 소용이 없었던 모양이다.

리성은 주인에게 혼난 강아지처럼 눈썹을 늘어뜨리고 쓰게 웃었다.

"내가 그렇게 싫어?"

"갑자기 왜? 그럴 리가 없잖아."

방금 전 신인 가수와 함께 있을 때의 이미지가 거짓말인 것처럼, 리성은 다시 어린 남동생으로 돌아와 있었다.

"곧 누나 생일이잖아. 그날 같이 식사하자."

"아, 그날……."

그러고 보니 곧 생일이다.

생일 때면 가족들이 떠올라 괴로워지기 때문에, 지금껏 의미 없는 날처럼 일을 하면서 보내곤 했다.

누군가의 축하를 받으며 특별한 날로 만들고 싶진 않았다.

그러면 현란한 고깔모자를 쓰고 손뼉를 치며 생일 축하 노래를 불러 주던, 엄마와 아빠의 모습이 떠오를 테니까. 그 옆에서 의미도 모르고 해쭉해쭉 웃던 어린 동생이 기억날 테니까.

"그날은 약속이 있어."

"누구랑?"

"애인이랑."

"아아."

가을의 변명에 리성의 표정이 어두워졌다.

"누나는 나한테 거짓말만 하는구나."

"거짓말이라니."

"남자친구도 없으면서 있다고 하고."

"내가 왜 그런 거로 거짓말을 하겠어? 정말이야."

"그 남자가 누나 애인 아니라는 거 알아. 누나가 지금 솔로라는 것도 알고."

넘겨짚는 말투가 아니었다. 리성은 확신하고 있었다.

가을은 리성이 어째서 이렇게 확신하는 건지 고민을 하다가, 며칠 전 최하라가 갑자기 전화해 뜬금없는 질문을 던졌던 걸 떠올렸다.

늦은 시간에 갑자기 전화해 애인이 있냐고 물어보던 전화.

그러고 보니 최하라와 리성은 함께 드라마를 찍은 적이 있는 사이였다.

"여기서 그런 얘기하지 말자. 사람들이 본다."

가을은 서둘러 카메라를 챙기고 일어났다.

좀 전에 강한이 있었던 곳으로 슬쩍 눈을 돌렸다.

강한은 그곳에 없었다. 원래부터 없었다는 듯이.

아무래도 아끼는 환각을 봤던 모양이다.

그래, 강한이 이곳에 올 리가 없지. 여기서 촬영한다는 것도 모를 텐데.

그런데 왜 환각을 본 걸까? 이곳에 없는 그를 그리워할 만한, 그런 사이도 아닌데.

"보는 눈은 중요하지 않아."

리성이 따라왔다.

"나한테 중요한 건 너뿐이야."

"나랑 엮여서 좋을 거 없어."

"아니. 네가 나랑 엮여서 좋을 게 없다고 생각하는 거겠지."

촬영장을 나와 복도를 걸었다.

복도에는 다행히 아무도 없었다.

곧바로 입구로 향하는데 리성이 가을의 손목을 잡아, 2층으로 올라가는 계단으로 끌어당겼다.

"리성아."

"버림받을 것 같아서 그래? 내가 얼굴값 하는 남자들처럼, 가볍게 접근했다가 버릴 것 같아서 그래?"

가을을 한 계단 위에 세운 리성이, 가을과 눈높이를 맞추고 물었다.

리성의 눈은 진지했다. 그리고 그날 밤처럼 열렬했다.

"그런 게 아니야."

"나도 그런 게 아니야. 나는…… 괴로워, 정말로."

리성이 자신의 가슴 위에 손을 얹었다.

가을이 불현듯 강한을 떠올릴 때마다 그러듯이.

"나는, 가을아…… 처음으로 사랑이라는 걸 해 보는 거라서, 어떻게 해야 할지도 모르겠어. 내가 이러는 거 정말…… 집착하는 것처럼 보이고, 어린애처럼 보이고…… 그래, 그러겠지. 그런데 나는 정말 어떻게 해야 할지 모르겠거든. 너만 보면 끌어안고 싶고 키스하고 싶고…… 정말 뭐든 다 해 주고 싶은데, 그런데 네가 날 싫어하니까…… 없는 애인도 있다고 할 만큼 날 싫어하니까…… 너무 괴로워."

리성은 가슴 위에 놓인 손을 움켜쥐었다. 마치 아픈 심장을 떼어 내고 싶다는 듯이.

커다란 눈에 담긴 슬픔이 가을에게까지 전해졌다.

촉촉이 젖어 가는 눈동자가, 그 눈물이 가을의 가슴도 적셨다.

가을은 두 팔로 리성을 안아 주고 싶었다.

자신을 사랑한다고 말하는, 가슴이 아플 정도로 사랑한다고 말하는 남자를 보듬어 안고, 괜찮다고 말해 주고 싶었다.

하지만 괜찮지 않았다. 괜찮은 건 아무것도 없었다.

안아 주면? 괜찮다고 하면? 그다음엔 뭔가 있지?

가을은 그다음의 일을 상상할 수가 없었다. 아니, 상상하고 싶지 않았다.

리성이 얼굴값 하고 안 하고의 문제가 아니었다.

리성의 순정이 진심이고 아니고도 문제가 되지 않았다.

문제는 가을 자신에게 있었다.

이런 상황에서 아파 오는 팔의 화상 흉터와 죄여 오는 폐.

그게 문제였다.

가을은 천천히 심호흡을 하며 오그라드는 폐를 달래었다.

다행히 호흡 곤란에 빠지기 전에 벗어날 수 있었다.

"내가 연예인인 게 문제라면 그만둘게. 거짓말 아니야."

리성이 진지하게 말했다.

"그만두면 뭐 해 먹고 살게?"

"그건…… 뭐든 해야지. 네가 해 달라는 건 다 해 줄 수 있도록 노력할게. 여자 문제가 걸리면 번호도 다 지워 버리면 되잖아. 휴대폰도 따로 안 가지고 다니면 되고. 정말이야. 한 번만 기회를 줘. 한 번 정도는 기회를 줘 봐도 되잖아. 응?"

리성의 진심을 거짓으로 끊어 내서는 안 된다는 것을 깨달았다.

이런 공개된 장소에서 누군가가 들어도 상관없다는 듯 간절하게 말하는 리성은, 정말로 모든 것을 버릴 준비가 되어 있는 것 같았다.

"있잖아. 리성아. 나에게 사랑은 그저 낙엽 같은 거야."

가을은 손을 뻗어, 리성의 눈가에 고인 눈물을 닦아 주며 말했다.

리성은 그 손길을 더 느끼고 싶다는 듯 눈을 감았지만, 가을의 손은 차가울 정도로 빠르게 떨어져 나갔다.

"쌓이고 쌓여도 작은 불씨 하나에 화르륵 타서 사라지는 낙엽. 나에게 있어서 사랑은 그래. 낙엽 같은 거."

리성이 무슨 뜻이냐는 듯 가을을 쳐다봤다.

"우리 엄마랑 아빠는 사랑을 했고 결혼을 했고 자식을 낳았고, 그렇게 행복한 가족을 만들었어. 그런데 옆집 소년의 불장난 때문에 불에 타서 돌아가셨지. 나 혼자만 남기고."

리성은 처음 듣는 얘기일 것이다.

팔의 흉터를 본 적이 있기는 해도 이런 사정까지는 몰랐겠지.

"내 팔의 화상 흉터는 그때 생긴 거야. 이게 있는 한, 나에게 사랑은 그래. 그렇게 사랑을 하고 그 사랑이 결실을 맺어도 옆집 소년의 불장난으로 깨끗이 사라져 버릴 수 있는, 그런 거야."

"가을아……."

"겁쟁이라는 말을 들어도 좋아. 멍청하다는 말도 괜찮아. 과거를 잊지 못하고 이러는 거, 어떤 사람들에게는 겁쟁이로 보이고 어떤 사람들에게는 바보처럼 보이겠지. 하지만 어쩔 수 없잖아. 나는 무섭거든. 그렇게 쉽게 사라져 버릴 수도 있다는 게. 그렇게 쉽게 혼자가 될 수도 있다는 게. 행여나 내게 가족이 생겼는데 우리 가족에게도 같은 일이 벌어져서, 내 자식이 혼자가 되면 어떡하지? 나처럼 살아가면 어떡하지? 나는 그게 무서워. 내 팔의 흉터는 그 두려움의 증거야. 그게 있는 한 나는 누구도 사랑하지 못할 거고, 아마 그 흉터는 평생 사라지지 않겠지."

가을은 뒷걸음질을 쳐, 한 계단을 더 올라갔다.

리성은 따라 올라오지 않았다.

"네 마음을 못 믿는 게 아니야. 이건 그냥 내 문제야. 나는 무섭고 두려워서 사랑을 못 하겠어. 그냥 이렇게 혼자 살다가 조용히 사라지고 싶어. 아무런 흔적도 남기지 않고. 그러니까 이해해 줘. 더는 날 무섭게 만들지 말아 줘. 내가 널 사랑하게 된다면, 아마 나는 매일매일 두려움에 떨 거야. 네가 사라질까 봐, 혹은 내가 사라지고 너 혼자 남기게 될까 봐."

가을이 닦아 주었던 눈물이 다시 리성의 눈에 고였다.

맑게 고였던 눈물이 부풀어 오르다가 툭 터져 볼을 타고 흘러내렸다.

리성은 눈물을 닦을 생각도 하지 않은 채, 그저 가을을 물끄러미 응시했다.

지금 눈을 돌리면, 평생 가을을 못 보게 될지도 모른다는 듯이.

처음 사랑을 해 본 사람답게 열렬하고 저돌적인 리성의 사랑이 가을의 마음을 움직였다.

그래, 저 남자에게 사랑을 받으면 행복하겠지.

하지만 두려움이 더 컸다.

그 행복이 끝나는 순간 겪게 될 지옥을, 가을은 알고 있었다.

남겨진 자의 슬픔을, 그 고통을 뼈저리게 알기에 쉽사리 마음을 열 수가 없었다.

"그래도 사랑해."

리성의 입술 사이로 갈라진 목소리가 흘러나왔다.

"정말이야."

가을은 희미하게 웃으며 고개를 끄덕였다.

"계속 따라다닐 거야. 계속 잘해 줄 거고. 네가 무서워하지 않을 때까지, 계속 같이 있을 거야."

가을이 곤란하다는 듯 미간을 좁히자, 리성이 덧붙였다.

"하지만 지금처럼 막무가내로 덤비지는 않을게. 네가 슬픈 거……."

리성이 손을 뻗었다.

그의 커다란 손이 가을의 볼을 살짝 스쳤다가 떨어졌다.

"싫으니까."

"응, 고마워."

리성의 뒤쪽으로 스텝들이 나가는 모습이 보였다.

몇몇 사람들이 무슨 일인가 싶어 이쪽을 흘끔흘끔 쳐다봤지만, 리성은 신경 쓰지 않았다.

리성이 그러하니 가을도 신경 쓰지 않기로 했다.

둘은 다른 사람들의 시선 따위는 아무래도 좋다는 듯 서로를 응시했다.

"진리성! 다들 나오는데, 넌 왜 안 나와? 촬영 끝났잖아!"

리성의 매니저인 정훈의 목소리에, 둘은 정신을 차렸다.

리성은 손등으로 눈물을 쓱 닦았다.

"데려다줄까?"

"아니, 괜찮아. 난 좀 있다가 갈게."

리성은 혼자 가기 싫은 눈치였지만 방금 한 말이 있어서 그런지 순순히 물러났다.

리성이 매니저와 함께 돌아간 후, 가을은 무너지듯 계단에 주저앉았다.

두 손으로 얼굴을 감쌌다.

나올 줄 알았던 눈물은 의외로 흐르지 않았다. 메마른 슬픔이 폐를 움켜쥐었을 뿐이다.

허덕거리며 고통을 밀어내려 애썼다.

슬퍼. 외로워. 아파.

여러 감정이 가을을 때리고 부수려 들었다.

가을은 절규하고 싶었지만 우습게도 절규할 힘조차 없었다.

간신히 지탱하고 있던 폐가 빠르게 우그러들며 공기를 뱉어냈다.

허덕거리는 것조차 할 수 없었다.

산소가 모자란 고통과 어지러움 속에서, 가을은 생각했다.

그냥 죽는 게 낫겠어. 그러면 매일매일 엄마랑 아빠랑 동생을 그리워하지 않아도 되니까. 그래, 그냥 죽는 게 낫겠어. 그러면 소년 A를 찾으려고 애쓰지 않아도 되니까. 그러니까 그래, 그냥 죽자.

호흡 곤란에서 벗어나기 위해 노력하는 것도 관두고, 두 손에 얼굴을 파묻은 채 서서히 생명을 흘려보내려 했다.

등을 가볍게 토닥이는 손길만 아니었다면, 가을은 그대로 질긴 생명을 끊어 냈을 것이다.

"죽을 생각 마. 너 죽으면, 내가 곤란해지니까."

죽어 가는 사람을 대하는 손길답지 않게 가벼운 토닥임이었고, 평온한 말투였다.

산소 부족으로 괴로운 상황 속에서도, 참 듣기 좋은 목소리라는 생각을 했다.

"살아남아야지. 죽으면 지는 거야."

등을 두드리던 손이 갑자기 가을의 목덜미를 움켜잡더니 휙 잡아당겼다.

갑작스럽게 몸이 펴지면서 죄였던 폐가 펴지고 막혀 있던 숨구멍이 뚫렸다.

거침없이 밀려 들어오는 산소 때문에, 폐가 타는 듯 아팠다.

가을은 눈물과 콧물을 흘리며 콜록거렸지만, 강한은 봐줄 생각 없는 듯 두 손으로 가을의 볼을 잡고 자신의 눈을 똑바로 쳐다보도록 고정시켰다.

"그러니까 살아!"

"콜록…… 콜록…… 컥…… 콜록……."

"세상 엿 같고 무서워 죽겠어도 살라고! 사랑의 결실을 맺어야만 슬퍼해 줄 사람이 생기는 게 아니야! 알겠어, 최가을? 결실을 맺지 않아도 슬퍼할 사람들은 분명히 존재해! 그러니까, 네가 남는 자의 슬픔을 안다면 죽을 생각하지 마!"

대답할 수 없었다.

그 말을 하는 강한은, 평소와는 달리 너무도 슬퍼 보였다.

마치 남는 자가 된 것처럼. 사랑의 결실을 맺은 사람을 잊은 사람처럼. 가족을 잃었던 날의 가을처럼.

폐가 아프고 괴로운 상황에서도 강한의 슬픔이 느껴져서, 가을은 콜록거리며 강한을 향해 손을 뻗었다.

그러나 그 손이 강한의 얼굴에 닿기 전, 강한이 먼저 가을을 끌어안았다.

절대로 놔주지 않겠다는 듯, 죽는 꼴 보지 않겠다는 듯 강하게.

"죽을 생각 마. 너 죽으면, 내가…… 하아…… 최가을…… 정말로 내가 슬퍼지니까."

*　　*　　*

강한은 묵묵히 운전만 했다.

가을은 흘끔흘끔 곁눈질로 강한을 살폈다.

아까의 강한은 뭐였을까?

폐의 고통은 서서히 가시고 있었지만, 그와는 다른 통증이 가슴께에 머물러 있었다.

그저 아프기만 한 것이 아니라 간질간질하기도 하고, 포실포실하기도 한 느낌이 공존하고 있었다.

생전 처음 느껴보는 기묘한 감각에, 가을은 손으로 가슴을 꾹 눌렀다.

"아프냐?"

강한이 물었다.

"괜찮아지고 있어요."

"그래. 그러게 왜 죽을 생각을 해?"

"죽을 생각 안 했어요."

민망해서 거짓말을 했더니, "거짓말은 여전하군."이란 대답이 돌아왔다.

"아까 정말로 촬영장에 있었던 거네요. 잘못 본 건 줄 알았는데."

"촬영장? 아아. 나 같은 남자가 둘이나 있을 것 같아? 당연히 나지."

"대장 같은 남자가 둘이나 있으면 그것도 큰일이죠."

"그래, 여자들이 정신을 차리지 못할 테니."

"그런데 형님이 올 거라고 하지 않았어요? 왜 대장이 왔어요?"

"형님이 일이 생겼대."

"그렇다고 굳이 대장이 오실 건 없잖아요."

"왜? 형님이랑 데이트하고 싶었는데 내가 와서 서운했나 보지?"

가을은 강한의 태도를 이해할 수가 없었다.

자기가 성희와 가을을 맺어 주려고 하는 주제에, 가을이 성희 얘기만 꺼내면 어깃장을 놔댔다.

진심이 뭔지를 모르겠다.

"그런 건 아니고요. 형님이든 대장이든 굳이 촬영장까지 오실 이유가 없다는 거죠. 무슨 일 있어요? 아, 하라 언니 사건, 뭐 알아내신 거예요?"

"일 없으면 직원 얼굴 보러 오지도 못하냐? 그냥 너 보고 싶어서 왔어."

이번 충격은 좀 컸다.

농담이라는 걸 알면서도 심장이 터엉, 공처럼 튀었다.

"리성이란 친구, 젊어서 그런지 아주 저돌적이더라."

"들었어요?"

"오해할까 봐 하는 말인데, 내가 먼저 계단에 있었다. 니들이 내 구역을 침범한 거야."

"오해 안 해요."

"그 친구가 널 진짜로 좋아하는 것 같던데……."

"네, 그런가 봐요."

"아무 감정 없고?"

"생길 뻔했어요. 계속 그러면 생길지도 모르겠어요. 하지만 생겨도 안 생긴 척할 거예요."

"무서워서?"

"네, 무서워서요. 우습죠? 대장은 강한 사람이니까."

"안 우스워. 그리고 난 부드럽고 말랑말랑한 남자야."

"마시멜로처럼?"

"그래, 마시멜로처럼."

이런 이야기를 하면서도 전혀 웃지 않는 강한이 신기했다.

가을은 아예 고개를 돌려 강한을 쳐다봤다.

"보려면 돈 내고 봐. 내 얼굴 비싸니까."

"무슨 얘기를 해도 웃지 않는 사나이. 그런 이름 붙여서 서커스단 들어가면 돈 좀 벌지 않을까요?"

"생각을 안 해 본 건 아닌데, 너무 잘생긴 얼굴은 돈벌이가 안 된다더라."

"나르시시즘."

"그럼 어때? 잘났는데."

강한은 아까의 일에 대해 캐묻지 않았다.

왜 죽으려고 했느냐, 지금까지 잘 참지 않았느냐, 따위의 말도 하지 않았다.

다른 때라면 그런 강한에게 고마웠을 테지만, 지금은 강한이 그 일에 대해 무슨 말이든 해 줬으면 싶었다.

가을도 묻고 싶은 게 있었기 때문이다.

'대장은 내가 죽으면 정말로 슬퍼할 거예요?'

아까 강한이 아프냐고 물었을 때, 냅다 물어볼 걸 그랬다.

시기를 놓치고 나니 다시 이야기를 꺼내기가 어려웠다.

강한은 가을을 집 앞까지 바래다줬다.

우리 집은 어떻게 알았어요, 라고 물으려다가 관뒀다.

말하지 않은 촬영장까지 알아낸 사람인데, 뭔들 못 알아내랴.

누군지는 몰라도 강한의 연인이 될 사람이 안 됐다는 생각이 들었다.

일거수일투족을 감시당하는 기분으로 사귀게 되지 않을까? 바람 피우는 건 꿈도 꾸지 못할 거고.

"들어가라."

가을이 내리자, 강한도 따라 내렸다.

팔짱을 끼고 트럭에 기대어 선 강한은 가을이 들어갈 때까지 서 있겠다는 듯 움직이지 않았다.

가을은 문을 열고 들어가다가 멈춰 서서 강한을 돌아봤다.

강한은 같은 자세로 가을을 지켜보고 있었다.

"대장."

"응."

"고마워요. 오늘."

대답을 바라고 한 말은 아니었다.

하지만 강한은 잠깐 고개를 숙였다가 다시 들더니, 가을과 눈을 맞추고 말했다.

"나도 고맙다. 날 슬프게 하지 않아 줘서."

*　　*　　*

심부름센터로 돌아온 강한은 막 퇴근을 하려던 연진과 지영에게 건성으로 인사를 하고는 안으로 들어갔다.

마당에는 파라솔이 붙어 있는, 둥근 야외 테이블이 있었다.

성희는 거기에 앉아 담배를 피우는 중이었다.

지루한 표정으로 하늘을 올려다보고 있던 성희가 인기척을 느끼고는 고개를 돌렸다.

"왔냐?"

"응."

"가을이는?"

"집 앞까지 안전하게 모셨다."

"카메라는 사 줬고?"

"아아. 카메라."

깜빡했다.

부서진 카메라를 사 주기 위해 만나자고 한 거였는데, 카메라 따위를 떠올리기엔 너무 큰 사건이 있었다.

강한에게 그것은 강한의 삶을 통틀어 바꿀 만한 일생일대의 대사건이었다.

"그거 사 주겠다고 간 거 아니었냐?"

"그러려고 했지. 그러려고 했는데 큰일이 생겨서…… 살다 살다 이런 일을 겪게 될 줄은 몰랐다. 똘이 안에 있지? 똘이랑 상담 좀 해야겠다."

비틀거리며 안으로 들어가려는 강한의 허벅지를 손등으로 툭툭 친 성희가 자기 옆자리를 가리켰다.

"여기 대화를 나눌 수 있는 인간이라는 존재가 있는 거 안 보이냐?"

"난 똘이랑도 대화를 할 수 있어. 어떤 것이든 애정을 갖고 대하면 대화가 통하는 법이다."

"그래서 얼마 전에는 국그릇이랑 얘기를 했냐?"

"그건 걔가 너무 뜨거우니까! 손을 뎄다고! 아직도 물집이 안 사라졌어!"

"그래, 그래."

강한은 기어코 안으로 들어가더니 똘이를 데리고 나와 성희의 옆자리에 앉았다.

자는 걸 방해받은 똘이가 신경질적으로 냐아아아, 하며 하소연을 했지만 강한은 아랑곳하지 않고 똘이를 꽉 끌어안았다.

"성희야, 미안하다."

강한은 성희를 똑바로 보지 못하고 힘겹게 말했다.

성희가 고개를 옆으로 기울이며 강한을 돌아봤다.

"뭐가?"

"최가을이 널 사랑하지 않는 것 같아."

"……아아, 그래?"

"앞으로도 사랑하지 않을 것 같고."

"그거 유감이군."

이라고 대답하는 성희는, 유감스러운 모습을 전혀 보이지 않았다.

그런 성희를 보지 못한 강한은 계속해서 말했다.

"괜히 널 설레게 한 것 같다. 미안해."

"가슴이 찢어지는구만. 어쩌다 그런 가슴 아프고 충격적인 사실을 알게 된 거냐?"

"최가을 데리러 갔을 때, 진리성이 최가을한테 고백하는 걸 봤거든."

"진리성? 그 아이돌?"

"응. 걔가 아주 열렬해. 뜨거워서 내가 다 타오르겠더라. 걔만 괜찮으면 내가 걜 꼬시고 싶더라니까. 아주 매력 있어, 그 녀석."

강한이 삼천포로 빠지는 건 하루 이틀 일이 아니었기에, 성희는 잠자코 강한이 되돌아오기를 기다렸다.

"그렇게 뜨거우니 최가을이 흔들리는 것도 어쩔 수 없지. 걔가 계속 부딪쳐 오면 좋아하게 될지도 모르겠다더라."

"가을이가 그래?"

"응, 최가을이 그래."

"흐음."

성희는 거의 필터까지 피운 담배를 재떨이에 비벼 껐다.

"그런데 문제는 그게 아니란 말이지."

"그럼 뭔데?"

"최가을이 죽으려고 했어."

"뭐?"

하늘을 쳐다보며 느릿하게 대꾸만 하던 성희가 드디어 제대로된 반응을 보였다.

성희는 부릅뜬 눈으로 강한을 쳐다봤다.

강한은 똘이의 털에 얼굴을 묻은 채 말했다.

"호흡 곤란이 왔는데 그냥 죽으려고 하더라고."

"대체 왜! 너, 또 가을이 괴롭혔냐?"

"아냐, 걘 내가 거기에 있는지도 몰랐어. 그런데⋯⋯ 죽으려고 하더라고. 진리성 고백을 받은 직후였거든. 그렇게 뜨거운 사랑 고백을 받은 여자가 죽으려고 하는 거야. 그게 이해가 되냐?"

"⋯⋯."

"애가 얼마나 독한지⋯⋯ 호흡 곤란이 온 채로, 그렇게 숨을 못 쉬는 상태로 몸부림도 안 쳐."

"사는 게 더 괴로운 모양이지."

"그래, 그렇겠지. 그러니까 그러는 거겠지."

강한의 얼굴이 일그러졌다.

강한은 똘이를 의지하듯 세게 끌어안고 똘이의 털에 얼굴을 묻었다.

"그런 경우, 나는 말리지 않아. 사는 게 죽는 것보다 괴로운 사람이 죽음을 선택한다면⋯⋯ 그래, 그걸로 된 거라고 생각해 왔어. 간절히 죽음을 원하는 사람을 살리는 거, 간절히 살고 싶은 사람을 죽이는 거. 그거 둘 다 같은 거라고 생각하거든. 남겨진 사람의 슬픔을 운운하면서 그들을 말리는 건, 그들을 기만하는 거라고 생각했지. 죽을 만큼 힘든데 남겨진 사람이야 아무러면 어때. 안 그래?"

성희는 대답하지 않았다.

"그런데…… 눈앞이 캄캄해지더라."

성희가 가만히 강한을 응시했다.

"최가을을 두 번 다시 못 볼 거라고 생각하니까, 내가 먼저 죽겠더라고."

강한이 파묻고 있던 얼굴을 들어 성희를 마주 봤다.

늘 찡그리고 있는 얼굴이지만 여느 때보다 고통스러운 표정이라는 것을, 강한을 아주 오래 알아 온 성희는 알 수 있었다.

"이게 말이 되냐, 주성희?"

"……."

"내가 최가을을 사랑하고 있더라니까?"

"……."

"남은 자의 슬픔을 떠들어대면서 최가을을 살려 낼 만큼, 너 죽으면 나 슬플 거라면서 걔 못 죽게 말릴 만큼, 내가 걔를 사랑하더라고. 이게 말이 돼?"

"아아, 그거 놀랍군."

성희는 그다지 놀랍지 않은 표정으로 대답했다.

강한은 성희의 담담함이 서운했다.

"야, 너 진짜 너무한다? 내가 사랑에 빠졌다니까? 친구가 사랑에 빠졌다는데 놀라지도 않냐?"

"지금 놀라고 있잖아. 하늘이 노래지는 것 같다, 야."

성희는 대수롭지 않게 대꾸하며 담배를 하나 꺼냈다.

성희를 노려보던 강한이 신경질적으로 담배를 빼앗았다.

"너 이놈! 알고 있었지? 내가 최가을 사랑한다는 거!"

"그래, 모르는 게 바보 아니냐? 구미호도 대충 감 잡았을 거다. 캡도 아는 눈치고."

"대체 어떻게!"

성희가 다시 담배를 빼앗았다.

"나랑 가을이 맺어 주려고 했으면서 정말로 맺어지는 척했더니 있는 대로 짜증을 냈잖아. 나랑 가을이랑 단둘이 있으면 안절부절 못하고. 게다가 가을이를 위해서라면 심부름센터를 포기할 수 있다면서? 그렇게까지 하는 데 모르는 게 바보지. 아, 가을이는 모르는 것 같으니까 가을이도 바보가 되는 건가?"

강한은 크게 충격을 받았다.

"이런…… 남들이 보기에도 내가 사랑에 빠진 것처럼 보인단 말이지?"

"그래."

"이런…… 이런, 젠장. 이건 내 계획에 없던 일이야. 대체 내가 왜? 내가 왜 그런 불필요한 감정에 에너지를 소모해야 하는 거지?"

"그러게. 왜 그래야 할까?"

성희가 심드렁하게 대답하며 담배에 불을 붙이려는데, 강한이 또 담배를 빼앗았다.

"넌 인마, 친구가 사랑에 빠졌다는데 질투도 안 하냐?"

"지금 하고 있잖아. 속이 타서 담배 피우려고 하는 거 안 보이냐? 아, 친구를 뺏긴 것 같아서 오늘 잠도 못 자겠네."

성희가 국어책 읽듯 말하며 얼른 새 담배를 꺼내 불을 붙였다.

성희는 담배 연기를 뱉어 내며 강한을 돌아봤다.

강한은 자신이 사랑한다는 사실에 어지간히도 충격을 받은 모양이었다.

그럴 만도 했다.

강한은 계획적이고 확실한 것을 좋아한다.

그런 강한에게 있어서 계획에 없던 사랑은 분명 당혹스러운 일이리라.

성희는 말없이 땅을 노려보는 강한에게 물었다.

"그래서 앞으로 어떻게 할 거냐?"

"뭘?"

"가을이."

"놔둬야지. 죽으려고 하면 살려 가면서."

"그게 다야?"

"그럼? 뭘 어떻게 할까?"

"사랑한다며?"

"사랑한다고 뭘 어떻게 해야 하는 건 아니잖아. 그냥 놔두면 이 감정도 사라지겠지."

"뭐?"

강한의 성격을 잘 아는 성희로서도 어이가 없을 만큼 황당한 대답이었다.

"계획에 없던 사랑이야. 난 계획에 없는 건 하지 않는 주의거든. 최가을이랑 연애를 한다? 그쪽도 생각 없겠지만, 나도 생각 없어."

"어이……."

가을을 데리러 가고 집까지 데려다주고. 그쯤이면 충분히 연애를 하고 있는 거란 생각이 들었지만 구태여 말해 주진 않았다.

"너, 그러다가 최가을이 진리성이라는 애한테 푹 빠지면 어쩌려고? 너도 꼬시고 싶을 만큼 열렬하다며?"

"아……!"

강한은 그제야 진리성의 존재를 떠올리고 성희를 돌아봤다.

강한의 표정은 성희가 예상한 것과는 달랐다.

질투에 사로잡힌 남자의 표정인 줄 알았는데, 그보다는 좀 다른 문제가 있는…….

"그래, 진리성. 그 문제가 있네. 그걸 잊고 있었네. 진리성…… 그래, 진리성……."

중얼거리는 강한의 모습에서 불안함을 느꼈다.

"무슨 문젠데?"

어지간해서는 재촉하는 법이 없는 성희였다.

하지만 이번만큼은 강한을 기다려 줄 수가 없었다.

가슴 한쪽에서 솟아오르는 불안감이 성희를 안달하게 만들었다.

강한은 말하기 힘든 듯 다리를 꼬았다가 풀기를 반복했다.

성희는 그런 강한의 행동이, 얼마 전까지 가을에게 유독 매몰찼던 강한의 태도를 설명할 수 있을 거라고 짐작했다.

그리고 그것이 진리성과 관계가 있음도.

"설마……."

깨달음이 찾아왔다.

"설마 진리성이냐?"

강한이 고개를 번쩍 들었다.

남들보다 짙은 강한의 흑색 눈동자가 어두워졌다.

강한은 한동안 대답하지 않고 성희를 쳐다보다가 힘겹게 고개를 끄덕였다.

"그래, 진리성이더라. 진리성이 소년 A야."

     *   *   *

강한은 가을이 의뢰를 하러 왔을 때 바로 조사에 들어갔고, 소년 A가 진리성이라는 것을 알아냈다.

진리성의 본명은 최진우.

당시 6살이었던 최진우는 바쁜 부모님 때문에 집에 혼자 남겨지는 경우가 많았다.

날이 밝을 때는 아이들과 어울려서 놀지만, 다들 집으로 돌아간 후에는 집에서 혼자 부모님을 기다렸다.

혼자 할 일이 없는 진우는 부모님 몰래 종종 불장난을 하곤 했다.

거센 바람 때문에 불이 옆집으로 옮겨 갔고, 어린 최진우는 어떻게 해야 될지 몰라 우왕좌왕하다가 집 안으로 도망쳤다.

이유는 부모님께 혼날까 봐.

어린아이가 할 법한 생각이었다.

하지만 결과는 참담했다.

일가족이 피해를 입었다.

부부와 아들, 그리고 키우던 고양이가 죽었다.

살아남은 건 딸뿐이었다.

다행인지 불행인지 최진우가 어려서 처벌을 면할 수 있었다.

최진우의 부모는 최진우를 데리고 도망치듯 그곳을 떠나 새 삶을 시작했다.

최진우에게는, "잊어라. 그 일은 잊어라. 네게는 아무 잘못이 없다. 네가 어려서 그랬을 뿐이다."라고 말하면서.

부모님의 주문 같은 말 때문이었을까.

최진우는 정말로 모든 것을 잊었다.

자신의 장난으로 옆집 가족이 죽은 것도, 자기 또래의 한 소녀가 살아남았다는 것도 모른 채로 성장했다.

이사를 한 후, 최진우의 부모가 하는 사업이 잘되어서 최진우는 풍요롭게 살아갈 수 있었다.

어릴 때의 사건 때문에 부모는 최진우에게 몹시도 잘해 주었고, 그 사건의 가해자가 최진우라는 것을 아는 사람이 아무도 없어서 손가락질을 받지도 않았다.

최진우는 부모의 사랑과 풍요로운 삶.

모든 것을 누리며 아주 행복하게 자랐다.

그리고 부모의 재력이 밀어줘서 연예인 진리성이 되어, 수많은 사람의 사랑까지 받을 수 있었다.

"매니저는 알고 있더라. 걔 매니저라는 놈은 말이지, 혹시라도 과거의 일을 들추는 사람이 나타날까 봐, 그 집 부모가 진리성을 보호하려고 고용한 놈이야. 격투기 선수였던 놈이라서 주먹이 세더라고."

"흐음……."

"말을 못 하겠더라고. 내가 진리성 조사하기 전에 최가을 먼저 조사했거든. 최가을은 살아남았어. 그래, 살아남았지. 7살 소녀가 부모를 잃고 집도 잃고 살아남은 거야. 그리고 친척들 집을 전전하면서 살아. 유산도, 뭣도 없는 7살 고아 소녀. 어떻게 살았을지 짐작이나 가냐?"

가을은 여기저기에서 많이 치였던 모양이다.

친척들끼리 사이가 좋은 편이 아니었기에, 가을은 완전히 천덕꾸러기 신세였다.

동네 사람들 말로는 이모부란 사람이 가을에게 심한 폭행까지 했었다고 했다.

"어린애가 멍을 달고 다니는데, 그게 안쓰러워서 뭐라도 쥐여 주면 사촌들이 다 빼앗아 갔대."

저절로 한숨이 나왔다.

원래 안 그렇던 사람들도 자기가 확실히 우위를 차지하고 있다는 걸 알면, 자기보다 아래인 사람에게 점점 독해지는 경우가 많다.

가을의 사촌들도 그랬을 것이다.

게다가 아직 어리니까, 부모를 잃고 맡겨진 가을이 자신들의 부모를 빼앗을지도 모른다는 생각을 했을지도 모르겠다.

가을의 사촌들은 몰래 가을을 꼬집고 때리면서 괴롭혔다.

괴롭힘은 사촌들과 같이 다니는 학교에서도 이어졌다.

소위 말하는 왕따였던 것이다. 어린 날의 가을은. 부모와 동생을 잃은 7살의 소녀는.

부서질 듯 위태로워 보였던 것은 그런 이유에서였다.

가을은 괴롭힘을 당하고 이리저리 내쳐지면서도 살아남았던 것이다.

외부에서 폭력을 가하는데 무사하다면, 그게 이상한 일이었다.

금이 가서 갈라지다가 쪼개어지고, 산산이 부서지는 게 당연하다.

"그런 애한테 어떻게 말해? 너네 가족 죽인 소년 A는 너에 대해서도, 가족에 대해서도 깨끗이 잊고 완전 풍요로운 집안에서, 호위병까지 거느리고 살아왔더라. 다들 걔를 깨질지도 모르는 유리처럼 대해서 왕자님처럼 자랐더라. 그러던 애가 이제는 완전 유명한 연예인이 되어서 만인의 사랑을 받고 있다. 바로 네 옆에 있는 진리성, 걔가 널 그 지경으로 만든 소년 A다."

"……."

7장

"넌 말할 수 있겠냐?"

"말 못 하지."

"그래, 말 못 하지. 어떻게든 쫓아내려고 했는데…… 독해. 최가을, 독해."

성희는 네가 가을이한테 무딘 거야, 라고 말해 주려다가 말았다.

강한이 가을을 사랑하게 된 이유를 알 것도 같았다.

부서져도 이상하지 않을 만큼 괴롭게 살아온 가을이 씩씩하니까, 노력하면서 살아가려고 하니까, 그게 안쓰러워서 보듬어주고 싶고 위해 주고 싶고……

그러다가 보니 그 감정이 사랑으로 변한 모양이다.

"사실은 내가 걔를 어떻게 해야 될지도 모르겠고, 이 사실을 감춰야 할지 말해 줘야 할지도 모르겠다. 진리성이 최가을한테 고백하고 있는 상황인데…… 최가을이 진리성한테 푹 빠진 후에 그 사실을 알게 되면 어떨까?"

"어떨 것 같은데?"

"원래는 말이지…… 진리성이 최가을을 좋아한다는 걸 알게 됐을 때, 최가을한테 사실을 밝히고 진리성의 고백을 받아 주라고 하려고 했어. 없으면 안 될 정도로 사랑하게 만들어서 걷어차라고. 그게 복수라고. 그러려고 했지."

"그런데?"

강한이 쓰게 웃었다.

실로 오랜만에 보는 친구의 미소가 서글퍼서, 성희는 눈을 감아 버렸다.

"그게 최가을을 더 불쌍하게 만들 것 같더라고. 얼마나 슬프냐, 사랑이 복수의 수단이 된다는 게. 가장 큰 사랑을 주는 부모님의 사랑을 못 받고 자라 온 애한테 그런 짓을 시키는 게, 얼마나 가혹하고 슬프냐?"

"그래, 슬프지."

"그래서 내 주위에서 가장 괜찮은 놈인 널 최가을이랑 이어주면, 최가을도 행복해지지 않을까 싶었거든. 행복해지면 복수심도, 과거의 슬픔도 조금은 잊을 수 있을 테니까. 그런데…… 하아. 내가 최가을을 사랑하게 됐네."

"그럼 네가 하지 그래?"

"뭘?"

"최가을을 행복하게 해 주는 거, 네가 하라고."

"어?"

성희는 다시 눈을 뜨고 강한을 쳐다봤다.

강한은 놀란 표정으로 성희를 보고 있었다.

이런 쉬운 걸 생각도 못 하는 친구 놈이 우스웠다.

"넌 뭐든 할 수 있잖아. 그러니까 가을이 행복하게 해 주는 것도, 그냥 네가 해 버리면 되잖아."

"야, 말이 쉽지……."

"자기가 사랑하는 여자를 행복하게 해 주지도 못하는 남자는, 뭐든 해 주는 심부름센터 주인이 될 자격도 없는 거 아니냐? 가장 기본적인 건데."

"……."

"안됐잖아. 슬픈 애잖아. 그런데도 울지 않고 열심히 살아가려고 하잖아. 그러니까 네가 해라, 우강한. 걔가 노력하지 않아도 웃을 수 있게, 그거 네가 해라."

강한은 대답하지 않고 손에 든 담배를 이리저리 돌리기만 했다.

똘이가 장난을 치자는 건 줄 알고 강한의 손을 톡톡 건드렸지만, 강한은 그것조차 깨닫지 못하고 생각에 잠겨 있었다.

깊은 눈이 어지러이 흩어지고 찡그린 표정이 평소보다 더 심하게 구겨졌다.

한참을 그러고 있던 강한이 천천히 고개를 들어 성희를 응시했다.

성희는 강한이 어떤 대답을 할지 알고 있었다.

"난 못 해."

그래, 이 대답을 할 줄 알았다.

"나는 누군가를 행복하게 해 주는 거, 그거 못 해. 너도 알잖아."

"강한아."

"돈을 벌고 차곡차곡 모아서 빌라를 사고, 그걸 세놓고, 월세 받은 돈을 또 모아서 또 다른 빌라를 사고, 그걸 또 세놓고…… 그렇게 돈을 벌어 노후를 편하게 보내려는 생각만 가득 찬 놈이야, 나는. 내 한 몸 건사하기도 힘든데, 뭔 놈의 사랑이고 뭔 놈의 행복이야? 최가을 사랑해. 그래, 나도 모르는 새에 사랑하게 되어 버렸지. 계획에서 어긋난 일이지만, 뭐, 이미 사랑하게 되었으니 그건 어쩔 수 없다고 생각해. 하지만 그뿐이야."

강한이 담배를 휙 던지더니 똘이를 안고 일어났다.

"내 사랑은 딱 그뿐이야."

성희는 더 이상 말하고 싶지 않다는 듯 단호하게 걸어 들어가는 친구를 붙잡을 수가 없었다.

* * *

부쩍 가까워졌다고 생각한 건 가을뿐이었나 보다.

그 일 이후 강한은 눈에 띌 정도로 가을을 피했다.

왜 피하는 거냐고 물어보면 되지만, 그럴 틈도 주지 않으니 문제였다.

"대장이 널 피한다고?"

강한은 조사를 하러, 성희는 옆집 아가씨 어깨 주물러 주러, 연진은 책 대여점 재고 정리를 하러 나갔다.

지영과 둘이 사무실을 지키다가 지나가는 말로 물었더니, 지영은 심드렁한 반응을 보였다.

"왜 그렇게 느꼈어?"

지영은 담배 대신 쭈쭈바를 쭉쭉 빨며 물었다.

강한이 가을을 피한다는 걸 다들 눈치챘을 줄 알았는데 이런 반응이 돌아오니, 오히려 가을이 당황했다.

그도 그럴 것이, 가끔 마주칠 때마다 강한의 반응이 심상치 않았기 때문이다.

그저께는 예정엔 없지만 일이 빨리 끝나서 심부름센터를 방문했다.

강한은 심부름센터 직원들과·과자를 와삭와삭 씹어 먹으며, 오늘 방문한 '엿 같은' 고객님에 대해 불만을 털어놓는 중이었다.

"변비에 좋은 음식이 뭐냐? 응? 장 활동이 원활하지 않게 하려면 뭘 먹어야 하냐고!"

이틀에 한 번꼴로 막힌 변기를 뚫어 달라고 부르는 청년 때문에, 강한의 분노는 극에 달해 있었다.

인간이 감당할 수 있는 범위, 그 이상의 것을 보고 온 듯 강한은 온몸을 부들부들 떨며 하늘 같은 고객님의 대장 활동을 걱정했다.

"대체 그 자식은 대장이 얼마나 굵직하기에 그런 걸 싸? 응? 형님, 말해 봐! 인간의 대장이 얼마나 굵직해야 그런 걸 쌀 수 있는 거냐고!"

"아, 진짜! 대장, 우리 과자 먹는 거 안 보여?"

"대장, 진짜 매너 없네요."

하필이면 갈색 과자를 먹던 지영과 연진이 불만을 토로했다.

"왜? 니들은 안 싸냐? 니들이 먹는 그거, 다 뒤로 나오는 거 몰라?"

인체에 대한 강한의 지식 덕분에, 결국 지영과 연진은 막 입에 들어가려던 과자를 내려놨다.

기다렸다는 듯 과자를 챙기던 강한과 눈이 마주쳤다.

강한은 이상한 반응을 보였다.

갸름한 눈이 못 볼 걸 봤다는 듯 휘둥그레 커지는가 싶더니, 그 상태로 잠깐 굳어 있었다.

손에 들고 있던 과자 봉지를 가만히 내려둔 강한은, 비틀비틀 일어나 외쳤다.

"비, 비행기 구경 가자! 비행기 날아간다!"

"……."

70년대 골목길에서 뛰놀던 코찔찔이 어린애 같은 발언은 그만두더라도, 일단 저 푸른 가을 하늘을 날아가는 비행기는 한 대도 없었다.

다들 어이없다는 듯 강한을 쳐다봤지만, 강한은 비행기가 떴다는 주장을 굽히지 않고 휙 나가 버렸다.

나가다가 가을과 어깨가 부딪쳤는데, 오늘 뚫고 온 변기 생각이라도 했는지 소스라치게 놀라는 모습에 기분이 상했다.

"왜 저런대, 저 빙구는?"

강한이 원래 비범한 인간이기는 했지만, 그날의 반응에 대해서는 다른 직원들도 황당함을 느낀 게 분명했다.

가을은 생각하면 생각할수록 기분이 상하는 그 일을 떨쳐 버리려 애쓰며 지영에게 말했다.

"아니, 요새 얼굴 보기도 힘들고…… 내가 오기만 하면 어디로 나가 버리고……."

우물쭈물하는 말에 지영이 그런가, 하며 고개를 옆으로 기울였다.

화려한 생김새를 가진 지영이 그런 행동을 하자, 귀엽다기보다는 섹시해 보였다.

"흐응. 아, 그래. 그거구나."

"그거?"

"그래, 그거. 잘 생각해 보니까 그거네. 우리 대장, 원래 사무실에 있는 날이 별로 없거든. 워낙 바쁜 사람이라서. 심부름센터 홍보하고 심부름하러 다니느라 엉덩이 붙이고 있을 시간이 없어."

"그래? 하지만 저번 주까지는 사무실에 자주 있었잖아. 물론 매일 있었던 건 아니지만……."

"그렇긴 하지. 그게 이상했던 거야. 그러고 보니까 네가 여기 나오기 시작한 다음부터……."

거기까지 말한 지영이 갑자기 입을 다물었다.

왜 그래, 라고 물어보며 계속 얘기하기를 기다렸는데, 지영은, "아냐. 아무것도."라며 말끝을 흐렸다.

"뭐, 대장은 원래 알 수 없는 사람이잖아. 그냥 놔두면 괜찮아질 거야."

"정말 그럴까?"

"그렇다니까 그러네. 왜? 대장이 피하니까 가슴 아프고 속상해?"

"아니, 그런 건 아닌데…… 갑자기 태도가 달라진 게 이상해서."

"음…… 그렇게 마음에 걸리면 방법이 하나 있기는 해."

"어떤?"

"다음에 대장이랑 마주치면 이렇게 팔에 손을 대고서……."

지영이 가을의 옆으로 자리를 옮겨, 가을의 팔에 손을 살짝 얹었다.

흉터 하나 없는 가늘고 긴 손가락이 가을의 팔을 살며시 쓰다듬었다.

그 상태로 눈만 들어 올린 지영은 굉장히 요염했다.

"오빠아앙."

"…….

"요새 왜 날 피하는 거야아앙? 나한테 질린 거얌?"

"……왜 이래?"

가을이 오만상을 찌푸렸지만 지영은 아랑곳하지 않았다.

"오빠앙. 오빠가 자꾸만 날 피해서 너무 슬포슬포."

"……지영아…….

"포인트는 콧소리야. 자, 따라 해 봐. 오빠아앙."

"……이러지 마."

가을이 진저리를 쳤다.

콧소리가 섞인 '오빠앙'이라니.

멋진 목소리로 "형님" 하고 불러도, "내가 왜 네 형님이야! 날 모시고 싶으면 돈을 내, 돈을!"이라고 말할 위인이 강한이었다.

오빠라고 부르는 순간, 강한의 표정이 얼마나 일그러질지를 떠올리니 소름이 오도도 돋았다.

　몸을 부르르 떠는 가을을 보며 지영이 웃었다.

　무슨 생각을 하는지 알 수 없는 건 강한뿐 아니라, 지영도 마찬가지였다.

　"아무튼 한 번 해 봐. 엄청 좋아할걸?"

　"한 대 맞지만 않으면 다행이지."

　"아, 그러고 보니 곧 네 생일이지?"

　"아아."

　다음 주면 생일이라는 걸 잊고 있었다. 떠올리고 싶지 않았는데.

　가을의 마음을 모르는 지영은 자기 생일인양 들떴다.

　"뭐할까, 뭐할까? 우리 대장한테 근사한 호텔에서 저녁 사 달라고 하자. 갖고 싶은 거 있어? 아, 난 돈 많이 못 버니까 비싼 건 안 돼."

　"아아…… 나는…… 특별히……."

　특별히 챙기지 않아도 돼, 챙기고 싶지 않아, 라는 말은 지영의 들뜬 목소리에 가로막혔다.

　"음, 특별히 갖고 싶은 거 없으면 내가 주고 싶은 걸로 줄게. 기대해."

　신나서 말하는 지영에게, 생일엔 혼자 있고 싶다는 말을 할 수가 없었다.

　어떡하지, 생일엔 그냥 일하면서 아무 생각 안 하고 보내고 싶은데.

　아, 그래. 일. 일 핑계를 대면 되는구나.

"나, 그날 일이 있어. 요새 날씨가 좋으니까 야외 촬영이 많이 들어와서 내일부터 계속 지방에 가 있을 것 같아."

거짓말은 아니었다. 내일부터가 아니라, 그날 하루뿐이기는 하지만.

괜히 심부름센터를 들락거리면 다른 직원들도 생일 얘기를 꺼낼 것 같으니, 당분간은 심부름센터에 오지 말아야겠다.

"뭐, 그럼 어쩔 수 없지. 아쉽네, 우리랑 같이 보내는 첫 생일인데. 늦게라도 챙겨 줄까?"

"에이, 괜찮아. 원래 생일은 늦게 챙기는 거 아니래."

자신이 생각하기에도 어색했다.

가을은 지영이 오해를 할까 봐 걱정이 됐지만 농담이었다고 말할 순 없었다.

생일이 되면 지금보다 훨씬 더 형편없는 표정을 짓게 될 테니까.

다행히도 지영은 더 이상 생일 얘기를 꺼내지 않았다.

난 뭘 하고 있는 걸까.

소년 A를 찾기 위해 가을 심부름센터를 다니게 된 지 두 달이 넘었다.

그런데 소년 A는커녕 어린아이들의 소꿉장난 같은 짓만 하고 있다.

오빠앙, 이라니.

생각해 보면 강한이 가을을 피하든, 잘해 주든 그건 아무래도 좋은 일이다.

강한에게 '사람을 죽이지 않을 만한 사람'이라는 것만 증명하면 되는 상황이니까.

어차피 소년 A를 찾고 나면 두 번 다시 만날 일 없는 사람들이다.

굳이 그들의 기분을 살필 필요는 없었다.

"그만 가 볼게. 나중에 봐."

타인과 관계를 맺을 때 일정한 거리를 두게 된 것은 언제부터였을까?

아마도 아주 어릴 때부터일 것이다.

단지 부모님을 나누고 싶지 않다는 이유로 가을을 괴롭혔던 사촌들, 부모가 없다는 이유로 따돌리고 수군거리던 아이들, 귀찮다는 이유로 한숨을 쉬던 어른들.

타인에게 끈끈하고 변치 않는 애정을 원하면, 그만큼의 상처로 되돌아온다는 것을 알게 되었다.

바라면 아프고, 소망하면 슬프다.

무슨 일이 있어도 변치 않는 사랑을 줄 부모님은 화마에 휩싸여 사라졌다.

그 어느 누구도 부모님과 같은 사랑은 주지 못할 것이다.

그러니 모두와 일정한 거리를 유지해야만 했다.

가까워지면 가까워지는 만큼 돌아오는 아픔도 클 테니까.

그런데 이상하게도 심부름센터 직원들과는 그 거리를 유지하지 못했다.

뭘 생각하는지 알 수 없고, 어디로 튈지 모르는 그들의 행동 때문일까. 아니면 느긋하고 부드러운 심부름센터의 공기 때문일까.

하지만 아무리 가깝게 느껴진다고 해도 그들은 가족이 아니었다.

일이 끝나면 만나지 않을 사람들, 무슨 일이 벌어지면 언제든 가을에게서 등을 돌릴 사람들.

그런 사람들이라는 것을, 아주 잠시 잊고 있었다.

냐아아아.

신발을 신는데 똘이가 다가와 가을의 다리에 몸을 비볐다.

가지 마, 라고 말하는 듯한 똘이의 태도에 잠시 망설였다.

조금 더 있다가 갈까?

하지만 단호하게 신발을 신고 심부름센터에서 나왔다.

이곳에 너무 정을 붙이면 안 된다.

그러면 또다시 상처를 받을 테니까. 사촌들의 발길에 치이면서도 아프다고 소리 내서 울지 못했던, 그 어두운 시간을 다시 경험하게 될 테니까.

"누나, 벌써 가요?"

대문을 나오다가 연진과 마주쳤다.

연진은 여느 때와 같이 모자를 푹 눌러쓰고 있었다.

"응, 대여점 정리 끝났어?"

"제가 누굽니까. 싹 다 정리해서 팔아 치웠죠."

"대단하네."

"집에 가는 거예요?"

"응, 일이 생겨서."

"아아…… 그럼……."

시간을 확인한 연진이 말했다.

"같이 가요. 근처까지 데려다줄게요."

"어? 아냐, 아냐. 괜찮아."

가을은 두 손을 휘휘 저으면서까지 만류했지만, 연진은 은근히 고집이 셌다.

결국 연진과 함께 집 쪽으로 걷기 시작했다.

걸으면서, '혹시 가을 심부름센터 사람들은 남의 마음을 읽을 수 있나?'라는 의문을 품었다.

그도 그럴 것이, 어느 정도 거리를 유지해야 한다고 생각하자마자 이렇게 같이 걸어야 하는 일이 생기니까.

가을과 단둘이 있을 때의 연진은 말이 많지 않았다.

심부름센터 직원들과 함께 있을 때의 모습과는 달랐다. 아직은 조금 어색한 모양이다.

집까지 반쯤 남았을 때 연진에게 전화가 걸려 왔다.

"네, 대장. 아, 가을이 누나 집에 간다고 해서 데려다주는 길이에요. 네? 뭐요? 여대에 생리대 배달이요? 아, 진짜! 대장, 나 여대 싫습니다. 대장이 가세요! 대체 내가 왜…… 네? 아, 물론 여성의 고통, 이해합니다. 아주 잘 이해하죠. 아뇨, 제가 여자인 게 아니라! 동생이 있으니까요. 아, 그래도…… 혼자서 여대에 들어가기 얼마나 민망한 줄 아세요? 싫어요. 못…… 대장? 대장!"

연진은 망연자실한 표정으로 끊긴 휴대폰을 쳐다보고 있었다.

"괜찮아?"

"아뇨. 전혀요."

"……여대에 가야 되는 거야?"

"하아…… 예전에 어떤 장난기 많은 여대생이 갑자기 시작했다고 생리대를 사다 달라고 의뢰한 적이 있어요. 우리 대장은 돈만 주면 지옥에도 배달을 가는 분이니까 당연히 다녀왔죠. 그런데 그게 소문이 퍼져서, 가끔 이런 식으로 의뢰를 맡기는 여대생들이 있어요. 아니, 대학교 안에도 편의점 있잖아요! 그런데 왜! 굳이 돈을 써 가며! 대체 이유가 뭐죠? 네? 누나, 이유가 뭘까요? 여자들은 왜 그래요?"

연진은 패닉에 빠진 것 같았다.

점잖은 연진이 모자를 쥐어뜯으며 절규하는 모습을 가만히 지켜보다가, 조심스럽게 물었다. 그렇게 말해야 할 것 같았다.

"내가…… 같이 가 줄까?"

*　　*　　*

오랜만에 대학교라는 곳을 찾아갔다.

대학생일 때는 몰랐는데, 대학교 교정은 젊은이들의 파릇파릇함이 가득했다.

시험 기간이라 그런지 피곤해 보이는 학생들이 많이 보였지만, 그들조차도 사회인들에 비하면 생기발랄해 보였다.

사진 찍고 싶다.

학생들의 모습을 찍고 싶다고 생각하며 의뢰인이 기다리는 건물로 향했다.

의뢰인은 정확히 무슨무슨 관 몇 호실로 배달해 달라고 의뢰했다.

건물 안으로 들어가자 연진의 존재를 눈치챈 여학생들이 흘끗흘

꿋 돌아봤다.

두 사람을 보며 수군거리는 학생들도 있었고, 왜 왔는지 알만 하다는 듯 의미심장한 미소를 짓는 학생들도 있었다.

가을 심부름센터가 여기서는 꽤 명물인 모양이다. 뭐, 그 동네에서도 명물인 것 같지만.

연진은 땀을 삘삘 흘리고 있었다.

여자들만 있는 곳이라서 민망한 것은 알겠는데, 너무 땀을 흘리니 저러다 쓰러질까 걱정스러웠다.

"연진아, 괜찮아?"

바로 옆에서 가을이 말을 거는 소리도 못 들은 것 같았다.

강의실 앞에 도착했다.

수업 시작 직전이라 학생들이 책을 꺼내 놓고 수다를 떨고 있었다.

긴장한 연진 대신, 가을이 뒷문으로 들어가 말했다.

"최명희 씨. 가을 심부름센터입니다. 배달 왔습니다."

의뢰인인 듯한 학생이 벌떡 일어났다.

당연히 남자가 배달 올 줄 알았는지 실망한 기색을 감추지 않고 가을에게 다가왔다.

"새로 온 직원이에요?"

"네, 뭐…… 이거 시키셨죠?"

가을은 손에 들고 있던 검은 봉지를 내밀었다.

최명희는 예상과 다른 전개 때문에 기분이 상한 듯 입술을 비쭉거렸다.

그럴 만도 했다.

그냥 교내에 있는 편의점에서 사면 지금보다 열 배는 더 싸게 살 수 있었던 것을, 곤란해하는 남자 한번 보겠다고 비싼 돈 들여 가며 심부름을 시킨 건데 계획이 무너졌으니.

요새 대학생들은 돈이 넘쳐나는 모양이다.

가을은 돈 백 원이라도 아끼려고 점심을 걸렀던 대학 시절을 떠올리며 쓴웃음을 지었다.

그때, 최명희가 가을의 어깨너머로 연진의 존재를 눈치챘다.

최명희의 얼굴이 순식간에 환해졌다.

"뭐야, 왔잖아! 오빠, 쑥스러워서 안 들어온 거예요?"

최명희는 가을 따위는 안중에도 없다는 듯, 의뢰한 물건도 받지 않고 연진에게 달려갔다.

가을은 서둘러 그 뒤를 따라가 연진의 옆에 섰다.

연진의 모습이 심상치 않아서 걱정스러웠다.

"저번에 그 오빠 아니네. 그 오빠, 진짜 잘생겼던데. 근데요, 오빠. 혼자 오기 싫어서 여자랑 같이 온 거예요? 부끄러워서? 되게 귀엽다."

최명희는 제멋대로 떠들어댔다.

"네, 그럼…… 물건 드렸으니까……."

"어?"

더듬더듬 말하는 연진을 빤히 쳐다보던 최명희가 고개를 갸우뚱했다.

"저, 혹시…… 너 연진이니?"

연진의 어깨가 움찔했다.

"맞지? 미스 김연진!"

미스 김연진?

가을은 의아한 눈으로 두 사람을 쳐다봤다.

"나야, 최명희. 나 기억 안 나? 초등학교 때 같은 반이었잖아. 네 뒤에 앉았었는데……."

최명희가 반가움을 표시할수록 연진은 점점 더 고개를 숙였다.

동창을 전혀 반가워하지 않던 연진은, 가을의 손에서 빼앗듯 봉투를 가지고 가 최명희에게 내밀었다.

"5만 원입니다, 고객님."

연진의 목소리는 쉬어 있었다.

"뭐야, 김연진. 여전하네. 부끄럼쟁이."

여전하다고?

가을이 아는 연진의 모습 중에선, 이렇게 당황하고 괴로운 듯한 연진은 없었다.

도대체 최명희는 어떤 김연진을 봐 온 걸까?

"야, 오랜만인데 얼굴 좀 보여 줘. 얼마나 예뻐졌나 보자."

최명희의 손이 연진의 모자를 향해 뻗어 왔다.

안 돼!

이유는 모르겠지만, 가을의 머릿속에 있는 무언가가 다급히 외쳤다.

안 돼, 캡의 모자를 벗기면 안 돼!

더운 여름에도 모자를 벗지 않는 연진이다.

땀을 뻘뻘 흘려도 모자를 건드리지 않는 연진이니, 모자를 벗겨선 안 된다는 생각이 들었다.

가을은 다급히 손을 뻗어 연진의 모자를 잡은, 최명희의 손을 붙잡았다.

최명희가 깜짝 놀라 가을을 돌아봤다. 이제까지 가을의 존재를 잊고 있었던 모양이다.

"뭐예요?"

"벗기지 마세요."

"뭐예요, 갑자기? 저, 얘랑 동창이에요."

"동창이라고 남의 모자 함부로 벗기라는 법은 없잖아요. 예의를 지키세요."

"아, 뭐야. 저기요, 저 얘랑 진짜 친했거든요. 오랜만에 반가워서 얼굴 보고 얘기 좀 하려는 건데, 무슨 내가 변태라도 된다는 것처럼 굴어요? 사람 민망하게."

최명희가 날 선 목소리로 말했지만 가을은 손을 놓지 않았다.

통이 넓은 소매의 옷을 입은 게 화근이었다.

올라간 팔 때문에 소매가 팔꿈치 쪽으로 흘러내렸고, 화상 흉터가 고스란히 드러났다.

멀리서 봐도 또렷한, 울긋불긋한 화상 자국.

다들 소리 내서 말하지는 않았지만, 모두의 시선이 가을의 팔로 향하는 걸 느낄 수 있었다.

가을은 숨고 싶었지만, 그래도 손을 내리지 않았다.

모자가 벗겨지면 연진이 울음을 터뜨릴 것 같았고, 연진이 우는 것을 보고 싶지 않았기 때문이다.

"누나."

연진의 두 손이 위로 올라와 가을의 팔뚝을 감쌌다.

가늘지만 큰 손이 가을의 흉터 위를 완전히 덮었다.

"괜찮아요."

"연진아."

"괜찮아요, 정말로."

연진은 가만히 힘을 줘서 가을의 손을 아래로 내렸다.

그리고 굳어 있는 최명희를 보며 스스로 모자를 벗었다.

하얀 피부에 갸름한 턱선, 고양이처럼 예쁜 아몬드형의 눈과 작고 오뚝한 코, 보기 좋게 살이 올라와 있는 붉은 입술.

깜짝 놀랄 만큼 예쁜 외모에 가을은 숨을 들이켰다. 그건 주위에 있는 다른 학생들도 마찬가지였다.

"만족해?"

연진의 시선은 최명희를 향하고 있었다.

"이제 만족해?"

최명희는 굳은 표정으로 고개를 주억거렸다.

"그럼 갈게."

"으, 으응······."

"아, 총비용은 5만 원 되겠습니다, 고객님."

그 와중에도 연진은 프로 의식을 잃지 않았다.

최명희는 주섬주섬 돈을 꺼내 연진에게 건넸고, 연진은 5만 원권이라는 걸 확인하더니 걸음을 옮겼다.

"가요, 누나."

정신을 차린 최명희가 뒤늦게, "아, 진짜 뭐야. 자기가 무슨 연예인이라도 돼? 얼굴 좀 보겠다는데 왜 저 지랄이야? 사람 나쁜 년으로 만들고!"라며 욕설을 내뱉는 게 들렸지만, 가을과 연진은 돌아보지 않았다.

대학에서 나올 때, 연진은 다시 모자를 푹 눌러쓰고 있었다.

버스에서 운 좋게 자리를 잡아 나란히 앉았다.

정면을 응시한 채, 연진이 입을 열었다.

"모자를 쓰고 다니는 건, 이 얼굴을 보여 주고 싶지 않아서예요."

무슨 말을 해야 할지 몰라 망설이고 있는데, 연진이 말을 이었다.

"어릴 때부터 예쁘게 생겼다는 말을 많이 들었어요. 뭐, 어릴 땐 나쁘지 않았어요. 다들 귀여워해 주고, 챙겨 주고, 어딜 가도 제가 주인공이 되고, 선물도 많이 받으니까. 오히려 좋았죠. 제가 뭐라도 된 것 같은 기분이 들어서 어깨가 으쓱했어요. 그런데 초등학교 고학년이 되면서, 이 얼굴이 좋은 게 아니라는 걸 알게 됐죠."

초등학교 고학년.

조금씩 자아라는 것이 생기고, 부끄러움을 알게 되고, 누군가와의 접촉을 피하게 되는 나이이다.

사춘기의 길로 접어드는 그 기간이, 연진은 끔찍했다.

"그때만 해도 여자애들이 더 힘도 좋고 덩치도 크잖아요. 저는 고등학교 때 키가 큰 케이스라서, 그땐 다른 남자애들보다도 작았거든요. 이런 얼굴에 작은 몸집, 말 다 했죠."

여학생들이 연진을 괴롭힌 건 아니었다. 다만 과하게 예뻐했다.

연진이 인형이라도 되는 듯 몸을 만지고 얼굴을 쓰다듬었다.

예쁜 옷을 입어 보라며 강제로 옷을 벗기기도 하고, 엉덩이를 주무르는 아이도 있었다.

부끄러움을 무릅쓰고 선생님에게 말해 봤지만, 선생님은 아이들의 짓궂은 장난 정도로만 생각하고 아무 제재를 가하지 않았다.

연진은 계속 그렇게 당하는 수밖에 없었다.

"뭐, 그래요. 지금 생각하면 걔들은 그냥 날 귀여워해 준 것뿐이겠죠. 나쁘지 않아요. 문제는…… 옆집 형이었어요."

연진의 옆집에는 고등학생인 형이 살고 있었다.

고등학생이라 바쁠 텐데도 초등학생인 연진과 놀아 주는, 마음씨 좋은 형이었다.

아니, 연진과 어른들은 그렇게만 생각하고 있었다.

다정하고 마음 씀씀이가 넓은 형.

"강간을 당할 뻔했어요. 형네 집에 놀러 갔는데, 형이 옷을 벗어보라고 하더라고요. 어디, 얼마나 몸 좋아졌나 보자…… 그러면서요. 전 아무것도 모르고, 형은 같은 남자고…… 그러니까 의심 없이옷을 벗었죠. 형은 여기저기를 더듬으면서 좀 더 운동해야겠다고, 분발하자고 말했어요. 그리고……."

형은 혈기를 이기지 못하고 결국 연진을 덮쳤다.

어린 연진은 갑작스러운 행위에 반항하지 못하고 그대로 굳어버렸다.

그러다가 뒤늦게 정신을 차리고 비명을 질러댔다.

형은 연진에게 주먹을 날렸다.

—네가 그렇게 생긴 게 잘못이야! 네가, 네가 나를……

"저한테 그 형은 어른이었지만, 지금 생각하면 그 형도 어린애였어요. 그래 봐야 고등학생이잖아요. 뭐, 일시적인 현상이었겠죠. 그 형도 절 때리더니 당황해서 엄청 울었거든요. 전 그 형한테 화가 나기보다는, 이렇게 생겨서 미안하기도 하고 불쌍하기도 하고…… 그렇더라고요."

모자 아래로 보이는 붉은 입술이 가을을 향해 빙긋 웃었다.

"그래서 모자를 안 벗어요. 사람들이 저한테 예쁘다고 하는 것도 싫고, 당연하다는 듯 내 몸을 만지작거리는 것도 싫고……."

"응, 싫겠다."

"고마워요, 아까. 정말 고마웠어요."

"결국 모자를 벗게 됐잖아."

"그래도 뭐, 좀 멋있지 않았어요?"

연진의 자화자찬에 가을이 웃었다.

"응, 멋있더라."

"그럼 됐죠. 예뻐도 멋있을 수 있다는 걸 보여 줬으니까. 전 대장도 그렇고, 형님도 그렇고…… 진짜 부러워요. 특히 형님은 정말 남자답게 생겼잖아요."

"남자다움을 넘어섰지."

"맞아요."

버스가 내려야 할 정류장에 섰다.

두 사람은 버스에서 내렸고 아까처럼 나란히 서서 걷기 시작했다.

가을의 집에 거의 도착했을 때, 연진이 말했다.

"전 알바를 할 수가 없었어요. 알바는 모자를 쓰지 못하게 하거든요. 한 번은 용기 내서 닭갈비 가게에서 일을 했는데…… 마찬가지더라고요. 뻔뻔한 손님들이 아무렇지도 않게 엉덩이를 두드리고…… 도대체 뭘 해야 할까 고민하다가 가을 심부름센터에서 사람 구한다는 공고를 봤어요. 자유 복장, 경력 무관. 성실하고 돈 계산 빠른 사람을 구합니다."

"아하하하."

"돈 계산은 안 빠르지만, 자유 복장이라서 지원을 했죠. 면접을 보러 갔는데, 대장이랑 형님이랑 구미호 누나가 날 기다리고 있었어요. 모자를 쓰고 일해도 되냐고 물어봤더니, 그런 건 아무래도 상관없다고 하더라고요. 그래도 같이 일하는 직원 얼굴은 봐야겠다고, 모자 한번 벗어 보라고 하더라고요."

"대장이?"

"아뇨. 그건 구미호 누나가요. 뭐, 면접이니까 괜찮겠지, 하고 벗었어요. 예상대로의 반응이었어요. 형님은 깜짝 놀란 것 같았고, 구미호 누나는 예쁘다, 진짜 예쁘다, 그 소리만 했죠. 그때, 대장이 뭐라고 했는지 알아요?"

가을은 대답 대신 연진을 쳐다봤다.

연진은 그때의 일을 떠올리는 듯 희미한 미소를 짓고 있었는데, 그 모습은 더 이상 괴로워 보이지 않았다.

"드럽게 못생겼네!"

"푸핫!"

강한의 성대모사가 너무 똑같아서 가을은 웃음을 터뜨렸다.

연진도 가을을 마주 보며 웃었다.

"우와, 저 진짜 충격이었어요. 예쁘다는 소리도 싫지만, 못생겼다는 소리도 싫더라고요."

"그래, 못생겼다는 말보단 예쁘다는 말이 낫지."

"맞아요."

집 앞에서 걸음을 멈췄다.

"난 그래서 대장이 좋아요. 대장은 만날 화만 내고 인상을 찌푸리고 있고, 그렇지만 사실은 굉장히 따뜻한 사람이에요."

나도 알아.

그 말은 하지 않았다.

강한에 대한 칭찬을 듣는데, 왜 가슴이 아픈 건지 알 수 없었다.

"오늘 같이 가 주서서 감사해요."

연진을 뒤로하고 집으로 들어왔다.

문을 열자 텅 빈, 그래서 서러운 공기가 가을을 에워쌌다.

방금 전 연진과 함께 있을 때의 온기는 순식간에 사라졌다.

뼛속까지 밀려드는 차가운 공기에 감싸여 안으로 들어가 소리 없이 쓰러졌다.

두 손으로 얼굴을 감싸고 천천히 호흡했다.

가족들이 세상을 떠난 지 20년이 지났다.

강산이 두 번은 바뀌었을 그 기간, 혼자인 것에 익숙해지기에 충분했다.

그러나 조금도 익숙해지지 않는다.

유치원 끝나고 친구네 집에서 놀다가 집에 돌아가면, 밥 짓는 냄새가 풍겼다.

"왔어? 왜 이렇게 늦었어?"라고 꾸중을 하는 엄마의 목소리, "우리 가을이는 친구도 많네. 아빠가 서럽다, 서러워."라고 투덜거리는 아빠의 목소리, "누나! 배고파!"라며 칭얼거리는 동생의 목소리.

그리고 함께 하는 시끌벅적한 저녁 식사.

동생이랑 반찬 싸움을 하느라 급하게 먹어야 됐어도, 먹기 싫은 당근을 혼나 가며 억지로 먹어야 됐어도…….

그래도 그날의 기억은 눈물이 날 정도로 행복해서, 그래서 혼자인 지금이 서러웠다.

잊고 싶었다.

그 행복한 기억을, 그 즐거운 저녁 식사를, 그 사랑하는 사람들의 음성을.

깨끗이 잊고 행복한 순간은 한 번도 없었다는 듯, 이 차가운 공기에 익숙해지고 싶었다.

하지만 한편으로는 잊고 싶지 않아, 가족들에 대한 기억을 단 한 조각도 버리고 싶지 않아, 반복해서 그들을 떠올리고 애달파했다.

"보고 싶어……."

"보고 싶어……."

"엄마, 아빠, 하을아."

"보고 싶어……."

"너무 보고 싶어……."

"나 좀 살려줘……."

"제발……."

*　　*　　*

짜증이 사랑으로 변하는 순간은 언제일까.

사랑이 다시 짜증으로 바뀌는 순간은 언제일까.

최근 강한이 가장 궁금해하는 의문에 답을 해 주는 사람은 아무도 없었다. 묻지도 않았지만.

바보 같은 짓이라는 걸 알지만 가을을 피하는 수밖에 없었다.

가을은 반짝거리고 귀엽고 사랑스러워서, 보면 볼수록 그녀의 매력에 빠져들 수밖에 없었다.

동그란 눈과 맑은 눈동자에 사로잡히지 않으려면, 그 얼굴을 보지 않아야만 했다.

그러나 가끔 마주칠 때마다 그 귀여운 얼굴이 심장에 콱 틀어박혀서, 사랑이란 감정이 점점 더 크게 부풀었다.

부풀고 부풀어서, 조만간 펑 터지지 않을까 걱정스럽다.

그나마 다행인 건 최근에 가을이 심부름센터에 오지 않는다는 거지만, 사실은 진심으로 다행이라 생각하는지 아닌지도 모르겠다.

오밀조밀 사랑스러운 얼굴을 보지 못하니, 보고 싶고 짜증이 나서 견디기 힘들었다.

"밥충아. 사료 값을 할 기회를 주마. 내가 어떻게 해야 될까?"

강한은 최근 유독 친해진 똘이의 털에 얼굴을 묻으며 물었다.

똘이는 신경질이 나는지 꼬리를 탁탁 쳐냈다.

"나는 말이지, 똘이야. 사랑 같은 건 안 해. 여자한테 돈 쓰는 게 세상에서 가장 아까운 돈인 것 같거든. 지금은 열심히 돈을 모아야 한단 말이야. 왜냐고? 당연하잖아. 돈 많이 벌어 둬야 늙고 힘없을 때 실버타운에 들어가지. 영감탱이들이 날 최고의 영감탱이로 우러러보는 게 내 꿈이란 말이야. 게다가 나는……."

강한의 표정이 어두워졌다.

"나는 누구도 행복하게 해 주지 못해."

딩동─

초인종이 울렸다.

"아무튼 난 일을 할 테니까 그동안 넌 생각 좀 해 봐. 너도 네 자신이 밥만 먹고 똥만 싸는 식충이가 아니라는 걸 증명해야지!"

내 꿈은 최고의 영감탱이야, 라고 다시 한 번 똘이에게 말해 준 강한은 인터폰을 들었다.

의뢰 결과를 혼자 알고 싶다는 최하라의 요청 때문에, 다른 직원들은 모두 밖으로 나간 터였다.

최하라는 어디에서나 구할 수 있는 트레이닝복에 챙 모자를 쓰고 있었다.

소파에 앉은 최하라가 물었다.

"마음의 평안을 주는 고양이는요?"

"아, 고객님. 죄송합니다만 오늘은 걔가 할 일이 있어서요."

"그래요? 아쉽네요. 담배 피워도 돼요?"

강한은 인상을 찌푸렸지만 말없이 재떨이를 가져다줬다.

최하라가 담배 한 대를 다 피울 때까지 강한은 아무 말도 하지 않았다.

"이제 준비됐어요."

최하라가 부드럽게 미소를 지었다.

강한은 냉랭한 표정으로 최하라에게 말했다.

"본론만 말씀드리겠습니다. 조사한 바에 의하면 강윤석 씨는 사망했습니다."

정적이 흘렀다.

최하라는 의뢰 결과를 믿지 못하겠다는 듯, 눈을 크게 뜨고 강한을 쳐다봤다.

하지만 금방 정신을 차리고 재미있다는 듯 웃었다.

"오빠를 만났나요? 자긴 죽었다고 말해 달라면서 돈을 얹어 드리던가요?"

"최하라 씨. 우리 가을 심부름……."

"재밌네요. 얼마를 주던가요? 제가 그것의 배를 드릴 테니 진짜 결과를 알려 주세요."

"우리 가을 심부름센터는 절대 고객을 배신하지 않습니다."

강한이 으르렁거리며 또박또박 말했다.

그래도 최하라는 믿지 않았다.

"아니요. 우리 오빠는 바퀴벌레 같은 사람이에요. 나보다 먼저 죽었을 리가 없죠. 믿고 맡겼는데 이런 식으로 나오시니 당황스럽네요. 하지만 뭐, 그쪽이 찾아낼 정도라면 다른 흥신소에 맡겨도 찾아낼 수 있겠어요."

가을 심부름센터를 폄하하는 말에 강한의 표정이 일그러졌지만 화를 내진 않았다.

강한은 최하라의 말을 못 들은 척 자기 할 말을 계속했다.

"찾아낸 방법은 가업 기밀이니 말씀드리지 않겠습니다. 강윤석 씨는 차 사고로 돌아가셨습니다. 사고 당시, 강윤석 씨가 가지고 있는 휴대폰은 본인 명의의 것이 아니었고 신분증 역시 위조된 것이라서 연고지를 찾을 수 없었습니다. 그래서 가족들에게는 연락이 가지 않은 거고요."

잠시 정적이 흘렀다.

최하라는 담배를 꺼내려던 자세로 굳어 강한을 응시했다.

도톰한 입술이 무슨 말을 하려는 듯 달싹거리다가 멈추기를 반복한 끝에, 쉰 목소리가 흘러나왔다.

"……언제…… 언제 죽었나요?"

"최하라 씨의 어머님께 돈을 빌리고 떠난 후, 9개월 후에 사고가 일어났습니다. 상대는 음주운전이었다고 합니다."

"거짓말…… 정말이에요? 정말 그 길로 죽은 거라고요?"

"네, 확실합니다."

"거짓말…… 그럴 리가 없어…… 거짓말……."

최하라가 고개를 저으며 넋 나간 사람마냥 중얼거렸다.

강한은 그런 최하라를 위로해 줄 생각도 하지 않고, 로봇처럼 고저 없는 목소리로 계속 이야기했다.

"강윤석 씨가 생전에 월세로 살던 집을 찾아냈습니다. 위조한 신분으로 빌린 집이었습니다."

"위조한 신분이라고요? 대체 왜 신분을……?"

"빌리지 말아야 할 곳에서 돈을 빌렸기 때문인 것 같습니다. 그걸 갚기 위해 최하라 씨 어머니께 돈을 빌렸지만, 그동안 이자가 많이 불어나는 바람에 턱없이 모자랐겠지요."

"하…… 말도 안 돼. 도대체 왜……? 말도 안 돼…… 아버지는 돈을 못 벌지 않았어요! 두 사람이 살기에 충분한 돈을 벌었을 텐데, 대체 왜 그런 짓을……."

최하라가 두 손으로 얼굴을 감쌌다.

생각지도 못한 진실이 최하라를 수척하게 만들었다.

들어올 때만 해도 당당하던 최하라가 순식간에 피로에 젖은 모습이 되었는데도 강한은 눈썹 하나 움직이지 않았다.

"다단계에 잘못 걸려든 것 같습니다. 처음 시작할 때 빌린 돈이 부풀고 부풀어서 더 많은 돈을 빌리게 만들었겠죠."

"다단계요? 그 멍청이가 다단계에 빠져들었다고요? 정말 말도 안 돼……."

최하라는 다단계라는 멍청한 행동으로 자신의 인생을 파멸시킨 오빠의 행동을 받아들일 수가 없어 계속해서 고개를 휘저었다.

"어떻게 그렇게 멍청한 짓을 할 수 있는 거죠? 그것 때문에 숨어 살다가 죽어 버리다니…… 하…… 그 멍청이는 정말…… 정말……."

최하라의 목소리가 가늘게 떨렸다.

강한은 조용히 최하라를 지켜봤다.

한참을 중얼거리던 최하라는 간신히 정신을 차리고 고개를 들었다.

금방이라도 눈물이 흐를 듯, 두 눈이 붉게 충혈되어 있었지만 최하라는 울지 않았다.

허리를 펴고 꼿꼿하게 앉아, 여배우의 이미지로 돌아간 최하라는 심지어 부드러운 미소까지 지었다.

"용케 거기까지 조사를 해 주셨네요. 사실 일을 맡기면서도 긴가민가했는데, 제가 잘 선택한 것 같아요. 감사합니다. 잔금은 통장으로 입금해 드리면 되는 거죠?"

"아직 이야기가 남았습니다."

"아뇨, 더는 듣고 싶지 않네요. 다단계에 빠져서 어머니 돈을 빌려 가는 것도 모자라 객사한 놈 따위, 아무래도 상관없어요."

"강윤석 씨가 생전에 살던 집을 찾아냈다고 했죠. 집주인은 노부부였는데, 어찌나 성실하고 도덕적인지 강윤석 씨의 물건을 버리지 않고 보관해 두었더라고요. 혹시라도 다시 찾아올까 봐."

강한은 최하라의 말을 무시하고 자기 할 말만 했다.

자신을 무시하는 태도에 최하라는 기분 나쁜 듯 인상을 찌푸렸지만, 강한의 말을 끊진 않았다.

"집주인의 배려 덕에 강윤석 씨의 개인 물품을 살펴볼 수 있었습니다. 뭐, 이런저런 것들은 제외하고 수첩은 보셔야 할 것 같아서 가지고 왔습니다."

강한은 최하라에게 작은 수첩을 건넸다.

오래 되어서 색이 바랜, 검은색 수첩이었다.

최하라는 망설이다가 수첩을 받아 들고 조심스럽게 그것을 펼쳤다.

강윤석이 자주 펼쳤던 페이지가 펼쳐졌다.

거기에 적힌 내용을 보자, 간신히 참고 있던 눈물이 결국 무게를 이기지 못하고 흘러내렸다.

"다른 건 몰라도, 강윤석 씨는 어머니께 돈을 갚을 생각이 있었던 것 같습니다."

강윤석의 수첩에는 적혀 있었다.

엄마한테 1억. 힘내자!

*   *   *

최하라의 어머니가 세상을 떠난 건, 최하라가 강윤석의 죽음을 알리고 나서였다.

생사가 오락가락해도 아들을 찾던 어머니는, 아들의 죽음을 알게 되자 눈물을 흘리더니, 최하라의 손을 꼭 잡고 힘겹게 말했다.

—씩씩하게 살아야 한다.

그 말을 끝으로 심장이 멎었다.

갑작스러운 죽음은 아니었다.

강윤석의 사망 사실을 알리면 어머니가 숨을 거두지 않을까, 어머니는 아들을 기다리느라 간신히 생명줄을 붙들고 계신 게 아닐까, 그렇게 생각하고 있었기 때문이다.

그래서 어머니의 심장이 멈췄을 때, 당연하게 그것을 받아들였다.

조촐한 장례식을 치르려고 했는데 많은 사람들이 찾아왔다.

작은 빈소는 조문객으로 가득 찼고, 그곳을 채운 사람들이 많아질수록 최하라는 호흡이 가빠지는 것을 느꼈다.

숨이 막혀서 어디로든 도망치고 싶었다.

혼자가 되어 버렸다는 절망감이 최하라를 짓눌렀다.

동료들이 왔고 가을과 리성이 왔다가 갔다.

그들과 무언가 대화를 나눈 것도 같은데, 어떤 내용인지는 기억나지 않았다.

최하라는 잠깐 밖으로 나와 담배를 피웠다.

시야에 반짝거리는 깨끗한 구두가 들어왔다.

최하라는 고개를 들어 바로 앞에 서 있는 남자를 올려다봤다.

강한이었다.

검은 정장을 입은 강한은 늘 봐 왔던 추리닝 차림 때와는 딴판이었다.

몸을 부드럽게 감싼 정장이 늘씬한 다리를 돋보이게 했다.

찡그리고 있는 표정조차도 정장을 입고 있으니 진지하고 신중하게 보였다.

최하라는 그 흔한 위로의 말조차 없는 강한을 올려다보며 강윤석의 사망 소식을 전해 듣던, 그저께의 일을 떠올렸다.

강한은 최하라가 분노해도 울어도 냉정한 태도를 유지했다.

강윤석이 죽은 게 강한의 탓이 아닌데도, 표정 없이 앉아 있는 강한에게 분노를 느꼈다.

하지만 강한에게 맡기고 싶은 일이 있었기 때문에 화를 참았다.

"또 다른 의뢰를 드리고 싶네요."

"네, 고객님."

의뢰를 받아들일 때는 늘 그렇듯 강한의 목소리는 상냥했다.

"어머니는 아마도 곧 돌아가실 거예요. 병 때문에 앞도 거의 안 보이시고요. 오빠의 대신이 되어 주셨으면 해요. 병원에 와서 어머니께 윤석이라고, 무사히 돌아왔다고만 말씀해 주세요."

"죄송하지만 그 의뢰를 받아들일 수 없습니다."

강한은 매몰차다 느껴질 만큼 단호하게 말했다.

당연히 받아들일 줄 알았다.

최하라가 알아본 바에 의하면, 가을 심부름센터는 남의 애인 노릇, 생리대 배달, 하수도 뚫기 같은 잡다한 일도 처리해 준다고 했다.

"의뢰비는 얼마든지 드리죠. 저번 의뢰에 드린 비용, 그대로도 드릴 수 있어요."

"안 됩니다."

"와서 병간호를 해 달라는 게 아니에요. 잠깐 들러서 인사만 해 주면 돼요. 10분도 안 걸리는 일일 텐데요."

"그래도 안 됩니다."

"도대체 왜죠? 가을 심부름센터는 무슨 일이든 해 주는 거 아니었나요?"

"아니요. 가을 심부름센터는 제가 하고 싶은 일만 합니다."

'나 제멋대로야!'라고 말하는 강한은 당당했다.

"아니, 이유를 모르겠네요. 이게 오히려 더 쉬운 일일 텐데. 병원이 멀리 있는 것도 아니고……."

"저는 영혼의 존재를 믿습니다."

"영혼…… 이요?"

"네. 만약 제가 아들이라고 거짓말을 했는데, 어머님께서 돌아가셔서 강윤석 씨의 영혼을 만나면 제가 거짓말한 게 들통이 나겠죠. 저는 들통날 짓은 안 합니다."

몇 번 더 청했다.

돈을 두 배로 주겠다고까지 말했다.

그러나 강한은 약간의 망설임도 없이 거절했다.

그때는 거절을 당했다는 생각에 화가 나고 자존심이 상했지만, 인제 와서 생각해 보니 강한의 판단이 옳았다는 생각이 들었다.

만약 거짓으로 강한을 아들이라고 속였더라면, 어머니가 돌아가신 지금 굉장히 후회를 했을 것이다.

아들이 아닌 강한의 손을 잡고 보고 싶었다고, 내 아들, 내 아들 하며 울었을 어머니를 생각하면, 벌어졌던 일이 아닌데도 가슴이 죄였다.

아마 평생 후회했겠지. 어머니께 솔직하게 말할 걸 그랬다고, 거짓말하지 말 걸 그랬다고.

"오셨네요."

"네, 왔습니다."

강한이 최하라의 옆에 앉았다.

"솔직히 말해 주세요. 그때, 왜 의뢰를 거절하신 거예요?"

"……후회할 테니까요."

"제가요?"

"네. 분명 후회하셨을 겁니다."

차가운 사람이라고 생각했다.

돈이 아까워서 사랑을 하지 않는 수전노, 타인의 아픔에 공감하지 않는 냉혈한.

그러나 아니었다.

찡그린 눈 안에는 따스함이 있었고, 무뚝뚝한 말투에는 다정함이 있었다.

"나, 슬퍼요."

최하라는 강한이 웃는 모습을 보고 싶었다.

이런 사람이 다정하게 웃으면 얼마나 달콤해질까.

"네, 슬프실 겁니다."

"나 좀 위로해 줘요."

"위로에는 여러 종류가 있습니다, 고객님. 손을 잡아 주는 건 3만 원, 가벼운 포옹은 5만 원, 눈물을 닦아 주는 건……."

"100만 원 줄 테니까 키스해 줄래요?"

"죄송합니다, 고객님. 그건 들어드릴 수 없습니다."

"어째서요? 내가 후회할 테니까?"

"아니요. 제가 후회를 하게 될 것 같아서요."

강한이 최하라를 돌아봤다.

유명한 여배우가 키스를 해 달라고 했는데도 강한은 동요하지 않았다.

그 신중하고 담담한 눈빛이 오싹할 정도로 매력적이었다.

이 남자가, 이렇게나 매혹적이라는 것을 왜 이제야 알았을까.

"왜요? 제 매력에 빠져서 키스 한 번으로는 만족 못 하게 될 것 같아요?"

최하라의 질문에 강한이 고개를 저었다.

"아니요. 그 반대입니다. 고객님이 키스 한 번으로 만족 못 하고 계속 제게 의뢰를 하다가 파산할지도 모르니까요."

"재미있네요."

최하라는 가볍게 웃으며 일어났다.

"하지만 정말이에요. 나, 슬퍼요. 이젠 내 옆에 아무도 없으니까요. 다들 여배우라고 하면 화려한 삶과 많은 남자들을 가졌을 거라고 생각하지만…… 그렇지 않거든요. 나에게 접근하는 남자들은 내 몸이 아니면 돈을 원하죠. 친구라고 부르는 무리들도…… 글쎄요. 과연 내가 배우가 아닌 가난뱅이가 되어도 내 옆에 있어 줄까요? 엄마는 어떤 상황에서도 내 손을 잡아 줄 유일한 사람이었는데…… 이젠 없네요. 기댈 곳이 없어요."

"아직 있지 않습니까."

"강한 씨는 싫다면서요?"

"아니요. 최하라 씨 아버님이요."

"아, 하지만……."

"가족이 없어서 자기 생일을 잊어버리려고 노력하는 사람도 있습니다."

"……가족이랑 생일이 무슨 상관이죠?"

"생일이 되면…… 어릴 적 생일을 축하해 주던 부모님이 떠오르기 때문이겠죠."

"……."

"그 상냥하고 다정했던 광경이 떠올라, 도리어 혼자라는 것이 더욱 절실히 느껴지기 때문이겠죠. 그건 무척이나 괴롭고 슬픈 일이니까."

그렇게 말하는 강한의 눈동자에 애잔한 빛이 떠올랐다.

그 무슨 일이 있어도 냉정한 눈빛을 짓는 사람일 줄 알았는데, 의외였다.

"최하라 씨는 불쌍한 사람이 아닙니다. 사랑으로 슬픔을 잊으려고 하는 사람은, 적어도 사랑을 할 수 있는 사람이라는 거죠. 사랑을 할 수 있는 사람은, 불쌍하지 않습니다. 불쌍한 건 사랑을 할 수 없는 사람이죠. 그러니까 정신 차리고 아버지를 만나세요. 그리고 아버지에게 위로해 달라고 하세요. 안아 주는 것도, 손을 잡아 주는 것도, 아버지는 공짜로 해 줄 테니까요."

"그건…… 그건 강한 씨 얘기인가요?"

당연히 강한의 이야기일 거라 생각했다.

하지만 강한은 잠시 망설이다가 대답했다.

"아니요. 제가…… 사랑하는 사람의 얘깁니다."

다른 때는 괜찮았는데 유독 가슴이 저린 이유는, 아마도 가을 심부름센터의 따스함이 전염되었기 때문일 것이다.

생일 따위는 그저 27년 전 가을이 태어났다는 것을 알려 주는 날일 뿐, 그 이상의 의미는 없다.

의미가 없다고 생각하며 살아왔다.

그런데도 혼자서 보내야 하는 생일이 쓸쓸해서 자꾸만 한숨이 나왔다.

정신없이 일을 하다 보면 잊어버릴 거라고 생각했는데, 그조차도 되지 않았다.

"언니, 어디 안 좋아요? 아파 보여요."

오늘 촬영은 스포츠 스타 해인.

정상에 선 스타답지 않게 예의 바르고 싹싹했지만, 오늘은 그 섬세함이 부담스러웠다.

아무도 말을 걸지 말아 줬으면 좋겠다.

차라리 막말하고 제멋대로 구는 아이돌이었다면 달래 주면서 찍느라 다른 생각은 하지 않았을 텐데.

"괜찮아요. 햇빛이 좀 강해서……."

"아, 햇빛이 강하긴 해요. 가을인데도 되게 쨍쨍하네. 제가 쓰는 자외선 차단제 써 보실래요? 되게 좋아요. 끈적이지도 않고."

"괜찮아요."

가을은 생긋 웃으며 부드럽게 거절했다.

나한테 말 걸지 마! 나에게 잘해 주지 마!

타인의 성의를 이렇게밖에 받아들이지 못하는 자신에게 혐오감이 들었다.

어째서 나는 이 모양인 걸까. 엄마 아빠가 보면 저런 딸 최악이라고 생각할 거야.

촬영을 많이 해 본 스타답게 해인은 잘 따라와 주었는데도, 그날의 촬영은 몹시 힘들었다.

같이 저녁을 먹자는 스텝들의 제안을 거절하고 장비를 챙겨 숙소로 향했다.

이번에 돈이 들어오면 카메라를 사야겠다.

일단 비상용 카메라로 찍고 있기는 하지만, 역시 원래 쓰던 기종이 손에 달라붙어 일하기 편했다.

내일 하루 더 촬영을 해야 해서 숙소를 잡아 놓았다.

스텝들이 묵는 숙소와 떨어진 곳에 있는 비지니스 호텔이었다.

호텔 앞에는 생각지도 못한 사람들이 가을을 기다리고 있었다.

가을은 자기 눈이 잘못된 줄 알았다.

저 사람들이 이곳을 알고 있을 리도 없고, 안다 하더라도 여기까지 찾아올 이유가 전혀 없었기 때문이다.

떨어질 뻔한 장비 가방을 꽉 붙들고 멍하니 쳐다보고 있는데, 지영이 환하게 웃으며 다가왔다.

"불꽃놀이 하려고 왔어!"

그제야 그들이 환상이 아니라는 것을 깨닫고 정신을 차렸다.

"불꽃…… 놀이……?"

"응, 별 보면서 불꽃놀이."

"그게…… 무슨……?"

"아무래도 서울보다는 여기가 별이 잘 보이니까요."

연진이 말했다.

"아니, 그런 것보단…… 왜 하필이면……."

"불꽃놀이도 하고 케이크도 먹자."

"케이크……?"

"원래 별 많은 곳에서 불꽃놀이 할 때는 케이크가 필수거든요."

연진이 그것도 모르냐는 듯 말했다.

가을은 괜히 죄책감이 들었다.

"몰라서 미안하긴 한데……."

"자, 자. 갑시다. 가서 먹고 놉시다."

가을이 뭐라 하기 전, 지영과 연진이 각각 가을의 양쪽 팔에 팔짱을 꼈다.

가을의 어깨에 메고 있던 장비 가방은 어느새 연진의 어깨로 옮겨져 있었다.

도로 뺏기도 뭐해서 우물쭈물하다가 뒤를 돌아봤더니, 성희가 흐뭇한 표정으로 웃고 있었다.

그 옆에 서 있는 강한은 늘 그렇듯 찡그린 표정.

'대체 왜……?'

가을은 바보가 아니었다.

불꽃놀이를 하면서 케이크가 당연하다니.

그런 건 말도 안 된다.

이들은 분명 가을의 생일을 챙겨 주기 위해 이곳까지 찾아온 것이리라.

'하지만 왜……?'

이런 거짓말까지 하면서 생일을 챙겨 주려고 하는 걸까. 그것도 이 먼 곳까지 찾아와서.

돈 100원도 소중히 하는 심부름센터 사람들이 차비를 써 가며 온 이유를 알 수 없었다.

그들에게 끌려 도착한 곳은 호텔 근처에 있는 너른 공터였다.

그런 곳이 있는 줄도 몰랐다.

건물에 둘러싸여 있기는 하지만 고즈넉하고 하늘이 잘 보이는 곳.

맑은 날씨 덕에 촘촘히 박혀 있는 별빛이 찬란했다.

성희가 돗자리를 깔았고, 그 위에 이런저런 음식들과 케이크가 놓였다.

연진은 신나서 불꽃놀이를 준비했다.

가을을 가운데 놓고 모두가 주위에 둘러앉았다.

가을은 별수 없이 불꽃놀이를 구경하는 수밖에 없었다.

퍼엉—!

불꽃 하나가 큰 소리와 함께 하늘을 수놓았다.

퍼엉—! 퍼엉—!

몇 개의 불꽃이 연달아 터졌다.

하늘을 수놓는 불꽃과 함께 오래된 기억이 스며 나왔다.

그동안 잊고 있던 작은 추억 한 조각.

어느 여름날, 가족들과 놀러 간 바다에서 불꽃놀이를 했었다.

평평 터지는 불꽃과 까르르 동생의 웃음소리, 불꽃을 대체 몇 개
나 사 온 거냐고 잔소리하는 엄마의 목소리, 그리고……

—우리 가을이, 재밌니?

아빠의 다정한 음성.

"재밌냐?"

그 음성에 섞여, 퉁명스러운 목소리가 들려왔다.

가을은 고개를 돌려 강한을 응시했다.

강한은 뾰루퉁한 표정으로 가을을 내려다보고 있었다.

"나는……"

불현듯 떠오른 추억이 가을의 심장을 죄었다.

갑자기 숨이 쉬어지지 않아서 느리게, 아주 느리게 호흡했다.

이런 순간, 순수하게 고맙다고 말할 수 없는 자신이 싫었다.

고마워요, 정말 고마워요, 이 쉬운 말이 입 밖으로 나오지 않았다.

간신히 호흡을 되찾았을 때, 지영과 성희와 연진이 각각 하나씩
선물 꾸러미를 내밀었다.

"이건 그냥 겸사겸사."

"축하해."

"생일 축하해요, 누나."

고맙다고 말해야 돼.

하지만 그럴 수 없었다.

고맙다는 말 대신 울음을 터뜨린 것은, 아마도 가을을 감싸고 있

는 그들의 온기가 너무 뜨겁기 때문일 것이다.

그들의 다정함이 뜨겁고 뜨거워서, 화상을 입을 만큼 뜨거워서, 그래서 가을은 울고 말았다.

"어…… 우, 운다!"

"누, 누나. 울지 마요. 미안해요."

"가을아. 미안해, 이게 마음에 안 들면 영수증 줄게! 원하는 걸로 바꿔!"

당황한 목소리들이 가을의 가슴을 톡톡 건드렸다.

가을은 울면서도 웃을 수 있다는 걸 깨달았다.

흠뻑 젖은 얼굴로 환하게 웃으며, 가을은 말했다.

"즐겁다, 정말……."

*　　　*　　　*

부으며 마시며 놀던 심부름센터 직원들이 여기저기 늘어져서 잠이 들었다.

혼자서 사용하려고 빌린 방이 좁았기 때문에, 다들 포개지다시피 누워야 했다.

게다가 덩치가 큰 성희 때문에, 안 그래도 좁은 방이 더 좁게 느껴졌다.

그래도 그들은 방값을 낸 사람이 침대를 사용해야 한다는 철칙을 잊지 않아, 침대는 비어 있었다.

가을은 그들이 잠든 걸 물끄러미 바라보다가 밖으로 나왔다.

예상치도 못한 축하에 여전히 심장이 부풀어 있었다.

바람이 서늘했다.

가을은 옷깃을 여미고 주차장으로 향했다.

땅값이 저렴한 시골이라 그런지 건물 부지가 넓었다.

주차장은 몇 대의 차밖에 없었고, 조금 을씨년스러웠다. 가로등이 따로 없어서 호텔 창문으로 새어 나오는 빛뿐이었다.

가을은 비어 있는 주차장 한가운데에 앉아 무릎을 세우고 두 팔로 감쌌다.

'괜찮은 걸까? 이렇게 사람들의 온기에 빠져들어도, 그래도 되는 걸까?'

이성은 안 된다고 말하고 있었다.

빠져들면 안 된다고, 그들의 다정함에 기대면 안 된다고, 언젠가 그것이 깨어질 때에 커다란 상처를 입게 될 거라고, 어쩌면 다시는 아물지 않을지도 모른다고, 그렇게 말하고 있었다.

하지만 온기는 그 여느 때보다도 깊이 파고들어 와서 가을의 텅 빈 가슴을 채웠다.

가을도 모르는 새에 가득 찬 온기가 넘치기 직전이었다.

무릎 사이에 얼굴을 파묻었다.

쌀쌀한 바람 때문에 팔이 시렸지만 들어갈 생각이 들지 않았다.

가득 채워진 그 방에 들어가면, 다른 때와 달리 공허하지 않은 그 방에 들어가면, 두 번 다시는 헤어 나오지 못할 것만 같아서. 더 많은 것을, 더 큰 것을 원하게 될 것만 같아서.

한참을 그러고 앉는데 인기척이 느껴졌다.

저벅저벅 발소리는 느릿하게 가을을 향해 접근했다.

가을은 돌아보지 않고도 그 발소리의 주인공을 알 수 있었다.

강한은 걸어와 가을의 맞은편에 책상다리를 하고 앉았다.

가을은 고개만 빼꼼 들어 강한을 쳐다봤다.

"넌 심보가 고약해."

강한은 눈이 마주치자마자 악담을 퍼부었다.

지극히 강한다운 짓이라서 화도 나지 않았다.

"이 절경을 혼자 구경하다니! 욕심쟁이 같으니!"

강한이 두 손을 등 뒤로 짚어 상체를 뒤로 기울이고 하늘을 올려다봤다.

가을도 강한의 시선을 따라 하늘을 바라봤다.

누군가 콕콕콕 찍어 놓은 듯 반짝이는 별로 가득한 하늘은, 강한의 말대로 절경이었다.

마법에 걸리기 딱 좋은 밤이었다.

그래서 가을은 서둘러 고개를 내렸다.

별이 들려주는 속삭임에 귀를 기울이다가는, 판타스틱한 마법에 걸려 버릴지도 모른다.

영원한 애정을 믿는, 가을에게는 있을 수 없는 소망의 마법.

"괜한 짓을 하신 거예요."

떨쳐 내기 위해 말했다.

"저, 생일 축하 같은 거 받고 싶지 않았어요. 여기까지 와서 이런 짓을 하신 거, 정말 괜한 짓을 하신 거예요."

강한은 대답하지도 않았고, 가을을 쳐다보지도 않았다.

"있죠. 제가 가을 심부름센터에 바라는 건 그저 소년 A에 대한 정보예요. 직원처럼, 친구처럼 이렇게 대해 주실 필요 없어요. 가을 심부름센터 직원들이 아니더라도, 제 생일 축하해 줄 사람 많거든요."

"누구?"

"네?"

"누가 네 생일을 축하해 주는데?"

말문이 막혔다.

강한은 가을에 대해 모르는 것이 거의 없었다.

소년 A를 조사하면서 가을의 신상도 조사했기 때문이다.

가을이 일하는 곳까지 알아낼 정도니까, 지금껏 가을이 누구와도 생일을 함께 보내지 않았다는 것 역시 알고 있을 것이다.

"하늘에 계신 엄마, 아빠? 그리고 네 동생 최하을?"

"그런…… 식으로 말하지 말아요. 나는……."

"그래, 분명 축하해 주시고 계시겠지. 네가 태어나서 기쁘다, 생일을 축하한다, 그리고 계실 거야."

울컥했다.

"대장이 뭘 알아요? 뭘 안다고 그런 소리를 해요?"

"몰라. 아무것도."

"그래요. 모르겠죠. 우리 아빠는요, 날 구하고 나서 죽었어요. 내가 아니라 엄마를 구했으면, 지금쯤 두 분이 살아남아서 다른 자식을 낳고 행복하게 살 수도 있었을 거예요. 그런데 날 구하고 나서 돌아가셨어요! 대장 같으면 마음 좋게 날 축하해 줄 수 있겠어요? 나 때문에 엄마도 못 구하고, 동생도 못 구했는데…… 나 때문에 아빠는 불길에 휩싸여서…… 불에 타서…… 돌아가셨는데…… 그런데 축하해 줄 수 있겠어요?"

"나는 네 아빠가 아니야."

"그래요…… 대장은 내 아빠가 아니죠."

"딸을 구하고 돌아가신 아버지가 어떤 생각을 하고 있는지, 그런 거 몰라."

"그래요, 모르겠죠."

"그래서 난 그냥 네가 세상에 있는 게 좋다. 네가 내 앞에서 숨 쉬고 있는 게 좋아서, 네 생일이 기쁘고."

강한이 천천히 고개를 내려 가을과 눈을 맞췄다.

밤하늘보다 검은 그의 눈동자는 오롯이 가을만을 담고 있었다.

"나는 정말 기뻐. 네가 내 앞에 있어서."

강한의 음성은 가슴이 아플 만큼 달콤했다.

강한은 두 팔을 벌려 가을을 보듬어 안았다.

가을은 무릎을 굽힌 채로 강한의 팔 안에 들어가게 되었다.

술 냄새가 약간 섞인 스킨향, 그리고 강한만의 체취가 가을을 감쌌다.

강한의 턱이 가을의 머리 위에 놓였다.

"나는 네 아빠도 아니고, 누군가의 아빠인 적도 없지만…… 하나는 알아. 최가을, 네 부모님에게 있어서 최가을은 세상에서 딱 하나야. 다른 자식을 낳는다고 널 대신할 수는 없는 거야."

"……"

"아마 몇 번씩 시간을 되돌려도, 네 아버지는 널 구했을 거야. 널 대신할 수 있는 건 절대로 없으니까. 그러니까 아버지는 널 구한 게 기쁘고 자랑스러워서, 네가 살아 있는 게 너무 행복해서…… 지금 굉장히 슬프실 거야. 최가을이 당신을 그 정도로밖에 생각하지 않았다는 사실이."

"……."

"그래, 뭐. 네 아버지가 널 원망한다고 쳐. 그럼 어쩔 건데? 내가 네 생일을 축하해 주고 싶다는데! 난 내가 하고 싶은 대로 할 거야! 잠도 못 자고 돈 버는 것도 서러운데, 내가 하고 싶은 일도 못 하면 세상 어떻게 살아! 그거야말로 엿 같은 거 아냐!"

강한이 분통을 터뜨리더니, 가을의 양 볼을 감싸 고개를 들게 했다.

강한은 여전히 인상을 쓰고 있었지만 눈빛은 다정했다.

놀랍도록 다정한 눈빛을 마주하자, 가을을 구했던 순간 가을에게 기다리라고 말했던 아버지의 눈빛이 떠올랐다.

진지하고 신중하고, 벅찬 애정을 담은 눈빛. 그 후로 두 번 다시 볼 수 없을 거라 생각했던 눈빛.

호흡 곤란이 일어나려 했다.

폐가 오그라들어 숨을 쉴 수가 없었다.

가을은 숨이 가빠지는 것을 느끼고 천천히 호흡하려 애썼다.

그리고, 그 일이, 벌어졌다!

〈다음 권에서 계속〉